秦皇海岳

庆祝中华人民共和国成立70周年优秀文学作品选

秦皇岛市文学艺术界联合会　编

燕山大学出版社

2020・秦皇岛

图书在版编目（CIP）数据

秦皇海岳：庆祝中华人民共和国成立 70 周年优秀文学作品选．散文诗歌卷 / 秦皇岛市文学艺术界联合会编．—秦皇岛：燕山大学出版社，2019.9（2020.6 重印）

ISBN 978-7-81142-927-5

Ⅰ．①秦… Ⅱ．①秦… Ⅲ．①中国文学—当代文学—作品综合集②散文集—中国—当代③诗集—中国—当代 Ⅳ.①I217.1

中国版本图书馆 CIP 数据核字（2020）第 092464 号

秦皇海岳：庆祝中华人民共和国成立 70 周年优秀文学作品选【散文诗歌卷】

秦皇岛市文学艺术界联合会 编

出 版 人：陈 玉

责任编辑：孙志强

封面设计：吴 波

出版发行：燕山大学出版社 YANSHAN UNIVERSITY PRESS

地　　址：河北省秦皇岛市河北大街西段 438 号

邮政编码：066004

电　　话：0335-8387555

印　　刷：北京虎彩文化传播有限公司

经　　销：全国新华书店

开　　本：700mm×1000mm 1/16　　**印　　张：**13.25　　**字　　数：**260 千字

版　　次：2019 年 9 月第 1 版　　**印　　次：**2020 年 6 月第 2 次印刷

书　　号：ISBN 978-7-81142-927-5

定　　价：58.00 元

《秦皇海岳》编委会

序

一个时代有一个时代的文艺，一个时代有一个时代的精神，一个时代留下的文艺精品，必然是一个时代最鲜活、最生动的写照。

为庆祝中华人民共和国成立 70 周年，秦皇岛市文学艺术界联合会用半年时间，编辑了优秀文学作品选——《秦皇海岳》。全书分为小说卷和散文诗歌卷，收录了 110 余名作者的代表作品。

《秦皇海岳》的近 200 篇（首）作品，主要都是近年以来我市作者在省级以上报刊上发表过的优秀作品，其中包括《人民文学》《中国作家》《小说选刊》《长城》《山花》《散文百家》《中华诗词》等核心刊物，充分展示出我市文学创作的丰厚成果、历史价值和艺术水准。

《秦皇海岳》的出版，展映的是新中国波澜壮阔 70 年的一朵浪花，是改革开放 40 多年进行曲的一个音符，更是秦皇岛厚重人文血脉的一份延续。书中的大部分作品取材于秦皇岛、根植于秦皇岛，全方位、多侧面、深层次地反映了 70 年的感怀、感悟和变迁，呈现着气象万千的生活、激昂跳动的乐章、色彩斑斓的画面，彰显出港城人民与时俱进的精神风貌，既是一次回顾和总结，也是新的开始和起航。

“气之动物，物之感人，故摇荡性情，行诸舞咏。”文学艺术是人类情感的书写，是精神补剂的注入，是时代前进的号角。“为时代画像、为时代立传、为时代明德”，是每一位文学艺术工作者的使命和担当，我们只有高擎民族精神火炬，把艺术理想融入党和人民事业之中，做到胸中有大义、心里有人民、肩头有责任、笔下有乾坤，才能创作出一批无愧于时代和人民的精品佳作，才能为建设沿海强市、美丽港城和国际化城市发挥独特作用、贡献文艺力量。

“清泉永远比淤泥更值得拥有，光明永远比黑暗更值得歌颂。”新时代呼唤我们当春起笔、劲铆“四力”。愿秦皇岛广大文学艺术工作者不忘初心、牢记使命，勇于担当、继续前进，不断奏响民族的主旋律，高唱时代的风雅颂，真正肩负起举旗帜、聚民心、育新人、兴文化、展形象的使命任务。

目录
CONTENTS

□ 散文

□ 诗歌

散文
SANWEN

绿 火 焰

刘萌萌

有些歪斜的木门扇敞开着，门后的蜂窝煤炉灶兀自青烟袅袅。诗意的蝴蝶未尝在日常家务中耽留片刻。20 世纪 80 年代使用过蜂窝煤炉灶的人们，鼻孔、喉咙和呼吸道深处，仍弥漫着清晰而渺远的煤烟记忆。母亲将湿漉漉的毛巾掩住口鼻，有时干脆捂上一只口罩，还是禁不住阵阵咳嗽，一顿一顿的胸腔发出“空、空、空”的共鸣音，让人想起滚动、跳跃在寒风中的洋水桶。母亲眯合的眼睛浮着一道一道的红血丝。她用力扯下口罩，把头伸向门外料峭的春寒，猛吸几大口空气。这时候，那只扁圆的玻璃鱼缸再次浮现出来。两尾金鱼一红一黑，在清水中活泼嬉戏，摇头摆尾煞是惬意，纱裙般飘拂的尾翼似摇似曳。然而，神仙似的美丽物种也难免遭遇尴尬——未及换新的水不仅仅污浊，更不能提供足够鱼类存活下去的氧气。二鱼直立水中，探出水面勉力呼吸的窘态，与炉灶前的母亲一般无二。

说到这儿，我得解释一下——闷火，这项考验技术的手艺活儿。人出去了，熊熊的炉火还在燃着，多么愚蠢的浪费。点燃炉灶，不光手续麻烦，消耗劈柴和引柴，还有煤烟从炉桶中汹涌流出，瞬息弥漫灶间，把院落围箍得水泄不通，如弥漫的硝烟营造出战火刚刚平息的战场。古人说，穷则变，变则通。出神入化的闷火技艺就这样被摸索出来。闷下的火焰像一个枯涩木讷的人，有些呆头呆脑，有些回不过神儿，恹恹得快要睡去，黏滞的眼皮儿睁开一下，又垂下去。火苗微弱，躲在煤心儿温温地烘着，煤黑得深沉，仿佛跌入暗夜的思考或睡眠。如何不温不火恰到好处？此中便有技巧。蜂窝煤十二孔眼，又红又亮，略微“过劲”也不怕，那通红覆着微微的白，红的如隔着帘栊的烛火，白的像远山积雪的反光，这便是“火底”。火底上，沉默的新煤有一张克制的黑脸孔，雀跃的心底叫喊出无数金色的小星星——一炉未来时态的火焰应运而生。技术随之产生：所添的新煤须得错开火底。上下一线，火苗呼呼猛蹿，转瞬燃尽，像一个热烈的人轻易耗尽了一生。关键在于十二个孔眼错落巧妙。母亲说，纹丝不透，炉火必将闷死，闷死的炉火没得救。一线缝隙贵在有无之间，窝在煤心的小火，睡得婴儿般香甜又宁谧。捅开炉子，火芽“呼呼”地蹿上来，红亮亮的十二孔“蜂窝”，似天边烧着的晚霞，又好像，一把大火点燃了星辰。

陈姨脸上笑纹微漾，站在散去的煤烟里。煤是黑的，脏的，小小的颗粒，粘覆于皮肤和发丝。薄薄的烟却是好看的，青灰的，像一匹云缎，在陈姨的周围虚虚地缠裹，缭绕，宛若天成的披肩，游动着，从圆润的腰身间纷纷斜披下来。陈姨换下厂里的劳动布工作服，顶着墨菊似的卷发。抚触万物的曦光自背后剪裁出恰好的身形。这样的陈姨，是一面明镜似的湖泊，我分明从中窥见了母亲的倒影。镜中的母亲摆脱煤与火的较量和纠缠，一尾美丽的鱼儿，遵从天性的指引，沿着水的流向，游弋着梦也似的裙裾，悄悄地划远了。

水泥厂的天空下着一层又一层细密的雨，不被肉眼察觉的灰色微粒，却是更真实的雨滴，把一个人防不胜防的生活拖至泥泞的境地。远处机器的轰鸣让人坐立不安，因了这种日复一日、穿透骨子的折磨，用钢铁巨兽来形容，并无不实的成分。尘粉覆盖的地表，树木的枝条，无物的天空，麻雀和喜鹊的叫声，随处蒙着水泥的灰调子。两个车把的手推车已不多见，推上它，恍惚回到原始的同类中间，调动紧张的肌肉，凭借一身蛮力和巧劲儿，小山似的水泥成功运上斜坡。摊散开的矿砂铺了一地，无数根银针在阳光下闪耀。男人女人或站或坐，躲在树荫下歇烟儿，球磨机的隆隆轰鸣中，隐隐传来粗犷的哄笑，间杂纷乱的争执。争执有时升级为粗口对垒，拳脚的短兵相接……灰色的精灵从头顶和四面八方吹落。时间的韵脚掺杂其间，缜密、依稀。带有陈年气息的皮蜕，从众人的身上、恍如梦中的脸上、运转的机械上，领导叫嚷指责不停碰撞的唇上，悄然脱落。空气中弥漫着石灰的热辣味道。阳光落上树的枝条、浮尘的地面，坚固的围墙，照亮慌张的小人物和厂长深水般的脸。雨水如雾沼。倾斜的线条，汇聚成湿淋淋的鞭子，抽打着陀螺般的脚步。他们混淆在彼此的眉目里，共同的境遇让这些人不论彼此。风从地上、天空、四面八方吹刮而来，高塔似的烟囱里爬出抖抖索索的长烟，仿佛女人脑后的一把凌乱。漫长的劳动和短暂的休息当中，沉稳而静默的流逝从未停止。回忆中的厂院像一只灰色的、装满黏稠液体的铅桶，反映着飘忽而迷蒙的光。时间和水泥如胶似漆，相互纠缠却又在暗中相互抵抗。仿佛作为补偿，越过这一切，灰色的沙漠中呈现一片一片情感的绿洲。

作为重要而盛大的节日，春节的情味最是浓厚。这当儿，不光是探访亲戚，朋友也要往来走动。小年的头一天，陈姨一晌午就来了，怀里抱着惊慌的黄母鸡。在当地，鸡和鱼是过年时必备的菜肴。鸡乃吉，鱼者，有余也。过年么，谁不讨个吉利的彩头。正如歌里唱的，“樱桃好吃树难栽”。市场里杀鸡宰鹅的腥膻气令母亲躲避不及。那些装在塑料袋里或用一根绳系住双脚的活蹦乱跳的生鲜多由父亲采买。大刀阔斧的父亲只需一盆温水，刀剪齐下，转眼拾掇干净，光洁的瓷盘或瓷盆盛了，竟是天成的艺术品。母亲手无缚鸡之力，哪怕一只缚好的鸡，她照样徒唤奈何。她不敢杀生，怕见血，有一回手中提着菜刀，哆里哆嗦，闭上两眼，气沉丹田好久，终是使不下那一刀。

母鸡的双翅被熟练地拢起。陈姨的手左右翻飞着，老道地拔去颈上的鸡毛。陈姨像一个货真价实的屠户，操起家伙，白亮亮的刀刃对准鸡脖子飞快地抹下去。出乎意料，她面对的，实在是一只充满抗争精神、不甘就戮的鸡，扑腾着翅膀，摇摇晃晃从她的手下挣脱出来，满院子连飞带跳。陈姨一个箭步冲上前，抓牢鸡的两翅——这女人不着急补刀，却腾出一只手来，对准母鸡莫须有的脸颊左右开弓，噼里啪啦一顿耳光。陈姨屠鸡的经历令人眼界大开，女丈夫的泼辣作风过目难忘。记忆中，有关母鸡的印象反而极其模糊，似乎连同那调和了作料的肉质的喷香，一同消化在我热爱荤腥却清汤寡水的肠胃里。

物质匮乏的年代，人们愿意以馈赠礼物的方式表达内心的亲近。柔滑的兔毛手套，是生料车间那个胖嘟嘟的女工送来的，她还提着一篮新收的花生。红脸颊的郭姓男工送来欲滴的紫葡萄，汁液的清甜一个多月在舌尖缠绵不去。自来水管道和红砖头垒砌的花院墙，则残留有几位愣头青男工手掌上粗糙的余温……新婚不久的陈姓女工，骑着崭新的凤凰自行车接我去她家里享受丰盛的午餐，席间那道浓酽的“心里美”萝卜汤汁，从齿间直浸心脾，寻常的一天因而漂染上桃花瓣的颜色……有些人，随着时间远去，消失在彼此的视线里。有一些人，经过岁月的洗礼，在漫长的一生中，结下稳固的情谊。更多的，则是一种时断时续的联系，年节时致以问候，打问一下近况，重又沉没在各自的生活里。

即便进入晚年，陈姨不再频繁出入于我们的生活，偶尔谈及往事，母亲仍不忘大加赞美——是的，陈姨对于时间的拿捏到了精确的地步。她的到来，不比约定早一分，也不会迟一秒。可贵的品质，在回忆中源源地散发出金子的光芒。是啊，昏暗的厢房里，时间比任何地方都来得宝贵。母亲骑上自行车，风一样消失在门外的街道上，她飞驶的身影，掠过纷纷闪倒的杨树、槐树、房屋、三五成群的行人，箭矢般射往水泥厂那扇铁灰色的大门。我放学回到家里，饥饿的肚腹开始“咕噜噜”地呼唤，门外忽然响起的车铃悦耳地提醒我，现在是北京时间十二点半。母亲麻利地脱下外衣，系上围裙。在厨房，弓下斯文的腰身，撅起有辱斯文的屁股，揎拳捋袖，捅炉子，洗菜切菜，淘米，葱丝蒜末在热油中爆出嗞嗞啦啦的涟漪……细密的油烟腾起。迷蒙的薄雾，落上乌黑的发丝、碎花衬领、还没有一根皱纹的额头、陈旧而斑驳的家具上。漂浮的油雾，附着在肌肤和衣物上，走在哪里，厨房的味道就跟到哪里。

母亲的手指把门板敲得嘭嘭响——上班的时间到了，我的一口饭还噙在嘴里！她不耐烦地盯着我，不需要说话。说真的，母亲在那些年更像一个技术过硬的足球运动员，临门一脚，我便一个踉跄，兔子似的夺门而逃了。后来，常见保健知识苦口婆心，反复阐释细嚼慢咽的种种好处，童年时期硝烟弥漫的饭桌，狼吞虎咽的不雅的吃相，仿佛飘远的云朵，一下子重新涌入脑海。早年的粗糙作风融入血液，烙印在我的骨头里。我不耐烦在吃饭这件琐事上浪费时间。因此，我一点都不诧异，母亲对于守时这项美德的看重。我想补充的是，母亲似乎没有觉察，她与陈姨的亲密情谊，实在有着更为根深蒂固的因由。

鹅黄的薄呢大衣，像吐出嫩芽的柳树，焕然一新的陈姨站在微寒的春风里。与之呼应的，是母亲的藏蓝色西装，窈窕而不失挺拔，穿行在落伍的县城街道上。这样的两个形象，仿佛双生姊妹，同时出现在我回忆的眸光里。或者，我可不可以说，陈姨不只是母亲的一个镜像，更是她分蘖而出的另一个自身？在亲密的女伴那里，她一定早早邂逅了隐秘的惊喜。她在煤烟的黑与饭菜的油腻气味中不得不交出自己的时候，蓦然出现的女伴就像一缕漫射的阳光，一声明亮的呼唤，拨开沉闷的狭窄和凌乱，在久经油烟侵蚀、不够明亮的眼眸前，呼啦啦搭起一座斑斓的彩虹桥，桥的一头连着母亲黑白的青春，一头通往她昏暗而老旧的厨房。

关于碣石山，本地人张口就来——山就在那里，从北而南环抱小城。农家肥广施田垄遍撒四野的年时，随便哪个车尾黄汤荡漾的车夫，也能吟诵“东临碣石，以观沧海……”尽管沧海之下，极可能已不甚了了。另一时代改天换地的伟人笔头更是乾坤浩荡，挥洒出“魏武挥鞭，东临碣石有遗篇”的恢宏辞章。在小城人眼里这都没什么好说的，除非外乡人往自个儿脸上贴金。流传下来的碑碣多在史书或县志中搬来搬去。历史在高处，轶事在明处，草民的眼睛却一味往低处看——炉灶在低处，米袋和菜篮在低处，脚下的道路也在低处。顺着屋檐看过去，煤堆结实地囤在墙根下，月亮和星星在头顶上闪烁，人间的风隐隐吹动。大家闷声低头，四下寻找劈柴，烧煤，生火，做饭。很少的时候，抬起头，看一眼天上的动静。昏昏欲睡的十五瓦白炽灯泡，让房间提前跌落垂暮之年。浑浊的尼龙灯绳在漫长的岁月中不辨颜色，滑腻腻的手感让人想起古旧器物上的包浆，许是自知身份低贱，悄没声儿隐在墙角，如市井草民。

我要说的碣石山市场却是另一回事——当地人搭帮购物，都不说市场，一径说碣石山，碣石山。一楼售卖日杂用品，炊具，镜子，马桶，菜墩案板，刀具勺子，无所不包。后来的广告词真叫一语中的：只有想不到，没有买不到。较比一楼的务实，二楼的功用趋向于审美，各色质地和花样的布匹，女人的化妆品，床上用品，各种款式的箱包、背包、手提包。说到底，上层建筑顶数三楼，基本物质需求得到满足，就得扮美包裹灵魂的皮囊。夜晚，许多灵魂飘飘悠悠从梦境中飞出来，这些不同颜色和形状的灯盏，各自游弋，遥相呼应。白天，它们统统隐匿到高矮胖瘦尺码各异的身体中去，辨别它们的气味和颜色，得靠衣装，不同的灵魂，倾心不同，取舍各异。衣服，便是安放灵魂的小房间。母亲这代人年轻的时候，饥一顿饱一顿，亟须解决吃饭这件头等大事，贫穷的生活发展出近于吝啬的节俭癖，仿佛基因里的遗传密码，无意间，在每一举手投足的毫末处显现出来。与之对应的，天性中对于美的向往被最大限度压抑和克制。时间久了，她（他）们早已无论性别，镶嵌在五六十年代灰蓝的集体记忆里，久久回不过神。华服如美人，“美人如花隔云端”，如云飘逸的霓裳，是她梦境中一再的幻觉。伸出手去，惊觉眼前的空荡，什么都没有，就像她久已蒙尘的老式衣橱。

云天之下，碣石山市场是小城人趋之若鹜的地标式宏伟建筑。母亲和父亲混迹于人群，手上挑挑拣拣，嘴里时不时嘀咕几句。有时是一把电镀折椅，有时是锅和勺子，也可能是一把锃亮的刀具。另一些时候，母亲则兴致勃勃地捎上我，父亲像一件过时的道具，被她嫌弃地丢入角落。我们跨过一级级台阶，往三楼走去。一楼我们从来不去。二楼的布匹很少看，要看，也为着布面上一朵朵繁复花朵的吸引。这年头，谁还做衣服穿呢，麻烦，也不划算。只有给孩子置办婚礼，那些顶着满头白絮的老人念念不忘老手艺的可靠，要当年新摘的棉花，扯上几尺漂亮的被面和素净的被里，花费时间和体力，手工赶制一床暄软的新被子。二楼的包真多啊，适合背在背上、拿在手上或斜挎在肩头。淹没在各种款式和不同价位的包包的阵列里，一双手仔细地抚摸，碰触，或随便拨弄几下。在货主不满的注视下，我们最终晃着胳膊一身轻松地上了三楼。生活中，一个包哪派得上什么用场。平平常常一个包，二三百元只道寻常，那是90年代的母亲近一个月的工资。太差劲的包，几十块钱，买回来没几天，坏了，花钱买个废物干什么呢，有钱没地方花吗？我们嘀嘀咕咕往三楼走。三楼有牛仔、休闲、正装，也有各种保暖或塑形内衣。慢慢看，总能找到适合你的。一件衣服，就像隐蔽的命运，在前边的拐角等着，冷不丁唬你一跳。衣服挑在高处，老远就看得到。在这件事上，我相信是衣服先看到人，把人心撩拨得且疼且痒，急慌慌向着衣服飞奔而去。微妙的感应难以言诠，却真切地存在，像缈缈的钟声，像风中那一抹隐约的花香。有些人，衣服看不到他，他亦无所知觉，裹在人流里，贴着好看的、那么美的召唤，茫茫然走过去，愚蠢得难以想象！母亲无疑是看得到的人，远远地，越过众人头顶，衣服一眼就发现了她，并且——选中了她！如同上帝满意地选中优秀的子民。穿行在琳琅的阵列当中，她比任何时候都更加心明眼亮。游荡的目光仿佛暗夜的火把，“忽”地燃起来，一转身扑到柜台上，指着远远高过头顶的半空：“拿下来！”事隔多年，我听得清楚，一面铜锣带着风的速度，在她坚决的语气中锵然落定。

数年游走，母亲越来越强烈地闻嗅到粗制滥造的低级趣味。商贩们寻摸出门道，去外地市场或作坊似的小工厂批发，那些大大小小的编织袋成捆地背回来的廉价货色，散发着一股烂菜帮子的霉味儿。母亲没钱，但她有品位，有眼光。游刃于服装市场，有如古董市场上“捡漏”的行家，这边扫一眼，那边瞄几下。有些女人，把衣服披在身上，左比比，右看看，一脸糊里糊涂的懵懂。母亲有如冷静的武林高手，与衣服的交流和切磋在不动声色中完成。渐渐地，更经常的情况是，母亲一言不发地转过一圈儿，头也不回，叹息似的，轻声道：“走吧。”我明白，那件衣服不在这里。是的，那一件，和母亲相互辨认的衣裳，不在这里，那就肯定在别处。

别处，既不虚无也不缥缈，乘火车不到两个小时的车程。那是一座现实而切近的城市——唐山市。唐山市是距我们县城最近的“大城市”，其实，比唐山更近的，还有秦皇岛。可比起唐山，秦皇岛还是稍逊一筹的小兄弟。母亲一点都不含糊，脱口而出的两个字低沉有力：唐山！

唐山车站比我们县城车站不知大多少倍，既宏伟又气派。身边那些步履如风的乘客们，看起来也更为整洁光鲜，脸上吹刮过的风带着城市的体香。

走下火车的旅客就像一桶泼出去的水，在街道上迅速散开，茫茫然蒸发在来往的人群中。身边一下子空荡了。环顾左右，哪有什么人哪！很快，我们惊讶地发现，匆忙走过这么一气，竟然真的走上了传说中的“绝路”——眼前什么时候出现了一架天堑似的铁桥？铁桥垂直街道，横跨半空，钢筋铁棍铺设而成，看上去极不踏实。我们既不能像飞行员那样扯着降落伞安全着陆，更没有法术凭空飞升。最终，我们在父亲的带领下手脚并用，笨拙地模仿猫科动物，扒着铁索边沿，一身冷汗，沿着陡峭的窄坡东挪西蹭。当我摸索着连滚带爬下到地面，脚掌着地的瞬间，内心竟响起欢呼，重生般庆幸抵达人间。可就在刚刚的慌乱中，我注意到当地市民像林中的昆虫和鸟雀，曦光中越来越多地涌上街道，从容而淡定。他们有的散步，有的骑自行车，手中提着，车把上挂着早点，行走在又一个如期而至的白天。这些人脸上那种近乎慵懒的自足，沉笃的步态，使得他们自有一种区别于外地人的明亮神采。我在父亲和母亲的脸上寻找不到这种奇妙的光泽。我们的脸和身体，呈现出灰蒙蒙的气色，疲惫、茫然、寒酸，无论走到哪里，都有一束刺眼的追光跟从、晃动。那天早晨的唐山市民，一定发现三个爬虫一样的土包子，笨拙地朝地面挪移、蠕动，他们为眼前的一幕大吃一惊，随即发出阵阵窃笑。

我惊讶地发现，我那向来注重仪容的母亲，脸上竟捕捉不到丁点沮丧。她只是拍打几下裤管的尘土，什么都没发生一样，淡淡说道：去小山！

清冷的早晨或灯火融漾的夜晚，男人女人们捏着火车票，肩背上扛着鼓囊囊的编织袋，搭帮结伙走出站台。这些人从小山批发货物，转手到碣石山柜台来卖，赚的就是两下的差价。远远望去，红的绿的编织袋在人群的头顶上缓缓蠕动，像一块鲜艳的巨型面包。童年里扛着残渣的蚂蚁也是这般模样，为了一点馒头屑或碎米粒，拼了命地朝着蚁窝挪动，庆幸出门便撞上了好年景。小山是唐山的一处服装批发市场。唐山市，大而洋气，俯瞰方圆几百公里之内的大小县城，有滦县、乐亭、玉田这些本市辖区，也辐射到我们这样临市的周边县域。即便以我童稚的眼光，也能判断出小山市场的消费水准。出入小山的，多是母亲这般出手羞涩的消费者。我去过市内的大型商场，旋转式落地玻璃门倏然打开，一股强大的气流迎面击中了我。那是怎样的一种气场啊？富丽、华美、透亮，多像美轮美奂的水晶宫，映衬着满目琳琅。电动扶梯升升降降，衣着考究的顾客站在扶梯上，俯瞰顾盼，来去自如。上了年纪的妇人，青春正好的女孩子，或者知性斯文，或者娇媚靓丽，全配得上亮闪闪的浮华世界。衣料从纯棉、纯毛或者羊绒到高档丝绸、棉麻，不一而足。无论端庄雅致，张扬奔放，或夸张或内敛，都透着一股贵族气。昂然而行的“贵者”，气质出众，“高贵”“阔绰”仿佛醒目的标签，顶在一丝不乱的额头鬓角，更体现于价格惊艳的华服。另一些人朴素得沉静，黯淡几近堕入尘泥。父亲觉得这样挺好，隐没人群让他感觉没来由的踏实。一个下井的煤矿工人，还要讲究吃穿，简直岂有此理，要遭人耻笑的。这个想法洞穿了父亲的一生。在这里，父亲和母亲实在是相悖而去的两条河流，再怎么努力，也无法达成一秒钟的交汇。

母亲的过人之处，我在多年之后才得以体察。——即使处于狂喜的崖巅，她也从未头脑发昏，放松理性的缰绳。我揣测不出，这究竟出于天性的自觉，还是匮乏生活的锤炼？马蒂尔德夫人吃亏在哪？不就是太不自量力了么。昂贵的钻石项链，一旦套到穷人的脖颈上，一不留神就变成锁链。因此，我那英明的母亲，将目标锁定在小山，这个中低档收入者的服装集散地。推门进去，热烘烘的气息扑面而来。过道上人挤人，柜台前也是人挤人。和碣石山一样，样品挂在高处，货物堆成小山，攒在货架子底下。塑料袋摩擦出窸窸窣窣的碎响。促狭的光线也被挤得弯曲变形。而那些豪华的商场内部，射灯成排地从顶部打下来，落在身上、脸上，甚至地板上，有一种致命的魔幻效果。在这种滋生幻觉的灯光里，灰姑娘都有变成白雪公主的潜质。小山不是。你得时刻保持警惕，机敏地活在逼仄的现实里，悄悄计算不厚的荷包，琢磨怎么和狡黠的货主讨价还价，压到不能再低的一个数字。省下的钱，还能填补菜篮。

小山市场还是混杂好些高级货色。母亲完全凭借天赋掌握了这个秘密。我说过，母亲有不凡的眼力。她给自己成功地挑到一件气质优雅的米色风衣，还给父亲买了一套银灰的西装。父亲张了张嘴，喉头滑动几下。他想说，一个干粗活的工人，到哪里去穿西装啊。他一抬眼，正好看到母亲喜气盈盈的脸，咂咂嘴，所有的话头重咽了回去。

陈姨和母亲一样，或者说，母亲和陈姨一样，都热衷追寻风尚，在嘈杂的街市和日子一般拖沓的电视剧里，追踪流行的时尚元素。那年，母亲在一个擦肩而过的外地女人身上，发现了当年流行的蝙蝠衫。这名字形象又生动，仿佛古老的象形文字，凿通了蝙蝠与服装八竿子打不着的界限。想一想吧，这种长相古怪的生物，肥大肉质的翅膀最为惹眼。蝙蝠衫巧妙化用其翅膀的特点，抬起胳臂，便打开一对肖似蝴蝶的美丽翅膀。一个相貌平平的人因此风情万种，从人堆中跳脱而出。好吧，走在现代的大街上，不能穿梭回长袖善舞的盛唐，那就退而求其次，拥有一件肥大袖子的蝙蝠衫吧，每抬起纤细的手臂，便觉得回了一趟蹁跹的古代。但是，大街小巷寻找不到那样一件夺人魂魄的蝙蝠衫，碣石山没有，别的地方也没有。母亲决定，再去一趟小山。陈姨与母亲一拍即合：去啊，明天去！

陈姨站在门外，脸上挂着浅笑，以罕见的端庄姿态，耐心等待母亲闷好一炉现实主义的火焰。她俩不穿工作服不戴风帽，打扮一新，像两只脱笼的鸟儿，雀跃而去。一个多小时之后，她们将抵达小山市场。是的，母亲对那里早已轻车熟路。

陈姨的形象始终留在我脑海中，满头卷发，一身鹅黄，笑眯眯立在门外的春风里。晨曦清凉而温暖，洒上她的肩头，重影般，勾勒出毛茸茸的线条。她和母亲仿佛透亮的日头，青春正好。孩子们刚刚萌芽，身边的生活若蓬勃的树苗，呼啦呼啦向上蹿着绿火焰。

作者简介

刘萌萌，中国作家协会会员，鲁迅文学院第三十六届高研班学员。文字散见于《散文海外版》《散文选刊》《新华文摘》《北京文学》《芙蓉》《雨花》《青年作家》等期刊。著散文集《她日月》。获《黄河文学》首届双年奖，首届孙犁文学奖。

乡村的旧时光

海　津

一堆黄土

一堆黄土，在别处，它只是一堆黄土。但是它不在别处，那是在南台子攒起来的一堆黄土。尽管也是坟的样子，可它不是真正意义上的坟。因为黄土下面，还是黄土。没有一个曾经有名有姓、会吃饭会喝酒会呼吸会撒尿的人，死后安睡在这里。

爹说，那是名堂。

名堂在坟地的最上边。也就是说，坟地里所有这些人，谁都没有这堆黄土的资格老，谁都没有这堆黄土的辈分高。名堂里埋的不是黄土。

黄土是种庄稼的，人们在春天里将种子埋在湿乎乎土腥味儿十足的黄土地里，黄土地就变魔术一样把种子变成苗，再让苗长成茂盛的庄稼，长出粮食。这是农民一辈子不断重复的事情，人们靠黄土吃饭，靠黄土生存，一旦老了，病了，死了，还得靠黄土收容几乎被日子风干了的身体。所以坟地里的黄土，尽管勤快人也会在坟地周围用来种庄稼，但那主要是用来埋人的。黄土是人一生最后的归宿。

活着的时候面朝黄土背朝天，死了背朝黄土面朝天。

名堂虽然也是一堆黄土，可是它既不是用来种庄稼的，也不是用来埋人的。名堂里面埋的，是一个家族的根。这堆不同寻常的黄土，可以上溯一个家族漫长的历史。无论你走向何处，你注定是有来处的。一个家族，无论兴盛还是衰败，无论延续还是绝断，既然走到了现在，就必然会有一条漫长的来路，一直延续到远古。这条路或许清晰，或许模糊；或许是一部书，或许无人知晓。但是，在大地上，攒起一堆黄土，它就在那里存在了。

面对南台子坟地里这座名堂，我沉思了许久。

我不知道这里埋藏了怎样的秘密。在它之后，我已经逝去的先人们，都安静地躺在这里，一座座坟头下，有名有姓，有生前轶事，有死后传说。我对他们，可以感知，可以想象。这一片坟地，就像一册厚厚的书，我可以任意翻出里面的内容。然而，这座名堂却像一个划时代的纪年，在它之前，只有模糊的传说，更像一个忽明忽暗的身影，摇曳在岁月的深处，且逐渐缩小，直至消失。

如此，一个家族便失去了对历史的记忆。

我不知道我来自何处。

深不见底的岁月，让我感到眩晕。

我只能回到这座名堂。它像茫茫岁月的大海里一座小小的岛，我在这里终于可以立足，仿佛找到了自己的根基。然而，它终究只是一堆黄土。

这是一个家族堆起的象征主义的黄土。值得安慰的是，我想它肯定是安睡在南台子坟地里最早的先人亲手堆起来的。我们不应该忽略它的存在，如果没有这堆黄土，我们就坠落在岁月的大海里了。

清明时节，我像给我的先人填坟一样，把这堆黄土，填得更高。

一缕炊烟

炊烟是温暖的。

青灰色的炊烟升起，就像村庄在寒冷中的呼吸。我远远地看着炊烟在风中摇动，遥想炊烟下面，饭食在锅灶里飘香。人在饥饿的时候，任何饭食都会产生不可抵御的诱惑。

一座村庄，没有炊烟摇动，肯定是冷清的。炊烟是人世间的烟火。炊烟升起来，村庄就暖和了。

在大清早或者黄昏时分，所有的烟囱都兴奋起来，向着深蓝的天空，摇动一缕缕或浓或淡的炊烟。这时的村庄，就像早上掀开的被窝一样，暖暖的。

所谓家，就是能让自己吃饱饭，让炊烟每天在风中摇动的地方。

村庄里的炊烟，总是飘着山里柴草的味道。柴草是干净的，炊烟也是干净的。炊烟只熏黑原本就很黑的锅底，却一直也没有熏黑头顶的蓝天。

村庄里所有的烟囱都冒烟的时候，你站在山上看，那些烟只淡淡地聚集在村庄头顶不太高的地方，到了那里，它们就相互亲切地融合成一片，朦朦胧胧地笼罩在村庄的上空，你再也分不清哪是哪家的了。就像村里的老人或孩子，顶多聚在村头，从不走远。炊烟也不飘向更高远的天空。它们或许是恋着村庄的温暖，或许是恋着村庄的饭香，也许是恋着村庄里的某个人。

我常常在想，鹊雀窝沟的炊烟，到底是从哪天开始摇动的呢？我的先人们，是从哪里来到这个僻静的地方，是从哪一天开始，在这里开垦土地、生育儿女、饲养牲口？

我猜想，也许是二百年前，也许是三百年前，也许更久远。

但是二百年与三百年同样遥远，我同样没有亲自经历，也同样无法猜测。我只能武断地认定，就是那一个春天的黄昏，我健壮的先人携妻带子，从遥远的地方跋涉至此，停下脚步，从山溪里捧一口水喝，这清清凉凉的水，无比甘甜，沁人心脾。于是，我的先人就一屁股坐下来，坐在这片还在荒芜着还在沉睡着的土地上，不再往前走了。他认定了这片山水，于是落地生根。

那天，在星星出来之前，只是简单地搭起一个人字形的马架子，再苫上一些树枝，地上铺一些柴草，房子就建成了，当时只用了不到一个时辰。再点燃一堆红彤彤的柴火，取暖，烧水，做饭。那就是鹊雀窝沟升起的第一缕炊烟。

那炊烟在山里升起来，在树丛中升起来。那是风们摇来晃去的旗，那是鸟们无法栖落的树。岁月的旗飘起来，生命之树长出来。于是，山谷里，就多了一个村庄。

风里，雨里，雾里，阳光里……

春天，夏天，秋天，冬天……

每天摇曳的炊烟下面，是鹊雀窝沟的青瓦房。

一 棵 大 树

树大分杈。一个人子女多了，家也像树一样要分杈。

我的先人在鹊雀窝沟垦荒种地，不断生育儿女。人丁兴旺，儿孙满堂，是乡村的理想。祖上看着自己的儿子牛犊子一样长大，眼见着就到了讨老婆说媳妇的时候。

于是，找人提亲，备料盖房。

说亲是媒人的事情，媒人靠的是两片嘴，说完男家说女家，夸完小子夸小丫，努力撮合一桩桩美满或不美满的婚事。来回撮合的过程也是来回吃饭的过程，吃完男家吃女家。所以，乡村流传着“人馋保媒，狗馋舔碾子”的说法。

人保媒肯定比狗舔碾子吃得好，为了儿女婚事，谁家都会尽力伺候好媒人。一桩婚事，成也媒人，败也媒人。拿人家手短，吃人家嘴短。吃饱喝足了，媒人的话也就说好了唠好了。

狗就没这么幸福了，人们拿到碾子上碾的东西本来就不多，谁都会仔细打扫干净，能留给狗舔的基本是一种象征。其实狗也就是馋了，尝尝人们刚碾过的东西，但是狗肯定不靠舔碾子活着，就像媒人也不靠保媒过日子一样。

据说祖上到了鹊雀窝沟，一共生下五个儿子。这五个儿子既要娶媳妇又要盖房子，我真敬仰祖上的勤劳。在这个狼走路都要钉掌的地方，搬运一切东西都靠人的肩膀，或者牲口的后背。这些活计以人为主，牲口只是偶尔帮人的忙。就这样，祖上备下了盖房子用的木料、石头、砖瓦，还有一整垛黄糜草，垛得规规整整。

黄糜草是苫房子的，盖瓦房很昂贵，草房就便宜一些。盖草房只用这种草，山上有，一担担割回家。黄糜草是一种细长匀称的草，长得很高。青的时候很沉，沉得像夏天的雷；黄了很轻，轻得像秋天的风。

一整垛黄糜草垛在房前或者屋后，看上去就很温暖，很安慰。人喜欢，鸟也喜欢。有时候麻雀或者别的什么小鸟就直接在那里做窝，住到黄糜草垛里了。那可是我的祖上用来给儿子或者孙子盖房子用的草，鸟不客气地住到里面，祖上也不嫌弃，并不急着把它们撵走。

一群儿子都娶了媳妇，盖了房子，一对对住到自己的小屋里。这棵大树枝繁叶茂，树杈也就都长成了。闺女大了会出嫁，儿子大了要分家。这是天经地义的事情，就像春天的树枝要发芽、秋天的树叶会落地一样自然。

但是传说祖上那时候分家还是有缘由的。

据说有一房媳妇从家境殷实的娘家带来一些陪嫁，怕在一起过得久了，这些东西就变成了公有财产，于是闹着分家。也许只有这一房闹出来了，其他的儿子儿媳只是不说，想法也是一样的。于是，儿子们分家另立门户也就势在必行了。祖上并没有阻拦，一切顺理成章。

祖上在做着这一切的同时，也在悄悄地变老。其实每个人都是如此，你一心一意地做着自己的事情，一不留神，自己就变成了另一个样子。曾经很壮实的身体，就像干完活沾了满身的土一样，沾了满身的病。尘土可以抖落掉，或者顶多拿到河边，在水里洗一洗，也就干净了。可是身体染了病，就总也抖落不掉了。俗话说："病来如山倒，病去如抽丝。"你不知道曾经强壮的身体去了哪里，也不知道身体上的这些毛病是从哪儿招来的。

上一代人虽然老了，但是下一代或者更下一代的人，生生不息。一棵大树已经枝繁叶茂，每一根树枝都会有每一根树枝开出的花朵，生长的叶子，结出的果实。

一棵树与另一些树生长在一起，树枝相互交叉，就长成了一片林子，遮风挡雨，命运相连。一个家族与另外一些家族生活在一起，就构成了村庄。村庄与村庄有婚姻相连，相互成为亲戚，就结成了一张温暖的网。

在村庄与村庄之间，人们相互走动，串亲访友，都很亲切。

与狼共舞

没有人居住的地方，狼就是自由的。这地方一旦被人占据，再凶猛的狼，也只能昼伏夜出地在山野间游走。鹊雀窝沟这地方自从先人们到来之后，也进行了一场人与狼的生死角逐。

原本只有柴草树木，只有山石溪水的鹊雀窝沟，狼肯定是这里的霸主。虽说山中无老虎，猴子称霸王，但这山中未见老虎，也没有猴子。即使有猴子，我想也轮不到它称霸，因为还有狼。

鹊雀窝沟这一带，人入住以前，曾经山深林密，只是后来有了人，人越来越多，树才越来越少，甚至山下的人多过了山上的树。树多，山上的动物也多，狼的存在也就很自然了。

狼是先来的，人是后来的。其实狼肯定不甘于失去这片领地，所以人们在这里点亮灯火之后，在灯火照不亮的地方，狼还是照常生存着。

狼不会轻易招惹人，但是会偷人养的羊，或者猪。深夜里，一匹狼悄悄溜进村里，潜伏在屋檐下，听屋里的人们鼾声起伏，于是就把圈里的羊或猪像自家的东西一样叼走，找地方自己享受去了。

我想，狼喜欢吃羊肉还是猪肉，要看狼的口味或者当时的心情。

等人发现了，自家的牲口已经到狼肚子里了。于是恨得咬牙切齿，骂声不绝。大半年的辛苦，就这样孝敬给狼了。

狼也有得意忘形的时候。

东山上有地，族中一男人在地里干活，忽觉身后有动静，未及回头，就觉两只手掌一样的东西在背后搭在了肩膀上，同时一股呛人的腥臭味儿从脖子后面袭来。男人强壮，知道身后是何物，双手抓住那狼搭在肩膀上的两只爪子，用力托起，同时用头顶在狼的脖子上，硬是将那狼给背了起来。

活捉一匹狼可不是好玩的。狼是到手了，可是放不下。

我努力猜测着身上背一匹狼的心情。

其实那绝不是心情的问题，有一张能把你喉咙咬断的大嘴悬在头顶，好像不是只有恐怖两个字能概括的。自己的生命真正掌握在自己手中了，手中不仅是自己的生命，还有狼的生命。

我更不知道狼是什么心情。狼被人背着的恐惧也许并不亚于人，其实真正恐惧的肯定是狼，狼的命掌握在人的手里。

狼与人都不会安静。男人背一匹活狼肯定不像背女人那么舒服，那真是一场生死较量。

最后，男人把狼硬是背回了村里。狼付出了生命，男人也付出了代价。男人的腰被狼的后腿蹬露了骨头，血肉模糊，在炕上躺了半年之久。

那以后，人们经常看到另一匹狼，常常从东山到北山，都是走在山梁上，不急不缓，站在山上向村里张望。但是它好像从没进过村，那是一匹看上去很孤独的狼。

祖辈五兄弟

祖上来到鹊雀窝沟，一共生有五个儿子。祖辈的五个兄弟，就像伸出来的一只手，五指相连，又长短不一。

祖上能生下五个儿子也实在是种福分。五个兄弟陆续出生，没有夭折，一起长大。或许期间也有夭折的，但是若干年之后，我已经无从查证。可是五个兄弟是真实存在的，在南台子，有坟为证。

五个兄弟出生后，他们在鹊雀窝沟和尿泥，掏鸟蛋；上山拾柴，下地捡粪；今天放猪，明天放羊；或打或闹，或哭或笑。直到长大成人，各人娶了各人的媳妇，自己过起了自己的日子。这时候他们的父亲，我的祖上，也日渐衰老，直到暮年，扔下一声叹息，撒手而去。

对于祖上和他的儿子们，我至今不知道他们的长相与个性如何，也许很强壮，也许很弱小；也许很直率，也许很狡诈；也许很霸气，也许很猥琐。但是这些都不重要，因为他们都已经故去，最后留下来的样子，只有一堆黄土。或者在他们后人身上，还能寻找到一些迹象，但是谁也说不清，这些迹象是什么。

不管怎样，祖辈五兄弟像树枝一样朝着不同的方位生长，在鹊雀窝沟撑起一片风云多变的天空，并且大多数传宗接代，直到如今。

一些生命在一片陌生的土地上扎下根来，总是需要一个很艰难的历程。也许是这些生命需要与一方山水的融合，也许是这些人需要与一方神灵的契合。但是，这个历程，却是生命的代价。

祖上在这里落脚之后，他老人家虽然寿终正寝，但在他之后，却一波未平一波又起，五个儿子几乎全部经历了十分荒诞与离奇的死亡，只有老大，那是我爷的爷，还算善终，但是我爷的父亲，我太爷却晚年精神失常，直至故去。

晒干了生命

也许龙王爷打盹儿，忘了下雨。那年，天大旱。

从春到夏，鹊雀窝沟未见一滴雨落下。地上的土渴得不在地上待，直接飞到天上。天上也没雨，于是只好再落回来。土不像云彩，云彩在天上待习惯了，只是偶尔变成雨或雪落到地上，只有发脾气了才变成冰雹，之后还会变成云到天上去。土在地上是土，飞到天上还是土。

天不下雨，地上什么都渴。在地里播下种子，苗怕渴死，一直在种子里藏着不出来。那种子种下啥样，过俩月不见有苗出来，扒拉出来还啥样。

人们急，伸长脖子，看天。天上依然很干净，一丝云彩都没有。太阳每天闪着白光，刺得人们睁不开眼睛。

无奈，人们只好成群结队地去老爷庙求雨。散发，赤足，顶荆披柳，再献上猪头、羊头，成片跪在庙前，对着老爷庙向着龙王爷祷告，祈求，许愿。也许龙王爷不住在老爷庙，也许龙王爷睡着了听不到，天还是蓝得不见底。

祖辈五兄弟中，顶数老四心眼儿最多，也心眼儿最小。分开家没几年，虽然媳妇家里殷实，带了些嫁妆，可是成天过日子也顶不了事儿，早就捉襟见肘了。

鹊雀窝沟只被开垦出一点山坡地，风调雨顺之年，打下的粮食也只够人们当年糊口，肯定没有多少积攒。这日子脆弱得像一只空鸡蛋壳，一碰就碎。

天旱得昏天黑地。祖辈老四每次到地里看一回，回来就唉声叹气地绝望一回。可是老天爷不理会这些，依然不掉一滴眼泪。

地被烤得要着火了。地里的火还没烧起来，祖辈老四心里的火却烧起来了。眼见老婆孩子没吃没喝了，老天爷还是不下雨。一时想不开，就用根破绳子把自己挂树上了。

男人死了，老婆孩子还活着。

大灾之年，男人去享清福，留下孤儿寡母在热辣辣的大太阳下熬着。于是有好心人就给女人介绍人家改嫁。对方是个影匠，就是唱皮影戏的艺人。影匠是传奇人物，凭着一张嘴赚钱，却偏偏迷上抽大烟，大烟不过瘾，又扎海洛因。直到把肚子扎烂了，感染化脓。他说这是被鹰叼了，神奇的海洛因在人们的口头流传中已经演变成了海洛鹰。

“鹰叼”这词很生动，让我想到一只雄鹰粗壮有力曲线优美的长喙。

影匠的肚子是自己扎的，与鹰的长喙无关。在外面扎烂了肚子的影匠没钱医治，只好回家。影匠一个人躺在土炕上，肚子烂得发臭。其实他早就家徒四壁了，屋顶破烂得能漏下星星。将死之际，乡邻郎中好心，未请而至，用一把杀猪刀子给他割掉肚子上的烂肉，直到露出鲜红色血丝，然后给他撒上一些黄色药粉，再到后院儿，掐来一支鲜嫩的倭瓜秧叶罩在上面。

将养数月，影匠终于逃过此劫。于是仍旧跟着皮影戏团走乡串村，用驴皮刻出的影人演绎那些帝王将相、才子佳人的曲折故事。不同的是，绝了海洛因，又攒钱盖了房。只等找个女人过日子。

可他只想要女人，不想要女人身后的小尾巴。

话传到鹊雀窝沟，祖辈老四的女人就犯愁了。一个孩子又不是什么物件儿，放哪都行。那是一张嘴，要吃要喝，还要穿衣服，不然人家也不会不要。

日思夜想，女人终是走投无路。于是，牵了孩子，到地里挖坑，反正是自己身上掉下的肉，埋了就干净了。

孩子的哭闹声惊动族人，孩子被留下。女人哭着，离开鹊雀窝沟，自己活命去了。

饥饿的星星

天旱无雨，秋来颗粒无收。望着空荡荡的田地，人们叹了口气。气叹出去，更饿。于是不再叹，忍着。

闲饥难忍。祖辈老五终于不忍了，早上起来，没洗脸，就出门了。

他去岭上赶集。过北梁，上岭走十五里，有集市。那是以前经常去赶集的地方，只是现在没什么卖的，也没钱买什么，就不去了。

早上，祖辈老五瘦弱的身影在弯弯细细的山路上飘过北梁，谁也没注意。这条山路是我上山割柴经常走的路，我没看到祖辈老五的身影。那遥远的身影早就在时间里褪尽了颜色，即使在风里，也没留下一点痕迹。

祖辈老五去赶集那天，鹊雀窝沟很安静，没有一点可以记述的事情发生。天上空旷得依旧只有一颗太阳，独自从东到西，不和任何人打招呼。地上也只有风还有力气闲逛，连一个同伴都没有，只是偶尔捡起几片枯了的叶子，抛起又扔下。

直到整个白天都很无聊地过去，天已经黑得只能看清星星的时候，人们才想起去赶集的人还没回来。等了再等，北梁还是寂静得惹不出一声狗叫。

等人们找到祖辈老五的时候，他已经在那个叫长台子的地方，睡到另一个世界去了。

长台子离鹊雀窝沟只有不到三里的路，我常到那里割兔草被背回来当柴烧。那是一大片开阔的台地，生长着一种白色的草，我们叫它兔草被，或许是那种草很细，很柔软，常有野兔住在草丛里，才有了这样一个奇怪的名字。

祖辈老五就仄卧在路边，他的身后，就是大片白色兔草被，在风中波浪起伏。那条小路一直穿过整个长台子。人们不知道他是什么时候仄卧在那里的，也不知道他去没去集市，因为他的身上就像他的肚子里一样，什么都没有。

我猜想他一定是从岭上的集市回来才仄卧在这里的。早上他也许是满怀希望地上岭的，有希望在心里撑着，他就不会垮。可是他在岭上回来的时候就不同了。两手空空而归，心里的希望破灭了，又长途跋涉，终于耗尽了身体那点可怜的能量。走到长台子的时候，虽然离家只有三里，可是他眼前的路一定长得让他没有勇气再走一步了。

他的耳朵里，只有远处那匹狼发出的一声声悠长的叫声。他想，那一定是他曾经见过的那匹狼，独自站在山梁上，身影孤单，目光冷漠。

他栽倒的那一瞬，眼前的星星很多，它们在黑暗中闪烁着，舞蹈着。冷寂的星光，在他眼前，为他照亮了通往另一个世界的路。

一 语 成 谶

至今我仍能感觉到，那句话狠狠地砸在祖辈老二的背后。

可是祖辈老二在当时也许没什么感觉。他已经习惯了自己的女人，女人就是男人的一种生存环境，既然离不开，什么样的环境都得受着，在一种环境下生存久了，也就麻木了。另外，据说祖辈老二是个厚道人，三脚踢不出个屁来，更何况是女人的一句话。

可是这句话成了祖辈老二听到的自己女人说给他的最后一句话。村里有人请他去帮忙放树，放倒一棵树不是什么大事，只是一个活计，可是让一棵大树轰然倒下，也不是一个简单的活计，这是一件危险的事情。放树虽然有一定危险，可是只要有经验，手脚灵活，也不会出事儿。很多年里，人们放树从没出过什么意外。所以，女人对男人出去干这活计，也从没真正担心过什么。只是男人惹了她，女人不高兴，就在他背后恶狠狠地骂：你咋不让树给砸死呢？

女人这种骂，其实也没什么，女人骂自己男人，也常常骂得死死活活，还没有哪个女人真把自家男人给骂死的。可是祖上老二的女人骂男人的时候，可能刚好被树听到了，树就记下了这话。

祖辈老二真被树给砸死了。女人的骂一语成谶，也就成了千古绝骂。

祖辈老二在家里出来，走下石砬盖儿，女人的骂声还粘在后脚跟上，就像一不小心踩着的牲口粪一样，但他自己不知道。他的肩上扛着放树用的快码子，那是一口闪着亮光的锯，宽条，大齿，没有锯梁，只在锯条的两端安了把手，两个人面对面对着拉，是专门用来放树用的。这口大锯随着他走路步子的节奏，一上一下不停地颤悠着，仿佛有一个幽灵在上面跳舞，这个他自己也不知道。

草木都是有生命的，有生命就有灵性。站在一棵大树面前，总让人有一种畏惧感。将一棵大树锯倒，也是人与树的一场较量。你要在树的面前来来回回地仔细打量，在哪里下锯，就像你吃掉一大块食物要从哪里下口。你要确定树倒下的方向，依据它的高度估计它可能砸到的地方。更重要的是，要知道锯倒那树后你自己应该躲避的方向。

一棵大树知道自己的命运之后，一般也会很配合，会按照人的要求乖乖倒下。可是祖辈老二面前这棵树却突然觉得有点儿不甘心，在倒下的那一瞬忽然挣扎了一下，调转了方向。

树没按照人的要求倒下，临时出错。

整棵树挟带着呼呼的风声，铺天盖地地向着有人的地方倒下，人们惊呼着四散逃开。只有祖上老二，也许在那一刻走神儿，也许被吓呆了，也许被女人骂出的话粘在了原地。不管因为什么，只有他没动地方，于是那棵树就很轻松地抓住了他。

那天，祖上老二老老实实地被那棵树给带走了，和树一起去了另一个世界。

冰 雪 诱 惑

从来没见下过这么大的雪。一年的雨没下，都憋到冬天变成雪一起落下来了，连树上的鹊雀窝都变成了白色。饥饿的鸟，无力地飞过很短一段距离，落在也变成了白色的树枝上，天地之间，只有那一个个模糊的黑点儿。

所有的人都被大雪挤到屋里，外面除了雪，还是雪，满世界飘着雪花，已经没有让人走动的空隙了。

大雪下了三天。天空像憋急了之后痛痛快快地排泄了一次，终于舒畅了一些，云缝里露出了些许从容。可是祖辈老三在屋里却被大雪给憋急了，他没有待在屋里不出去的习惯，男人总在屋里就成女人了。他每天也像别人一样，坐在炕上围着火盆烤手，可是没烤一会儿，就烦了。手是用来干活的，总这样烤着会被烤熟。于是缩回手，歪在炕上仰头数屋顶的椽子。

那些椽子他都熟悉。一共几根，哪根粗哪根细，哪根挨着哪根，甚至哪根椽子是哪面坡上的树，他都记得。这房子盖好还没多久，一块块石头，一锹锹泥，一根根木头，还有一捆捆草，攒到一起，就成了这房子，就是这家。可是他除了吃饭睡觉，很少待在家里。终于被大雪困在屋里，他又觉得闷，憋得喘不上气来。

祖辈老三在炕上一觉醒来，他说他听到北梁上有人喊他，他得去看看。家里人拦不住，他就蹚着厚厚的雪出门了。一般的雪天是挡不住人出门的，这场雪虽然大，可是天已经开始渐渐放晴了。

祖辈老三沿着后来连我都熟得不能再熟的山路，深一脚浅一脚地上了北梁，那黑色的影子不比鸟的影子更大更清楚，最后在雪色中完全融化。

直到夜晚，不仅是他的影子在雪中融化了，他的人仿佛也融化了。总不见祖辈老三回来，家里人就急了。几个人沿着雪地里清晰的脚印儿，一直找过北梁，进了梁那边的老毕家松山。

我在老毕家松山里搂柴火的时候，很少到最下面去，我知道祖辈老三最后就是在那里被找到的。我不知道他去那里找谁，或者找到了谁，只听说在那个大雪天，他走到老毕家松山的下边，在那个并不是很高也不是很陡的山崖上滚下去了。

他是循着一个喊他的声音来到这里的，可是那个声音除了他自己别人谁也没听到，或许他是在梦里听到的，但是他没说。他被那个喊他的声音引导着，义无反顾地走进了这座林木茂密的松山。在那极其短暂的一瞬，以极快的速度惊天动地又无人知晓地滚落下去，惊起地上大片积雪，在雪屑纷飞的那一刻，他把自己的人生，滑到了尽头。

一个阶段的尽头，总是另一个新阶段的开始。我觉得，祖辈老三在这个冰天雪地的银白世界里，是滑入了生命的另一条轨道。

蝗袭如云

许多人对闹蝗虫那年记忆犹新。

祖辈五兄弟转眼走了四个，只剩老大一人，其余的都成了寡妇和孩子，这个家族的日子忽然摇摇欲坠。

男人们莫名其妙地没了，可是天不塌下来，这日子就还得一天天过下去。五个弟兄本来分成了五家，无奈，又归在一起合成两家。老大收留了老四的孩子跟老三家合在一起，老二家跟老五家合在一起。一个家族，经历了一场重大变故与严峻的生存考验。

我不知道生命来到一个新环境是不是都会水土不服。一方水土养一方人，这种养，需要一个人与自然相互契合的过程。但是在鹊雀窝沟，生命对自然的切入，是一个玄秘与残酷的过程。人的生命，在一个新的环境里立足、生根、需要自然的接纳，更需要神的接纳。或者，神与自然在冥冥之中，结成了一个配合默契的攻守同盟。他们常常排斥第三方的介入，尤其是人。

祖辈四兄弟先后故去之后，这个家族的生存已经举步维艰。然而，神与大自然仿佛并没有就此放手，在大旱、大雪之后，又发生了疯狂的蝗灾。人的眼里，蝗虫是一种低等级生物，它们在草丛里行走、跳跃、飞舞、交谈、歌唱、恋爱、交配、繁衍，它们自得其乐，自生自灭。蝗虫有蝗虫的世界。然而，有一天，它们忽然纠集起来，疯狂起来，像铺天盖地的劫匪，闪电般劫掠了这个世界。

蝗虫来袭的时候，天边常常像大片黑云压来，等它们真正逼近了，却如狂风暴雨一般，整面坡上的庄稼不到半个时辰，绿色皆无。之后，它们又即刻消失得无影无踪。

人们惶恐、无奈，每天手持脸盆、木棒，守在田间地头，等蝗虫来袭，不断呼喊着敲打出一些声音，以此惊走它们。或者，它们已经落在庄稼上，只能在庄稼地里搅扰，争取在庄稼没被吃完以前，把它们轰走。

密布的蝗虫在眼前无序地飞舞着，喧闹，嘈杂。他们碰撞扑打在人的脸上、身上，这让我想起一个词：箭如飞蝗。

生命常常会出现一种奇异的现象，这么多的蝗虫，你不知道它们来自哪里，去往何方。你不知道它们是怎样纠集在一起的，它们听从谁的调遣，谁是它们的头儿，由谁来决策下一个袭击的目标。蝗虫，那种青绿的小昆虫，一种纯粹的弱势生命，此刻竟变得如此面目狰狞。或许任何生命都有使人恐怖的一面，就像细菌，我们看不到它们的存在，却能感受到它们的存在。或者，我们的生死，也取决于这些低级生物或微生物的存在，从而让我们绝不能忽视它们。

秋天终于来临了，蝗虫失去了它的威力。秋后的蚂蚱，确实没有蹦跶几天。任何生命，都逃不出大自然的威力。

人们在地里捡拾起残存的粮食，充饥，度日。每天经历着日出，日落。继续生息，繁衍。

日子仍在继续。

作者简介

王海津，笔名海津，生于1964年，满族，中国作家协会会员。诗歌、散文作品散见《散文》《散文选刊》《散文百家》《华夏散文》《中国散文家》《散文世界》《绿风诗刊》《上海诗人》《青年文学》《文学界》《山东文学》《芒种》《满族文学》《读者》《人民日报》《广州日报》等报刊以及各种年选、排行榜等文学作品集，曾获多种奖励。出版有诗集《走过原野》，散文集《乡村碎片》《城市鸟群》《鹊雀窝沟村志——一个作家笔下的乡村记忆》，长篇报告文学《铁骨春秋》等。

北戴河·老别墅

毛　蕊

北戴河的老别墅是令人感念的传奇，一方面，她包含着地理、地质、气候、宗教、社会、历史这6个建筑中不可或缺的内涵，另一方面，她饱含着文化群体的忧思和乡愁。

一

北戴河这个地方因其有“夏都”之称，所以许多话题一言难尽。比如都是近海旅游度假地，四季也都韵味十足，但全年大部分时间它无法和海南比热闹，无法和厦门、珠海比风情，时尚和潮流也不及青岛或者大连，甚至不好体会到完全意义的随心所欲。比如鼓浪屿，那么小的一个岛就有上千栋老别墅。踏上那里的第一个台阶，就融入了鼓浪屿的魂。当那些老房子在争议中被改造成各类民宿的时候，游客惬意地游玩在此，把鼓浪屿的神韵融进自己的故事。还比如青岛。过去整个城市就是万国别墅群，经年历变，如今在老城区有600栋别墅，是几十户人家各分一室的“混居别墅”，私搭乱建破坏了整体美感及老别墅的构造和质量。而另一方面，青岛其他区域很多保存完好、重新整饰过的中高档老别墅，售价高达数千万或上亿元，只要有钱，千挑万选，总有一款适合你。还有著名的庐山别墅群，美庐里蒋介石和宋美龄用过的东西原件未动。但是，在同一个时间段，你心里装着看老别墅的意念来到北戴河，至少会产生两种错觉，眼前这个碧海蓝天下欧式古典主义的玲珑小城，莫非是从大洋彼岸飘移而来？到底哪一座建筑才是铺就着百年沉淀的历史与人文的老别墅？

事出有因，从2011年起，来到北戴河的人惊讶地发现，这个城市来了次完全意义的华丽转身。一条条流淌着旅游休闲文化血脉的长街、小巷和部落，像一条条风情万种的精神河流，脱颖而出，令人惊艳。充满俄罗斯风情的保二路、北欧风情建筑风格的海宁路、法式新古典主义风格的刘赤路、英伦都铎式建筑风格的鸽赤路、德式建筑风格的联峰路、西班牙风格的东三路，以及多国欧式建筑风格的中海滩路、西经路等。木格窗、虎头窗、坡屋顶、水石墙、廊柱高台，真材实料，色彩和谐。无论白天还是夜晚，在葱郁的植物和霓虹掩映下，每一座建筑都散发着异国气息。这些欧式风情街上林立的餐馆、超市、纪念品店、宾馆、牌匾、门牌号、标志牌、井盖、书报亭、路灯、垃圾桶、公共厕所等，无不精雕细琢，既展示着高雅，也汇集着华丽，制造着流行，巧妙地沿袭和融合了北戴河的多国建筑风格，整座城市仿佛都是由老别墅组合成的，令游客叹为观止。

其实，北戴河真正的老别墅几乎没有几座可见于繁华闹市，她神秘而内敛，分散在苍翠林间、高墙大院、海边曲径处。人们知道的，只有一段段似是而非的传奇故事以及从门缝里窥到的一线风景。嘈杂的商业味和浮华的市井没有太多侵染她遗世独立的个性。

二

如果说，碧海金沙是北戴河的灵魂，那老别墅就曾经是北戴河的命脉。

1890—1894 年，一个叫金达的英籍铁路工程师负责修建津榆铁路。津榆线是洋务运动的孑遗，迄今整整 121 岁高龄了。修建津榆线之前，北戴河只是一个小村庄，秦皇岛只是一个荒凉的海岛。肯定的是，在勘测铁路线的时候，这位叫金达的外国人发现了眼前卓然天成的海湾沙软潮平，足可与他见过最好的海岸线媲美。无从考证金达是以哪种方式把这个消息扩散出去的，名流聚集的 patio 还是文图并茂于报端？总之，在介绍北戴河老别墅的书中考证，最早在北戴河建起别墅楼的是英国传教士史德华彼和甘林。那是清光绪十九年（1893 年）。随着津榆铁路落成通车，大批英美传教士和商人纷纷在此购地筑屋。1898 年春天，清政府宣布北戴河海滨作为秦皇岛“自开商埠”的一部分，被划作“允中外人士杂居的避暑地”。很快，一群外国人就成立了石岭会、东山会等组织，在北戴河大举收购土地，大肆兴建别墅，注意是“大举”和“大肆”。滨海小渔村，短时间内变身东方火奴鲁鲁，成为一个带有殖民地色彩的避暑桃源。

时光流转至1948年，这是秦皇岛解放的年份。想想看，日本军破坏性地占领和随后的解放战争，那些在北戴河这片土地上留有物业的中外达官贵胄都逃之夭夭。史料记载，解放了的北戴河海滨，政府机构对房产和人员做了普查：“包括住宅、教会建筑、公共建筑、商务建筑，中外别墅总计719幢，其中外国人别墅483幢，建筑面积21万平方米。涉及美、英、法、德、日、苏联、意大利、比利时、希腊、奥地利、加拿大、瑞典、西班牙等20多个国家。中国人的别墅236幢，建筑面积8.5万平方米。”由此可见北戴河建筑受西方影响之大。这些别墅取花岗岩，坡顶，覆红漆铁皮瓦，傍倚联峰山，透迤海岸，或分层筑台，或依坡就势，呈“层楼近水倚群峰”错落有致的美丽景观。康有为先生留有“五云楼阁倚山巅”的诗句；德乃斯撰文：恒有十亩数十亩之隙地，供其治场圃，树扶疏。间隔辽远，田园无限。中国建筑学界把北戴河海滨的别墅风格归纳为“蓝天绿树、红顶素墙、挑檐、长廊、大阳台”；“布局和构造凸显为有情感的房子”。诗人徐志摩在他的《北戴河海滨的幻想》一文中写道：“我独在前廊，偎坐在一张安适的大椅内，袒着胸怀，赤着脚，一头的散发，不时有风来撩拂。廊前的马樱、紫荆、藤萝、青翠的叶与鲜红的花，都将他们的妙影映印在水汀上，幻出幽媚的情态无数；我的臂上与胸前，亦满缀了绿的斜纹。从树的间隙平望，正见海湾；海波亦似被晨曦唤醒，黄蓝相间的波光，在欣然的舞蹈。”这一段最能反映住北戴河老别墅的情致。

北戴河别墅的设计与建筑者在1900年以前已难考证。1901年之后，在香港注册的先农公司，开始在北戴河进行别墅设计与建筑。随后，德国人魏迪锡、盖林在天津开办建筑事务所，专门负责北戴河别墅的设计。1928年，美国人爱温斯与中国人周志俊合办的平安公司在北戴河经营房地产业务，建筑了部分别墅。别墅的建筑工人来自中国各地，成就暴富了众多出名的建筑商。

北戴河以其在沿海独树一帜、集世界建筑风格之大成的别墅群而闻名中外。这些别墅不但有其独特的历史价值，而且有着完美的艺术价值。北戴河因此成为仅次于庐山的中国第二大避暑别墅区。

三

话至此处有必要认识一个重要人物——北戴河市政建设的开拓者朱启钤

（1872—1964），这有助于人们走在北戴河街头时，毫不费力地呼吸到历史的芬芳，导引着去北戴河西海滩平水桥公园，拜谒朱启钤先生的铜像。

曾任职清政府内务总长、交通总长，国务代总理的朱启钤是中国很多学科的奠基人，建筑学家、工艺美术家、收藏家。20世纪60年代初，周恩来总理亲往朱启钤在北京东四八条的寓所看望他，朱启钤向周总理提出，自己过世后希望能安眠于北戴河自家墓地。不过，因为他是国家文物委员会委员、政协委员，身份特殊，去世后还是安葬在八宝山革命公墓。

朱启钤10岁时随姨夫从巴黎回国，17岁时娶了曾国藩的二女婿陈远济的侄女为妻。岳父家族对他最大的影响是“西人以制造致富”“中国榜之尚行”。他旧学很好但没参加科举，22岁从地方上的工程小官做起，走的是经世致用的路子。1905年，他在晚清创办了“京师警察”制度，给街道装路灯，在外城大栅栏推行单行道制。1913年，朱启钤当了袁氏当国的内务总长。他大规模规划改造北京的基础设施和街道布局。现在人们熟知的“修旧如旧”的概念是他首次提出来的。中国第一个“胜迹保护条例”是他主持颁布的。北京的第一座公园，今天的中山公园也是朱启钤个人出面集资开辟。中山公园落成后，朱启钤与清宫交涉，在公园与故宫之间开了扇门，把西华门内的武英殿辟为展出皇家珍宝的地方，起名“文物陈列所”。这是中国第一个博物馆，也是故宫博物院的前身。天津劝业场也是他主持修建的。

梁思成与林徽因的一生，与朱启钤关系重大。1915年，43岁的朱启钤支持袁世凯称帝，还是大典筹备处处长。事后他广受诟病被通缉。但因为确有能力和威望，很快被赦免特派为南北议和总代表。谈判破裂，回京后他退政从商，同时做公益事业。他找到梁思成、林徽因夫妇担任营造学社带头人，开启中国建筑史上第一代乡野建筑调查。朱启钤私人给各地官员写信，要他们护卫照顾这些赶着大车和毛驴采集建筑样本的柔弱书生。梁思成能写成11万字的《中国建筑史》，就是有了朱启钤包括资金和提供资料方面的各种支持。他还让北平最好的建筑师张鎛，“对明、清两代保存下来的文物建筑做现场精确实测，留下真迹图卷，免遭兵燹之灾”。张鎛用了3年半的时间，完成了这份工作。

铺垫到此，大家也看出朱启钤是怎样的人物了。1916年，朱启钤第一次来到北戴河，在联峰山置地，盖了自己家的别墅“蠡天小筑”。当时的北戴河有别墅253所，90%都是外国人的。1918年，下野后的朱启钤住到北戴河，看到外国人在这成立团体，大肆掠占优质地段，无规划乱盖房子。为了“斤斤争主权”，他向内务部和直隶省政府呈文，申请成立地方自治团体“北戴河海滨公益会”，制定了“以办理海滨地方公益事业为宗旨”的章程。获批后，朱启钤当选会长，他组织骨干成员自筹资金开始有步骤、按计划地规划建设北戴河的街区、道路、民生基础设施和绿化工程。为了修路，好多人家拆墙让地给予支持。他还筹款修建了联峰山公园和医院、学校，造福百姓。公益会规定，联峰山、金山嘴、鸽子窝为风景保护区，不准许起楼盖屋，破坏自然风景。一位伪满时期的管理局局长擅自砍伐树木，朱启钤怒不可遏，亲自告到伪华北政务管理局局长处，违者被撤职查办。自此以后，北戴河的别墅民居都按照规划要求建设。朱启钤奠定了北戴河海滨的城市格局，当时街道的名称、门牌号等规范做法沿用至今。朱启钤与张作霖是儿女亲家。

“万里波澜拍岸边，五云楼阁倚山巅。天工图画成乐土，人住蓬莱似列仙。”北戴河的众多别墅内聚集过康有为、徐世昌、顾维钧、张学良、傅作义、海伦、斯诺等数不胜数的风云人物和知名人士。“吴家楼、段家墙、霞飞馆的大草房”，说的就是北戴河当年的三大建筑。吴家楼以豪华著称，是时任北洋政府中国银行总裁、财政部次长，后任南京国民政府实业部长和蒋介石总统府秘书长吴鼎昌的别墅；段家墙以典雅大方见长，是曾任北洋政府东三省巡抚、北京京畿警备总司令段芝贵别墅的围墙；霞飞馆为“咖啡馆”的谐音，又名“松涛草堂”，乃北洋政府交通总长、代国务总理朱启钤长子朱海北所建。在俗称“章家楼”的张学良将军别墅，1929 年夏，张学良与赵四小姐在这幢别墅里结为百年之好……每一幢别墅内都有着如烟往事。

四

现在的北戴河是沿着历史的时光隧道一路走来的。王风华先生在他的《海滨旧闻录》里写道：一幢幢欧风建筑拔地而起。隆隆的飞机降落在赤土山机场。几十座教堂云集众多基督教信徒布道。海滩上，中国女子连光着脚都害羞的时候，西人女士却是“血红的嘴唇，流动的秋波，苍蝇蘸蜜似的亲密”。“袒胸露臂的泳衣，19 孔的高尔夫球场，欧洲的凤梨、草莓酱，美国的红星苹果，瑞士的萨能奶山羊，德国的啤酒都远隔重洋地传来了”。“北戴河商肆林立，利市十倍。哈喽、密斯不绝于耳。入夜，联峰山公园内的霞飞馆，西经路上的毕琪饭店、同福饭店，吃西餐，跳西舞，通宵达旦”。

1937 年 7 月 7 日，日军发动全面侵华战争，北戴河别墅的主人多数都离境或回国或出逃。日军占领北戴河期间，所有别墅无一幸免惨遭践踏破坏。直到抗日战争结束，新中国成立，北戴河的老别墅才重获新生。随着北戴河成为中央暑期办公地和劳动人民的休养地，众多别墅被划归到各个休疗养院的地界。然而，70 多年后的今天，北戴河目前保存完好的老别墅仅 110 幢。相信所有看到这个数字的人都怀疑自己的眼睛。

据北戴河文保所所长闫宗学介绍，北戴河的老别墅分三个阶段遭到了不同程度的破坏。其一，因为许多老别墅被日本侵略者住得破败不堪，解放初期各休疗院开始基础建设时，就彻底拆掉或改造得面目全非。其二，“文革”期间的打砸抢烧，致使许多房子墙倒屋塌。其三，20 世纪 80 年代，北戴河迎来了井喷式的旅游高峰，为了扩大接待规模，各个休疗院和村镇街道又一次大规模拆旧新建、扩建，一些年久失修，被认为占地多、不实用的别墅建筑就让路给重新修建的楼堂馆所。闫宗学介绍，20 世纪 90 年代末，保护北戴河老别墅的工作开始提到议事日程，告知老别墅产权单位从此“不能拆除一砖一瓦，要保护性维修，修旧如旧”。随后，有经济实力的休疗单位开始投入大笔资金挖掘自家老别墅的利用价值 。

2004 年，北戴河区对老别墅的保护再加力度。在遵守《中华人民共和国城市规划法》《中华人民共和国文物保护法》的前提下，2004 年 3 月 4 日，颁布实施了《北戴河区近代建筑保护规定》，首次将区内的老别墅纳入依法保护和管理的轨道。依据这部法规，北戴河文保部门对当时现存的所有别墅逐一登记造册，其产权、方位、面积、数量、类别等悉数进入档案，并一一制订保护方案，确定 64 幢近代名人别墅为“文物保护单位”，设立保护标志。其余列入“保护系列近代建筑”。自此以后，老别墅没有再遭受因眼前利益被拆改的厄运。

五

修饰一新的北戴河老别墅就在这种大环境下，揭开了神秘面纱。“北戴河老别墅游”以旅游产品的身份见诸报端后，络绎不绝的中外游人来到一幢幢古老的别墅前，追寻名人的足迹，聆听名人的故事，欣赏中西合璧的建筑艺术，感受百年历史的沧桑巨变。

北戴河老别墅游包含两部分内容：一是游客参观十座著名别墅；二是开辟“别墅度假”项目。开放的名人别墅分别是五凤楼、顾维钧别墅、马海德别墅、何香凝别墅、傅作义别墅、东岭会教堂、瑞士小姐楼、美国来牧师别墅、美国常德利别墅和王振民别墅。五凤楼为清末著名实业家周学熙之子周志俊所建，当时因他的5个女儿在这里居住而得名；顾维钧曾任民国第三任外交总长，它的别墅始建于1912年；马海德别墅是奥地利籍人白兰士所建；何香凝别墅建于1942年，为日籍人东金草燕所建；傅作义别墅建于1941年，原房主是一个法国人，后由傅作义居住；东岭会教堂建于1898年，是北戴河风景名胜区最早的建筑之一；瑞士小姐楼为瑞士驻中国公使乔和所建的私家别墅；王振民别墅建于1941年，为新中国成立前天津企业家王氏兄弟所建的私人别墅。这些别墅代表了不同时期不同国家的建筑风格。

各休疗院把老别墅做了大规模装修改造后多数用于接待。整栋订房，高级别墅挂牌门市价达到几万元。每到旅游旺季，入住率很高。如瑞士小姐楼就曾有著名IT公司租住在此开会度假。瑞士小姐楼又名瑞士乔和别墅，建于1897年，是当时瑞士驻天津领事馆领事乔和送给8岁女儿的生日礼物。新中国成立后，产权归于水利部，该别墅被确定为国家级文物保护单位。还比如华北油田疗养院有著名的卢慕斋别墅3座，100多年前建造的园林五角亭仍然完好。平常日子，该院3栋老别墅经常会降价接待合适的住客，就是为了让人气养房，以确保管线通畅不生锈，空气流通不发霉。据了解，北戴河其他老别墅也都采取类似措施让房子保持健康运转。

除了产权单位接待和办公的保护性使用之外，还有一种“租用双赢”的办法。一些效益好、口碑好、纳税高的文化企业，按照政府管理部门提供的老照片、图纸和要求，租赁、装修、维护、使用老别墅。2012年以来，本着保护与开发并重原则，以这种方法，组成“五凤楼文化创意产业园”“雍剑秋别墅文化创意产业园”“沈钧儒、何香凝别墅文化创意产业园”。目前有北京恒信传媒集团、北京国际版权交易中心、北京大陆桥传媒集团、天洋集团、五星集团等8家文化创意分部入驻。这种开发模式目前也是北戴河老别墅开发利用的一个范例。

另据了解，北戴河目前正筹划在城中村改造项目中融入老别墅建筑复建项目。定位的赤土山片区，计划有 10 个已经损毁的公共建筑、商务建筑，如六国饭店、霞飞馆、中国银行、邮政局等重现昔日风采。建筑遗产有历史价值、科学价值、文化价值、使用情感价值等多方面价值。老建筑的保护和潜在价值的实现，就是要在老建筑保持风貌和与城市兼容上找到平衡，让历史在现实中得以重新构筑和延续。

北戴河老别墅，仍旧在讲述着各自的故事。

作者简介

毛蕊，60 后，女，满族。河北省作家协会会员，磨铁中文网签约作家。中短篇小说散见于《长城》《啄木鸟》《天津文学》《北京文学》《河北作家》《青年文学》《石油神》《九江州》《海韵》等杂志。出版个人随笔集《串味折子》。

老龙头究竟是什么

碣　石

万里长城，从莽莽燕山迤逦而出，止尽于滔滔渤海。长城于大海的止尽处，就是所谓的老龙头。《辞海》引用清康熙年间杨宾的《柳边记略》说：“长城东尽头曰大龙头……大龙头，土人称老龙头，上有望海楼。”在我看来，在山海关老龙头，最受人关注的建筑，除了那个被人称为望海楼的澄海楼，就当属靖卤台了。

这个敌台，让人一见，就感到放不下，并一下子掉在疑惑里的，是它名称中的“卤”字。

对这个事儿，三十多年前，刚来山海关的我，也有点懵。我知道，明代统治者修万里长城的目的，是为靖“虏”，靖所谓的“鞑虏”。其上的第一座敌台，却名靖“卤”，靖的是盐，是水，这很不一致。那么，“卤”是什么？大海？因为它是明长城唯一的海中敌台，靖的就是大海这个“卤”吗？我在清康熙八年所修的记述山海关明代史的《山海关志》中查到，这座敌台的称谓，还真的是“靖卤台”三字。但经走访本地十余位七八十岁的老人，发现在山海关口口相传的，还是这个代表“鞑虏”的“虏”字。突然想起下个朝代修上个朝代志的说法，心中的疑惑才算释然：清代统治者也不愿意延续自己“虏”的蔑称，实在避不过去了，就用个同音字通假，顾左右而言他。改的人心里明白，后世的人，早晚也都会明白。

靖卤台真正给我带来视觉和心灵冲击，让我于一瞬间，将一个极致的老龙头铭刻在心，是在不久前一个不经意的早晨。

由于在此地居住久了，老龙头在我的心里，因神秘而产生的新鲜感觉，程度越来越低。相反的，提起老龙头，脑子里升腾的，倒像是自家的烟囱。以至于当有一天，一个超出了我寻常感知的老龙头，或者是一个我从未感受过的老龙头，突然出现在我面前时，我的反应竟是不知所措，脑袋全被此时的老龙头左右了。

那天，时候尚早，又有薄云，天光有点暗。熟悉的老龙头，周边寻常的景物，在我因天暗而有点疲倦的眼里，不经意地闪过。

到达靖卤台时，我有些累了，就靠在内西侧的箭窗处休息，半眯着眼。当我睁开眼，就在眼睛刚睁开的刹那，窗外的色彩与风景，让我的眼睛一下子瞪到最大：如血一般，如蛋黄一般，还不太亮的晨光，正从薄薄的云层中涌出，很不均匀地泻在靖卤台西侧老龙头的海面上。也许是因为太阳刚刚爬出海面，太阳的光线几乎是与海面平行着射过来，低下去的海波的背面就成了暗色，而高上来的海波阳面，则因承接了太阳光线，黄中有红、红中透黑、黑中闪亮，多彩、艳丽。转瞬即逝，逝而又出，一排排、一波波，你追着我，我挤着你，闪着诡谲而又有规律的光芒。这种诡谲与规律，充满了我的视野之内以及遥不可及，甚至不知所终的远方。以至于我的心，竟于一瞬间六神无主。等我的思维稍微聚拢，我又发现，平日里，从这个角度看就很雅致、深沉的海神庙，此时显得更加不可捉摸——一大块云朵正好垂在庙的位置，挡住了太阳的光芒。黑魆魆里又夹杂了些许亮光的海神庙，就这样凌驾在了无垠的诡谲与规律之上。而小小的箭窗边框，恰恰构成了这一景象的黑色背景。在这幅图画里，黑色突出了窗外的色彩与光亮——我从未见过老龙头这样的海，以及充满了魔幻色彩的海神庙。这让我很激动。这么多年，我曾无数次从老龙头滨海长城，诸如靖卤台之类的位置上，或散漫或专注地看过海神庙，但总是毫无新意，只有太熟了之后的亲切与无视。今天的这个景象，让我一下子明白了什么叫角度。尽管它具体指什么，我还有点说不清。

我迅速地从靖卤台西侧移到东侧，并顺着箭窗向外一望：一颗硕大的红彤彤的太阳，就挂在窗上。

我不由得一惊。此刻，箭窗里的太阳，正在褪去不太刺眼的黑色底边、暗红的中部以及不太明亮的蛋黄构成的顶边，变成红色并夹杂着火心的光亮。我甚至感觉到了红色的熔岩状的发亮物质，正在从太阳的顶部下淌，却又被变本加厉地点亮。几乎就是在和这个明亮对视的一瞬间，我觉得自己的心也被它熔化了。随即，眼睛变亮，仿佛整个人也都亮了——我从来没有如此激动过。此刻，一边是那轮专属老龙头的太阳，一边是被太阳点燃的我，我压抑不住自己的情绪，简直怀疑自己是不是疯了。

但我知道，我肯定没疯，只是热情被压抑得太久，或者被人与人之间的防范给藏到了阴山背后。此刻，我啥也不想了。既然被点燃了，我就用我疯了的热情，再去看看老龙头此刻别样的美景。

我扭过头，面冲北，站在刚进靖卤台时的门洞，发现这个进出一个人没问题，对面走两人则需侧向的窄门洞，此刻又是一个角度，一个观赏澄海楼的最好角度：像箭窗一样，门洞两侧及上方的灰砖墙，构成了一个整个画面灰暗、质地却很清晰的背景，而门框作为边界，将暗色的背景与澄海楼分开，澄海楼亮亮的颜色随即又一次被衬托出来。

将澄海楼衬托出威武雄壮之感的，是澄海楼南侧、靖卤台以北的滨海城台。从靖卤台的视角看过来，滨海城台只是台基，但是由于其规模宏大，恰好为几十米以外的澄海楼，连同澄海楼原有的台基一起，做了恢宏的映衬。基上到基底，约十多米的高度，仅容一人而过，而且高差极大，几乎达到人迈腿的极限。看到这串台阶，就会让人想起战场、粗犷、惨烈这样的字眼。把它缀在大气磅礴、顶天立地的滨海城台上，真是没得说。但这只能算得上是这个城台上的细部，台上西侧的“天开海岳”碑，才算得上是显眼的亮色。高大、青石质地的“天开海岳”竖碑，系唐初所立，碑首弧形，字的结体灵动、质朴，透着北魏摩崖遗韵，字里行间体现的胸怀，的确是天开海岳。

再往高处，就该是老龙头滨海长城上最重要的建筑——澄海楼了。

这座如点睛之笔，一下子把老龙头点活的建筑，建筑形制为双层、九脊歇山顶，一层四面回廊、二层平坐。在老龙头滨海长城一线，这个专门为军事防御而建的建筑群里，是一个另类。原为观海亭，清康熙八年《山海关志》中这样记述：“亭构海口最高处，海风时吼，四面扬沙，独亭中间静莫觉。”明代时，即被列为古榆关胜境之一的“海亭风静”。当年，在这里，静望万顷海涛，铁血壮士又生闲情逸致，应当别有味道。

可若论建筑本身，就是另外一番光景了。这座面积328平方米的建筑，若建在平地上，可能也不算什么，但它建在了万里长城，特别是日日夜夜面朝大海、地势高峭的老龙头滨海长城之上，就显得气势非凡，须仰视才见了。从靖卤台望去，一楼乾隆御笔的“澄海楼”三字，虽然距离远，笔画力道却足，能一下子扎到人的心里，且于无形处，增添了澄海楼的气势与权威；二楼明代大将军孙承宗题写的“雄襟万里”，则更是意蕴悠长，让人禁不住生起探究的欲望，以至于人已经走出老龙头很远了，抑或在家中或别的什么地方，于不经意间，心又回到了那块匾上。

但此刻，这些景色之外，还有夏秋之交偶起的形状不定的团雾，充满了诡异色彩、稍纵即逝的晨光。晨光红亮亮的，澄海楼回廊及门窗因漆了大红，也是红亮亮的。这两种红亮，碰到一起，使澄海楼和灰色的城墙以及周边的事物，更加明亮。海上及滨海长城上的团雾，表面上看，飘在那里一动不动，可一转眼，却不见了。不知是人动了，还是它动了，明明就是眼前的这团雾，却不知道它去哪儿了。眼前依然有云，却不知哪里来的，却也统统染上了红亮的颜色。“云蒸霞蔚”这个词，好像就是专门为此刻的大海与老龙头造出来的。澄海楼，像海市中的城市，缥缈、空灵；又像是得道之人正在羽化，霞光万道，彩云万朵之中，澄海楼浑身红亮徐徐升腾……

这是老龙头吗？

不知是老龙头的突然惊艳，严重超出了我的想象，还是因为内心深处，还有那么多说不清、道不明的东西，此刻，我的理智突然回归。我的脑子里涌出了很多为什么，我开始叩问自己。

这还是那个我不用闭上眼睛，就能想出它寸寸肌肤，以及眸子神采的老龙头么？

这还是那个承载了五百年战火、残血，说不清有多少将士于此折戟，让人想起来，就感到阴森可怖的军事建筑么？

“打起黄莺儿，莫叫枝上啼，啼时惊妾梦，不得到辽西。”这还是那个将五百年村闺怨妇的相思离愁，都寄于此的精神象征么？

一连串的疑问，让我对眼前这个老龙头，究竟能不能承载起一个民族五百年的苦难，产生了怀疑。它能么？如果不能，可这里明明就是老龙头；如果能，那么，三十多年前，我见到的那个和现在一点也不一样的老龙头，又是什么？

那是一片废墟。严格意义上讲，是一处遗址——老龙头滨海长城段入海石城的遗址。

坍毁的石城，当初用来做基础的自然礁石，像一个倒地很久的壮士的脊骨，裸于海水之上，隐于海水之中，皮肉已然不存。从岸边向着大海，直挺挺地躺过去，闪着被海水浸久了而发黄，又有点发红的光泽。旁边，像乱骨一样散落的，是被海水冲得七零八落，又重重叠叠的巨型石块。这些石块，每一块都有燕尾榫铆，铸铁痕迹尚存，是当初自然基石上的人工成分。岸上，萋萋芳草和茂密的槐树林覆盖着的巨大山丘，是坍毁的靖卤台、滨海城台以及南海口关上曾经那么巍峨雄伟的澄海楼。

遗址非常寂静，除了我，再也没有一个人。海浪永远不倦，单调却极有规律地，拍打着岸边的沙滩、石块，以及那么多鲜活的生命……

这就是我那天看到的老龙头。这是我和老龙头第一次见面，也是老龙头复建前，我唯一见它的一次。可就是这次见面，成了老龙头与我三十多年一直的永远。我认为，这才是老龙头，是那个原封未动，原汁原味，将那么多想都不敢想的惊心动魄，从古到今的窘急与从容，酿成今日寂静到只我一人的黄沙大海之曲的老龙头。我记得，那一天，我在老龙头的整个时光，都是无语的。我坐在一块巨石之上，手里不停地摩挲着尚存铁痕的燕尾槽，眼望着空明的大海，脑袋里却好像什么都没有。老龙头不语，我亦不语。我觉得，在那一刻，老龙头就是我一个人的。而这片废墟，才是真正能担得起那个积累了五百年的重量、永远不灭的老龙头。

那眼前这个或沉静，或如今天般绚丽的老龙头呢？

我突然感觉，此老龙头和彼老龙头，存在差异。在我心里，这个差异之大，甚至到了怀疑到底哪个老龙头，才是真正老龙头的程度。

这个差异，很有意味。

我又想到了“角度”这个词儿。而且，还把这个词儿，与前边看景遇到的所谓“角度”，进行了类比和辨别。然后，再试着用我理解的“角度”，去想此老龙头和彼老龙头。

我想到了，老龙头的风景，在给了我强烈刺激感觉的同时，本质是愉悦了我的内心的。在这里，“愉悦”两个字强调的是老龙头的观赏性，特别是这些复建“古建”的现代属性，给人们所带来的精神美感。而我的内心，却一直有意无意，固执地将老龙头定位为“沧桑”。在我看来，能体现“沧桑”的，自然是那片废墟上的老龙头。特别是作为久居此地的人，我还了解到在老龙头的复建过程中，出于旅游方面的需要，对复建的文物还做出了一些必要的调整。如：澄海楼加大了体量，基本上是把嘉峪关上的城楼搬到了这里；澄海楼一楼、二楼上的题字，也并非原书，而是由四川的一位书法家仿写；澄海楼东南角的碑亭，原在南侧，搬走是为了提高接待能力；还包括复建手段并未完全使用古法，等等，诸如此类。这些，无形中又增加了存于我心中的废墟老龙头的沧桑感。可这些，又能说明什么呢？

我亲眼见过老龙头复建时，经过多少次推敲之后，才进行精准挖掘；也目睹过专家仔细研究了明代《山海关志》、清代《临榆县志》之后，对每一处古建的形制、朝向、体量，甚至某一块砖应如何处置才能达到修旧如旧的效果，所进行的大量论证；我还见到过在专家的指导下，一丝不苟的现场施工。这个老龙头，的确不是明代的那个，当然也不是那片废墟，但就是它，将历史上老龙头所有建筑上的精彩与独到，做到了最大限度地继承和还原。在原址上，将本属于历史的老龙头的风采，愣是给移到了现在。我想不好这样的老龙头算什么，我的关注点应该在将古老龙头建筑精华承继下来的那部分，还是将原有体量、功能改变了的部分呢？

想想明代及其以后的老龙头，也是经过了多次的增修与重建的：沿海岸线向东北延伸的七百余米，修筑于明洪武年间，后来的老龙头，就来自其上的南海口关；明万历七年（1579 年），蓟镇总兵戚继光行参将吴惟忠，又在长城入海处增筑入海石城七丈；明万历三十九年至四十二年（1611—1614 年），兵部主事王致忠，修建了后来即为澄海楼的观海亭，至此，老龙头正式形成。老龙头形成后，明崇祯六年（1633 年），巡抚杨嗣昌扩建南海口关城，建宁海城……到了清末，这里又被改建成了炮台，以抵抗来自海上的洋鬼子。这每一次增筑或重修，都是对滨海长城及老龙头现状的改变。如果只在一个时间点的叫老龙头，那形成之前和之后的呢？

再看看老龙头复建前的那片废墟。这段长城，到了清代，因失去了防御功能，未被修缮，加之自然和人为的损坏，于清末逐渐坍毁。坍毁后的长城，虽有黄沙相伴，却也不再喋血，威严、威风不再。由于疏于管理，城砖成了当地百姓盖房垒墙、围厕所、砌猪圈等免费建筑材料的来源。就连墙体裸露的黄土，也成了关城人普遍使用的打蜂窝煤的填料。但我要说的还不是这些，而是这片坍毁了的长城，与当初那个明代汉人与异族人心里都十分看重，使出浑身解数防守或攻取的老龙头，究竟是个什么关系。这片废墟，虽然一直是我心里认为的真正的老龙头，但对这个国家、民族来说，它又是什么，还是“老龙头”吗？

这个时候，把所谓“角度”这个概念引进来，用它来梳理这些老龙头之间的差异，我一下子明白了：所有的这些老龙头，其本质都是老龙头。尽管朝代、时间不同，老龙头面对的人也不同，每一个时期的人的心态又不同，但老龙头自明代开始，始终只有一个。相异的是，这些人，站在了不同的角度，又各自有各自的心思，因而在人们心中，才产生了那么多不同情感色彩的老龙头。

先说说那个被晨光“点燃”了的老龙头。我之所以看到一个美丽的、作为风景出现的老龙头，并在心里形成冲击，留下深刻印象，肯定是基于我内心对老龙头美景的欣赏。也正是这个角度，将蓝天、大海、云雾以及老龙头和我，统一起来，成为促成美景出现的机缘。此刻的老龙头，之于我，只是单纯的风景。而废墟老龙头，则被我人为地赋予了历史与沧桑，是一个被沧桑折磨到散架了的老龙头。在这里，我没看到风景，只看到了沧桑。沧桑，此时又成了我看老龙头的另外一个角度。但沧桑，只在那片废墟上有吗？复建老龙头，到处挖掘，而每一处挖掘，都是可以写成一本或者几本书的。那片沧桑的废墟上，没有美吗？显然也不是。说到底，只是由于当时我太注重那种沧桑的氛围罢了。欣赏也好，沧桑也罢，其实，它们都是我内心使然，“物为心役”，就把这些主观色彩的东西，强加在了客观的老龙头上了。

想到这里，就觉得以欣赏做基调，来看看老龙头这些熟悉的风物，其实也挺好，有时还能发现平日里没有注意到的风采、没有注意到的美呢。

看到了“雄襟万里”匾的同时，就想到了它的作者孙承宗。想到孙承宗是明代顶天立地的大英雄，而我，一介布衣，就不好意思从最平凡的我的角度，去解读这块匾，而更愿意试着从孙承宗的角度，去猜想当年他写这块匾时想的是什么。

孙承宗曾于明天启二年（1622年）至崇祯四年（1631年），两次督师山海关。“雄襟万里”匾，就是在他第一次督师山海关期间题写。在这期间，“关门息警，中朝宴然，不复以边事为虑矣”。几年之中，根本没有打大仗的机会。当时的兵部尚书王永光评价他说：“兵家有云，善战者，无赫赫之功。”不仅如此，他还是建关以来，明廷派驻的最大的守关大臣。山海关从来没有这样兵多将广、固若金汤。

当作为、人际以及面临的客观环境，都处于他一生之中的最高点之时，位高权重的他，站在老龙头上，背后是后金不敢随便伸手的关宁铁线，铁线的背后是青山，青山上满满的是山海关父老及守关将士的人心；而他面前，则是人的眼力根本无法望尽的大海；头上，是湛蓝的天。天时、地利、人和，全部占尽，此刻，他会想长城有一天被攻破吗？会想以后被阉党排挤吗？估计都不会。他的心情应该是什么，理所当然的“雄襟万里”！

到了碑亭，看到乾隆皇帝的御碑和“一勺之多”碑。“一勺之多”碑，青石质地，明天启六年（1626 年），由地方官设立。原碑下半部已失，“之”字的一半和“多”字系今人依照上部字体补刻。乾隆的御碑，则是今人以巨大的汉白玉雕制。上面，刻着乾隆那首有名的《再题澄海楼壁》：

我有一勺水，泻为东沧溟。
无今亦无古，不减亦不盈。
腊雪难为白，秋旻差共青。
百川归茹纳，习坎惟心亨。
……

这两块碑，年代不同，表达意思的侧重点不同。“一勺之多”，出自《礼记 • 中庸》：“今夫水，一勺之多……”引用的是老祖宗的话，中规中矩。乾隆皇帝的“一勺”，讲的是气魄。也有人，把乾隆皇帝这首诗的胸怀，与澄海楼孙承宗的“雄襟万里”比较。比较的结果是，在大将军的眼里，之所以是“雄襟万里”，因为他所恃的是长城，面对的是边境；而乾隆皇帝呢，富有四海，当时被称为北海的渤海，在他的眼里会是什么？“一勺之多”，足矣。

可这一刻，我最想关注的，还真不是所谓的胸怀，而是想揣摩老龙头在乾隆皇帝心里是什么。

这首诗，产生的地点是老龙头。但诗中只字未提老龙头。乾隆帝关注的，好像也不只是眼前的这个大海。此刻，老龙头在乾隆心里，会是孙承宗心里那个海上雄关么？答案显然是否定的。明修长城清修庙。长城之所以在明代重要，是因为那时御边的主要建筑和设施就是它。在长城身上，寄托了明代统治者那么多关于长治久安的希望。而清代在干什么，修承德的避暑山庄，修少数民族首领常来报到或聚集的外八庙。乾隆皇帝在避暑山庄，与从后藏羊八井出发前来谒拜的班禅六世，静听空山流韵；与从俄罗斯归来的土尔扈特首领渥巴锡执手相欢，朗笑于如意湖。他的长城，已经建到了人心之上。这个处处设防、处处戍边，到最后也没能挡住任何一个异族入侵的万里长城，还有用吗？这么一想，这老龙头，在乾隆皇帝心里，也只能是一个觅古寻幽、作诗抒情的地方罢了。

可以想象，当时正值壮年，第二次东巡祭祖的乾隆帝，定西北，鼓励垦荒，兴修水力，增人口，国力、军力较清前几任君主，已不可同日而语。此刻，昔日汉人引以为傲的老龙头在其脚下，万里长城在其彀中，心情之好自不必说，君临天下的豪迈分毫毕现，那自然是“我有一勺水，泻为东沧溟”了。

当我心里正在为乾隆帝的胸怀以及文治武功击节赞叹时，抬头，两块不起眼的石碑的出现，则一下子让我想起了那个“十全老人”的另一面。

这两块碑，嵌卧在澄海楼基正面的墙体上。如果不是了解情况，或是用心观察，即使是本地人，也不会注意到它。我就是在这种不知情的情况下，过了若干年。我注意到它，是因为一个从国外返家的朋友，突然发现上面有外国字，并且至少有英、俄、日三国之多。所写内容，竟是某某到此一游之类。我仔细一看，石面上，真的有字，字的蛮横、粗俗也一目了然。再仔细点，发现这些外国字的下面还有字，是汉字。这两块看着与普通青石外表区别不大的石头，还真的是石碑。一问专业人员，知是乾隆、道光二帝出关祭祖纪行碑。上面的外国字，是八国联军干的。

这个事儿，一直在我的心头压着。我认为，这个事儿之所以出现，乾隆应该负有很大责任。乾隆一朝，表面上看，繁荣昌盛，可实际上，由于连年战事，蝗、水灾等各种自然灾害不断，国库已是捉襟见肘。在这种情况下，乾隆及其大臣们本该走出去，与四海之外的那群正在兴起的“资本主义”国家，扩大交往，发奋图强。可他非但没有这样做，反而越发死要面子，强硬地坚持中国中心主义，把目光与雄心，从四海缩回到内陆，禁海锁国，终至最后挨打。

挨打的滋味，想想都难受。看看那些在碑上刻字的外国人，从字迹上，看不出他们身份的高贵，在他们自己的国内，估计也都是一些平凡如沙砾的普通人。但是，他们一旦穿上了那身军服，乘坚船，执利炮，登上老龙头这块羸弱的土地，他们就可以毫无顾忌地骄横，定个地桩，就是英国国界；抓住老百姓，就投入日本营盘里。那个将人性摧残至负数的水牢，让人生不如死……

如果这时，从一个八国联军侵略兵的角度，看看那时——1900年前后的老龙头，会是什么样呢？他会想，这就是那个他祖先就知道的“犯我强汉者，虽远必诛”的伟大国度么？此刻的老龙头，在他的眼里，无非是比他的家乡更加卑弱的一块土地，是诸如他之类侵略者口中的一块肉而已。

想起清末山海关文人刘文临的《哀澄海楼诗》：“哀哉庚子联军来，守将仓皇弃台走。列强占借驻海军，防敌反为敌人有。驱吾民众削平台，摧折危楼如拉朽……”那个叫郑才盛的淮军总兵，身为老龙头守将，面对入侵的英军舰队，竟未放一枪一炮，惧敌西逃。在郑才盛西逃的那一刻，老龙头在他的眼里、心里，又是什么，还会是生他养他的父母吗？

倒是大师兄段曰礼和他的一群山海关“拳匪”，表现得像真正的好汉。

我见过段曰礼头包布巾，脚蹬软靴，背插大刀的老照片。照片中，段曰礼身材高大，威风凛凛。刚毅的性格，透过浓眉下炯炯有神的眸子，电光般射出。很难想象这样的英雄，竟会是百年前一个闯关东没闯过去，流落在山海关这个地方的可怜人。但就是这个职业锡匠，在海面三艘八国联军军舰威胁，关城守军又少，百姓人心惶惧的情况下，竟用撵敌船、烧码头、啸行街道以及“持黄片请都护速诣坛祷神”“三尺童子其行如飞”这样装神弄鬼的手段，稳定住了关城民心。

关于山海关义和拳，还有一张八国联军砍所谓“拳匪”头的老照片，让我久久不能释怀。照片上，一名被五花大绑的“拳匪”，可怜巴巴地跪着，在旁边高大壮硕洋鬼子的映衬下，显得那么瘦弱。一把小辫子，黄毛没有几根，却被高高揪起，露出锄钩一样羸细的脖子。头的上方，是洋鬼子高高举起的刀。我之所以对这幅照片记忆深刻，一方面，是因为我很难把这样一个形象，同吃香灰、喝符水，神一样啸行的人联系起来。更重要的是，此刻这个人面对死亡的态度。他目光平静，甚至麻木，脸上没有任何表情。尽管照片上，他的身旁，躺着两个没有头的身躯。一颗血淋淋的头，滚落在距离他不足二十公分的地方。他恐惧吗？看不出。后悔吗？也看不出。那他到底想什么呢？我猜想，如果此刻的他，还肯多想，那么他身后的老龙头，在他的眼里，又该是什么样呢？哭泣无奈的娘亲，被捆住了手脚的父兄？

我没法用语言来回答这个问题，倒是觉得几十年后，山海关抗日战争的枪声和解放战争的隆隆炮声，算是给出了答案。

我摸着老龙头城墙上的一块古城砖，感觉那么熟悉、亲切。这长城，也像我家院子一样，充满了脉脉温情。可突然我又感觉，有那么多，数不过来，简直铺天盖地的东西，灵魂一样，从海里、黄沙里、天空上，迅速飞来，于瞬间积聚在了我面前——老龙头的长城里。

我不认识这个老龙头了。

老龙头，你究竟是个啥？

我想起了那桩著名的“风动幡动”的禅教公案。五百多年来，无论是巍然屹立，或者残垣颓圮，还是现如今的历史遗迹整葺，就老龙头自身来说，它都是一个自然存在，但是加入了人这个元素，就让每一个抚摸到它的人，在心中掀起不同的波澜。这与“风动幡动”很有几分类似。那么，老龙头到底是什么？透过历史面纱，这个回答，或是却强虏于关外的“群雄骄语日，一剑几经过”的威勇，或是清军剑指中原被挫后的无奈，或是“百川归茹纳，习坎惟心亨”的自信满满；或是八国联军刀下，那颗怒目圆睁的血淋淋的头颅……在当下，可能又是休憩怀古的苑囿。

“仁者心动”，我以为，一直以来，老龙头所扰动的，就是一个苦难民族那颗苦难的心，同时，也在激励着那颗心自强。老龙头在哪，心就在哪。当老龙头走进人心，老龙头就有了情感与温度，进而成了象征。

作者简介

张敏利，男，1964年1月生人。笔名碣石。现任秦皇岛市作家协会副主席、秦皇岛市散文艺术委员会主任。自20世纪90年代，陆续在《长城》《天津文学》《延河》《散文》《散文选刊》《散文百家》等发表、选载散文作品若干。

心中的雨来散

刘　剑

城市在发展，人们在流动，可有些记忆，有些走过的路，我们却不想也不能忘记。

每座城市，都有一座让你难忘的桥，或是难忘的路。

如果说一片土地离不开湖泊、河流、山川，一座城市，同样也离不开桥梁、道路与街区，这些符号化的东西，如同一个人身体的脉络，联结起来的，是城市的魂魄。

时间的记录线

在我们老秦皇岛人的记忆里，雨来散就是那个铭刻终生的符号。

雨来散诞生于20世纪30年代。有关这个名字的由来，当时有一种说法，说这里过去是一个天然的说书场，平时人们经常聚在这里听说书，一下雨就轰地一下散了。

我们很小的时候就经常来这里玩，因为雨来散的书场就坐落在这个城市繁华的中心。这里不但有书场，还有电影院、百货公司、菜市场和美食，比如一家叫天宝斋的熟食店，以叉烧肉而著名。这里还有一条叫长城马路的街道，很短却热闹，路人不断。

太阳照在这条街道、照在人的身上，暖洋洋的，让记忆也暖了起来。我喜欢沿着马路就这样漫无目的地走，有时去东方红百货逛，有时也会在街上看热闹。朝阳街、清真街、西前街、西后街、双兴街、道德街、民主东街，各种各样的名字里写着历史的轨迹。有些名字，带有古老年代的印迹，像长城马路，是因为20世纪20年代这里有一座长城煤矿而得名。也有些名字，明显是新中国成立后的重新命名，像朝阳街、民主东街、东方红百货，这些地方，都是我少年时流连忘返的逍遥去处。

雨来散的前面还有座老天桥。这座桥曾经是城市的分界线，它是道南与道北的标志。雨来散处于道北地段，桥的那一边，就是道南。

在这座城市里，“道”有两种解释，一种是道路，一种是铁道。

这个城市的铁路有百年历史。光绪二十年（1894年），津榆铁路继续延伸，向西修至北京，向东修至山海关，拉开了京奉铁路启帷的序幕。1919年，京奉铁路南移，新增设南大寺站和秦皇岛站。直至1919年京奉铁路绕线工程竣工，让新兴的秦皇岛成为京奉沿线上最重要的站点之一，市内铁路全线增长了1.25公里。

这增长的1.25公里路线，像一条弯弯的玉带，穿越了这个城市，形成了一条分界线。从此开始，就有了“道南”“道北”之称。也因此，这里的“道”不是马路，是铁路。

拱形的过街天桥，把城市划分成两个区域。过去的道南、道北是不同的世界。因为道南不远处有一座天然的良港——秦皇岛港伫立在那里，贸易发达，经济繁荣，到处都是高低起伏的洋房、商铺，还有鲜花锦簇、松柏成林的开滦广场、三角花园，及南山一号楼漂亮高级的别墅；而道北则是平民区，低低矮矮的平房，下雨时满是污泥的土路，满大街挑着担子叫卖着的小贩，以及从柴火市到雨来散，再到老天桥市场、长城马路熙熙攘攘、忙忙碌碌的人群。

老天桥串起来的两个世界，也构成了最初的城市格局。新中国成立后，道南、道北的差距缩小，道北的雨来散渐渐成为市民活动中心，无论是道南还是道北，从渔村到城市，这座城市就在铁路与港口的相互辉映下，从少年走向成熟，站在天桥上，才可以看见一个城市真实的姿容，纵横交错的铁道线就如同城市的血管，错落有致地分布着，它血脉贲张，又筋脉匀称。

我们就是在铁道边长大的孩子，在雨来散寻找说书场，在长城马路寻找同伴们，在老天桥上看火车开过。日子过得悠闲快乐，虽清贫却惬意。

雨来散，真的散了

不知什么时候起，记忆里的雨来散渐渐消失了，不仅是它，一切都消失了。长城马路变成了东环路，雨来散变成了太阳城，民主东街胡同、西前街、西后街都没有了，道南也没有了标志性的缸砖路，开滦广场、三角花园也都再也找不见了。

记忆里，暖洋洋的阳光开始变得喧嚣起来，而铁路依然存在，它依然穿越了城市，像一个目击者，见证着身边的变化。

一座座高楼，一条条马路，一片片中心花园，一个个商业街区，取代了记忆中那些怀旧的景物。那些墙角里晒太阳的老人，被时尚的青年男女取代；那些匆匆而过，提着菜篮子、骑着自行车、三轮车的行人，被开着车的路人取代；那些小小的巷子，变成了港城大街、燕山大街、建设大街、迎宾路、海阳路、建国路，每一个名字都透着大气、豪情；那些低低矮矮的民居，变成了湾海一号、金梦海湾、秦皇半岛、南岭国际、碧海云天、香邑溪谷、碧水华庭、翠岛天城、首府、果岭湾，与它们雄伟的名字相配的是，这里每平方米平均都要万元以上……

我们依然喜欢在过去的雨来散一带行走，但是眼前已经没有了熟悉的风景。过去的百货公司，成了家乐福、乐购、苏宁电器、广缘超市；过去的天宝斋、宝星饭店，变成了星巴克、肯德基、必胜客；说书场没了，现在是中影国际、金逸影城、星美银谷……

城市变了，变大了，变美了，变得越来越让人不认识了。

而我，也在变化中成长。40年过去了，我已经从少不更事的孩童成长为壮年，结婚，生子，买房，买车，也住进了1万元1平方米的“豪宅”，也开起了20万元左右的车，这在以前，从来没有想过。我可以在有空调的屋子里，看着窗外的大海，海面扬起白色的风帆，遍布来自全国各地的游人。那片海滩，过去我们瞒着大人，光着屁股跑来跑去，现在，修成了万米长的海边栈道，沿着栈道走去，可以从城里一直走到海滨城市北戴河，可以沿途欣赏鸽子窝的日出、老虎石的碧浪、保二路的夕阳、石塘路的夜色……

我们过去喜欢雨来散，因为那里人多、热闹，可是现在，这里到处都是人，到处都那么热闹。每当夏季，四面八方的游人，他们乘坐火车、飞机、长途汽车和私家车赶过来，他们不怕日晒高温，也不畏惧高昂的门票房费，来这里度假、狂欢。过去喜欢热闹的我们，反而开始向往清静。

崭新的老地方

不知什么时候，老天桥突然拆了，我的心里空空落落，好像记忆里的什么东西丢了。但是有很多新的事物出现了，过去的铁路，仍然跑火车，但这火车不再装货，而是从海洋直通山里，载着游客穿山入海，四处游玩；过去我们的老百货店、老文化路都没有了，变成了一个个中心花园，环岛花园、人民广场、森林公园、体育公园、植物园、红丝带公园，构成了北方独特的花园城市。

过去我们喜欢称自己所处的地方，是秦始皇求仙的小岛，是自开口岸的港口诞生之处，是第一个避暑旅游胜地，我们也喜欢称自己是渔民的后裔，移民的后代，但今天，我们的城市，变成了“长城滨海画廊，四季休闲天堂”，也有人说，我们这里是“京津的后花园”，是世界驰名的观鸟胜地，是全国最宜居宜游宜业之地……

不知从什么时候起，城市的焦点开始向西移动。雨来散的中心地带，道南、道北的划分线，不再是城市的标志；过去文化路上的老市政府，也已经搬到了更远的地方；这座城市开始有了西部快速路，开始有了开发区、新城区，开始有了更延长的海岸线和美丽的乡村公路。我们再也不能信马由缰地在街上步行了，但是有更多的工具载我们去想去的地方：公交车增加了几十条路线，我们终于和大城市也一样，也有了903这么大的公交号码；出租车、滴滴打车随处可见；要环保，也可骑摩拜单车……每个周末的来临，我们不再去柴火市、长城马路逛商铺，而变成了驾车或骑行去山里，去海上，去郊外，去爬长城，去泡温泉，去住农家院……

一切都变了。不知不觉，城市从一张怀旧的黑白照片，变成了彩色的流动的明信片。可是，我们依然难忘那条老街，仍然在寻找，雨来散、老天桥、道南道北、民主东街、东方红百货、天宝斋熟食铺、会友书局……城市在发展，可有些记忆，有些走过的路，我们却不想忘记也不能忘记。

漫步到一条胡同，我终于看见一个蹲在墙角的老人。我问他："大爷，高寿啊？"老人回答："八十了，还小呢。"我问他："这里都变了，您习惯吗？"他说："习惯啊，习惯，还是现在好啊，过去要是冬天，都发愁啊！现在四季都一样啊。"

抬头看看天空，这里曾是过去的雨来散，但这里，又是一个崭新的地方。蓦然，少年时喜欢的那句歌词又浮现在耳边：

"不知不觉，这城市的历史，已经记取了你的笑容。"

作者简介

刘剑，生于20世纪70年代，国内较有影响的青年作家、历史学者、讲师。其作品曾荣获河北省好新闻一等奖、河北省"五个一"文艺图书类工程奖、河北省首届奔马奖电视片一等奖等，本人曾荣获秦皇岛市专业技术拔尖人才奖、秦皇岛市首届市管专家等称号。现为河北省文学院签约作家、秦皇岛市历史研究学会副会长、秦皇岛市国学研究会签约讲师、秦皇岛市图书馆签约讲师。其主要作品有长篇历史著作《帝国雄关》《帝国铁骑》《大石河》，长篇历史小说《谁主沉浮——明末清初风云录》《旌旗裂》《大港口》，长篇报告文学《罗哲文与山海关》《拒绝屈服》《中国式离婚报告》及长篇社会小说《天使不在线》等。

草尖上的土地

戴红梅

一

早春的阳光温暖而和煦，把我从冬眠中唤醒。

野火烧不尽，春风吹又生。

没错，我就是一棵小草。长在荒地上的一棵小草，守着草儿应有的本分，不羡花的香，不慕树的高，在最不起眼的角落，只要有适宜的阳光、空气和水分，还有我赖以栖身的一点点土壤，我就会快乐地疯长，从初春第一点新绿到深秋最后一抹枯黄。草的世界里，除了四季，只遵循自由自在。

这是一块暂时被遗忘的土地，城市夹缝中的土地，说它是“一块土地”而非“一片土地”，是因为它实在很小，怎么丈量也够不上“片”，当然，那是用人类的说法，而在我们草的视野里，这块土地足以是一片辽阔的天堂了。它的南面曾经是一个娱乐场所，兴盛的那几年车水马龙，人流穿梭不息，后来不知何故门前冷落，人和车渐渐稀少，慢慢地荒废了，只余下几座空空的曾经作为装饰的楼架子，除了一群群喜鹊，进出那里的，就只剩下时间和风。东面，隔开一条宽阔的马路，是这个城市新建的公园，整日里放着优美而舒缓的音乐。白天，来自各地的旅行团在一面面旗子的带领下，走马观花般流过每一处景点；夜晚，霓虹闪烁，灯影流丽，运动或休闲的人群汇聚于此，久久不散。春夏季节，间或有各类体育赛事或文化活动在那里举办，热闹而喧嚣。再说西面，是几栋住宅楼和办公楼，里面的人们整天都在忙忙碌碌中进出，楼下停泊和流动的车一天多似一天，人们行色匆匆，步履匆匆，很少有谁偶尔停下来抬头看看蓝蓝的天或低头俯视我们绿绿的草。只有北面，相对的安闲与静谧，一片密密的杨树林，隔开拥挤的公路和车流，杨树栽种的时间不长，但是它们却落地生根，仅仅几年，就由稀疏的树苗长成浓荫遍地，虽然面积不大，却像一片绿色的肺叶，吐纳着这个城市的生机。

现在说说这块被遗忘的土地吧，最初的最初，现在的人们最早的记忆中，这里，包括后面的树林，连同前面的娱乐场所，是一片水稻田，春日里农民插下绿油油的稻苗和希望，秋日里收割下金黄色的粮食，一切顺应着大自然的规律，怡然而自足。当然，那个时候，东面的公园和西面的楼房还是一片浓密的玉米地，绿色是这里唯一的主题。然后的某一天，西面的玉米地消失了，几栋楼房拔地而起，进出这里的，除了人，还增加了各种车辆。又过了几年，南面的多半部分稻田被抽干了水分，稻苗们失去了家园，一个热闹而喧哗的娱乐场所取代了之前的宁静，但是繁华和喧嚣总是暂时的，当人群散尽，那里又复归了静寂，却再不复往日绿色的生机。当东面的玉米地魔术般地变成一个现代化的公园时，余下的稻田就显得如此不合时宜。果然，不久后，最后一块稻田消失在人们的视野，一片未来的小树林成为土地的新绿，却不知为何，人们独独忘却了这里，一小块土地被闲置了。于是，它就成了我们的乐园，草的乐园。

二

作为一棵草最快乐的是什么？

在这个春日的阳光明媚的早上，这个问题如日影般一寸寸不断向上挪移，直到某一刻将我完全照亮，我发现我的答案一次比一次要求更高，这让我吓了一跳。第一次，当这个问题刚刚出现，我就高声对自己说，是快乐地生长。第二次，我有些犹疑，然后用比刚刚略低一些的声音补充，是在属于自己的土地上快乐地生长，我特意将“自己的土地”加重些语气，因为我忽然想起若我出现在不该出现的地方，比如城市的繁华处、高楼的墙角，或街道的一隅，那结果将是什么。第三次，我有些贪心地想，若是能与自己的朋友们，在属于我们的土地上，自由自在地生长，一定是最快乐的事了。想到朋友，我感觉自己的微笑正沿着草的脉络，一点点绽开，不仅仅是我同类的草儿们，还有阳光下肆意开放的野花、被精心侍弄的农作物和蔬菜，当然还有每天在耳边叽叽喳喳的麻雀们，同它们一起，我每天都是快乐的。

三

这块地最初闲置的那一年，废弃的砖头和瓦块以各种姿态抢占自己的一席之地，建筑垃圾堂而皇之地成为这里的主角，风起时，各色塑料袋翩翩起舞，雨来时，污水肆意横流，经过这里的人类总是匆匆一瞥后，又以更快的速度将眼光越过，我总是在那样的电光火石间，读到一种叫作无奈和厌恶的表情，这种表情，让我困惑不已。

就在这里，在砖石的缝隙，在阳光照不到的角落，我和我的同伴曾艰苦而努力地生长，一点一点，绕过一切阻力，将根深深扎向土地，汲取生命所需的微小养分和水分，并拼命挣脱身旁的束缚，以微小的绿色，试图遮盖住这满目的疮痍，可是我们草芥的力量如此轻微，一切努力都显得徒劳和无能为力。

又是一年春风的时候，远远的，自晨曦中缓缓走来一对灰白头发的老夫妇，手中带着铁锹和铁镐，在地的边缘停下来，连同他们一起停下来的，还有阳光和微风。然后，在我惊奇的目光中，他们蹒跚地弯下腰，将废塑料袋等垃圾捡拾到一边，再用锹和镐费劲地刨挖起来，一块石头松动了，一块砖头被挪走了，紧接着，一块又一块，更多的砖头瓦块松动了，被挪走了，整整一天，我欣喜地发现，一小块土地露出它本来的面貌，从它上面拂过的风，带着泥土特有的香钻进我心怀，这一刻，我感觉舒畅无比。

第二天、第三天、第四天，一连五六天，在我殷殷的期待中，老夫妇每天都准时出现在地头，我眼中土地的面积一点点扩大，终于在他们的手中魔术般变换出一块方方正正平平整整的田地来，废弃的砖头整整齐齐地码放在地的边缘，将这块珍贵的土地小心地守护起来。

之后的日子开始变得忙碌，先是一桶一桶的水被浇灌到田地里，接着是一颗颗种子埋下去，种子在阳光里发了芽，这块土地开始有了绿油油的生机。整个春天，我不再寂寞，整日里用目光追随老夫妇忙碌的身影成为最开心的事，他们灰白的发在春光中一闪一闪地跃动，让这个春天有了回忆的味道。

四

一棵草可以有回忆吗？

当我这样问自己的时候，我发现自己正沉浸在旧时光里，人类说最容易被记住和忆起的，是那些生命中最美好或最不好的事，因为它们让人印象深刻。对于草来说，也是如此吧，我相信所有生命的感触都是相通的，虽然有的渺小卑微，有的高大尊贵，但是任何生命都有自己存在于世的方式，都不容小觑。

我在旧时光中漫游的时候，发现自己的回忆总是徘徊在与朋友们惬意地享受阳光和风雨的时刻。

那一年的春季，老夫妇的农田里，齐刷刷长出几畦嫩绿的菜苗，我的春天自那天起不再寂寞。我每天与黄瓜扁豆打招呼，同韭菜小葱嬉笑，和生菜油菜交谈，彼此交换成长的快乐和烦恼，甚至有时也会在一阵风起时说说笑笑打打闹闹，那时我们的快乐就会感染给老夫妇，他们也回应我们会心地微笑。在蓝天下，自由自在地生长，真好。

一年的时光在春种、夏长、秋收、冬藏中如飞般流逝。下一个春天，老夫妇依然准时出现在春光中，他们身后，依次又出现几个人，手中无一例外都带着农具，田地的面积在他们辛勤的汗水中不断扩大，绿色不断扩大，我的朋友又增加了白菜、萝卜、茄子、豆角和西红柿。再下一个春天，又一个春天，开垦荒地的人在增加，这一块小小的土地又恢复了往日的勃勃生机，除了各种蔬菜，玉米、芝麻、豆类和红薯也先后生根发芽，人们在土地上忙碌，土地在忙碌中一天一个样地变化，生长的喜悦充盈在每一个绿色的生命中。

傍晚来临时，从住宅楼那边去公园的人们，总喜欢抄近路走过这里，看一看庄稼和蔬菜的长势，一条仅容一人通行的小路弯弯曲曲地自西向东延伸，穿过这里的人都会放慢了脚步，悠闲地边散步边享受自然纯朴的宁静时光。偶尔，一两对小情侣也会跟着踱过这里，在无人看到的角落里拉一拉手，相视一笑，这个时候，世界总是美得冒泡。我看到美丽的阳光的泡泡在蓝天下自在地漂游，不禁快乐而满足地叹息，身后竟也紧跟着一片快乐而满足的叹息，朋友们相视而笑，这笑声就波浪一般滑过绿色的田野，蔓延向四周单调而刻板的建筑物，世界在那一刻，被绿色点亮了。

五

这个春天，当我再次从冬眠中醒来的时候，有一丝隐隐的不安悄悄袭上心头。

我抬头张望，阳光依旧明媚，春风依旧和煦，耳畔朋友们的悄声细语时断时续，一切都还是美好的样子。低下头，我为自己的小心思莞尔一笑，然而不知为何，那丝不安又悄悄潜入我的笑容里，我使劲摇一摇头，却发现它们挥之不去。

可是没有任何事发生，日子依旧如琴弦般快乐地划过，这块土地上一派生机盎然，刚刚种下不久的玉米和大豆正在破土而出，新生的韭菜和小葱把它们所在的地盘染得绿汪汪，黄瓜和豆角正伸展柔嫩的细蔓，寻找向上生长的依靠，野花开得灿烂明媚，麻雀们依旧叽叽喳喳地飞进飞出，不知在忙些什么。我每天继续和朋友们享受阳光和风雨，只是那丝隐忧总是不合时宜地出现，有些说不出的什么总是拉扯我的神经，让这个春天充满了不可知的变数。

六

一棵草能有怎样的疼痛？

即使许久之后我问自己时，依然发现，心，还是痛到无法呼吸。

那一天的到来如此突兀，让所有这块土地的生命都措手不及。

是一个清晨，空气清新，微风拂面，露珠还在叶尖上闪烁，我正想伸展一下腰肢。毫无预兆的，一阵比雷声还响亮的轰鸣由远及近急速而来，麻雀们扑棱着翅膀惊飞而去，还来不及看清什么，一个庞然大物自身边呼啸而过，耳畔同伴和朋友们的惊呼在瞬间爆发又在瞬间归于沉寂，紧接着，又是一片接一片的惊呼和沉寂，片刻之后，一切生命的声音消失殆尽，只剩下机器巨大的轰鸣。我张开眼，想要看看究竟发生了什么，却不防一只大脚狠狠踩下，失去意识前的最后一刻，眼前闪过无数惊慌而恐惧的眼，世界随之失去了光明。

再一次醒来时，已是面目全非。

所有的绿色和生机都不见了，一丝不自禁的寒意自心底蔓延开去，土地露出光秃秃的本来面目，一辆巨大的铲车停在不远处，几个挥舞着工具的工人正在地边上忙绿，同伴和朋友们失去生命的身体散落着、被一大堆泥土裹挟着，恍如隔世的噩梦。我睁大眼，不可置信地看着面前的一切，然后，又看到了那对老夫妇，他们同样睁大着不可置信的眼，相互搀扶着蹒跚而来，在不远处停下，灰白发丝下的面容一下子苍老了许多，在我茫然无措抬起头的那一刻，一滴浑浊的老泪猝然滴落，我的世界刹那间变得模糊不清，灼烫般的疼痛自四肢百骸发散开去，脚下的土地亦随之痛苦呻吟，那声音细小而无力，有一丝熟悉的气息。等一等，那不是土地的声音，而是我的邻居，一棵幼小的黄瓜秧苗，刚刚长出的细蔓连同最上面的两片叶子被生生斩断，但是它的根还在土地里，还有仅存的两片叶子依旧顽强地伸展着，它，还活着。

它还活着。

老夫妇也同时发出欣喜的声音，他们快速回转身离去，片刻之后又带着工具折返回来，像挖珍宝一样小心翼翼地将黄瓜苗连同泥土一并挖出来，然后又小心翼翼地捧着，走出这一片他们曾经倾注无数辛劳和汗水，收获无数快乐和希望，而今又让他们伤心和无奈的土地，慢慢消失在我的视野，消失在时间里。

七

自春至秋，我又恢复了最初的孤寂，没有了欢声笑语，没有了生机盎然，没有了无忧无虑，甚至没有了所有的同伴和朋友，在时间的荒野里，我独自顽强而卑微地生长、莫名地惆怅、莫名地等待，而等待什么？

我又无从知晓。

然而这块土地却并不寂寞，反而一天比一天热闹、喧嚣起来。

一排简易的工棚在本应绿意盎然的土地上快速搭建起来，一批又一批建筑工人带着他们简单的行李搬进去，紧接着南面的那一片娱乐场所也在极短的时间内被夷为一片平地，推土机和挖掘机整日里发出震天的轰鸣，建筑垃圾和建筑材料被清理和搬运，漫天尘土伴着巨大的运输车辆进进出出，遮蔽了一切春天的颜色。我灰头土脸地站在最不起眼的角落里，以麻木的心冷眼旁观，一天又一天，直到有一天彩旗招展，鼓乐喧天，人头攒动，从高分贝的麦克风里传出激昂的声音，宣告一座五星级酒店会馆的奠基典礼正式完成，喜庆的红绸被剪断，我才懵懂地知道这块土地将发生怎样的变化。

八

一棵草的卑微心愿能够实现吗？

从初春至暮秋，在日日夜夜永不停息的机器声里，在建筑工人一天天忙碌的脚步声中，我睁大眼睛，看着这片土地翻天覆地的变化，从最原始的土地状态，到一座时尚的现代化大厦拔地而起。人类所有的城市，都是这样在一点点不断扩大的吧？我有些茫然，同为这个世界的生物，为什么动植物只需要基本的生存条件就足够，而人类的需求却没有止境呢？已经有足够的衣物食物可以温饱，已经有遮风挡雨的房屋可以居住，已经有各种工具、器具和不同的场所满足不同的需求，为什么还要不断地需求更多、追求更多呢？我在内心不断追问着，不明白人类所追寻的到底是什么，不明白为何他们的每一次进步都要以减少动植物的生存条件为代价，更感慨着自己的卑微弱小和无能为力。

但是，我又心有不甘地一遍遍问自己，即使如草芥一样的生命，也需要一份最微小的心愿吧？我的心愿只是，有草尖那样大的一点点泥土，为我的生命提供最基本的立身之处，我就会努力生长，回报大地一棵草的所有绿色，这样的一点点心愿，在明年的春风里，还会再一次发芽吗？

再一次将目光投向对面尚未完工的大厦，在它面前，我是多么微小的一粒尘埃，即使用尽我所有生命的绿色，也照不亮它任意的一个角落，那么，我还要坚持什么？

天空中有麻雀在叽喳，带来久违的黄瓜苗的消息。它被老夫妇移植到一个花盆里，放在住宅楼门前，被那座楼房所有进出的人所宠爱着。渴了，有人浇水；长大了，有人给搭上架子，让枝蔓尽情伸展：开花了，有人专门去别处寻来花蕊帮助授粉；结果实了，竟然有几十双期盼的眼睛每天特意去看它的成长。那小小一个花盆的绿色，柔软了所有钢筋水泥的坚硬。

原来，强大如人类，也是需要绿色来滋养的，再高大的楼房，也挡不住生机盎然的点点蔓延与浸润。

在这个冬天来临之前，在又一次转入冬眠之前，我面向天空祈祷，期盼在城市高速发展的背影里，在高楼大厦的间隙里，给心灵留下一点绿色，给绿色留下一点生长的土地，然后，怀着永恒的心，我依旧期待在下一个阳光明媚的春日里，能够自在快乐地破土而出。

作者简介

戴红梅，河北秦皇岛人。现为中国散文学会会员，河北省作家协会会员，秦皇岛作家协会理事，秦皇岛市文学创作院签约作家。曾获第三届老舍散文奖提名、第十八届“文化杯”全国孙犁散文奖一等奖等奖项，作品被收入《2010年中国散文经典》《散文百家十年精选》《散文选刊创刊三十周年精选作品集》《美文天下·全国旅游散文优秀作品选》《2015中国好散文》等多部精选作品集，著有散文集《一样花开为底迟》。

山情海韵秦皇岛

李　霁

一

为秋天的小岛抒情是多余的，只在临别时轻言一句："记得，再来！"其实连这也是多余的，谁不想再来？谁忘得了？多轻盈的探访，为听鸟语，为辨星光，为拾遗落的眷念，为寻初醒的夜思。在前方的浅海，欣然舞蹈的柔波，奔流着浪的聚积，追想着涛的潜隐，又踏和着翻飞的乐调，胶附在余赭渐次消散的天边。在远处的坡地，紫荆、藤萝还有车前草在风前吟唱。滩边不时见白涛拍岸，一时把心事卷起，如暗流之汹涌；一时又回退成沙地，如泪眼之润湿。而我并非为知萧瑟而看海，为觅新愁而访秋，我独爱海的宽广与深邃，但我的境界却离海那么远。

"暮卷涛声看海浴，朝飞霞翠挹山妍。"这片海从不缺少心灵的回应，这片沙从不缺少拜谒的印痕。徐福的船从这里入海，求仙的梦从这里出发，报国的心从这里上岸。"东临碣石，以观沧海"，这是曹孟德为她的山岛秋色而咏叹；"之罘思汉帝，碣石想秦皇"，这是李世民为她的翠岛春芳而吟唱；"大雨落幽燕，白浪滔天，秦皇岛外打鱼船"，这是毛泽东为她的千年海韵而骋怀。这里所演绎的传奇，所汇聚的风云，所留迹的诗篇，在每一位造访者面前，铺展成汪洋一片，铺展成沙滩绵延，铺展成独具文化魅力的历史画卷。

远远地望去，日夜的海风，把沙丘塑成平适的波纹，上面踩出一条深陷的曲线，像是长长的飘带，一端系在脚下，一端连着远方。再没有比这耀眼的金沙更令人生发亲近的欲望了！然而，在沙地上行走远非想象中的轻松惬意，刚刚踩实，稍一向上蹬劲，脚底就松松地下滑，不用多久，人已经气喘吁吁了。

温柔的沙粒，在脚下节节延伸，不磕绊你，不阻拦你，只在与你的长相厮磨中，从容地降伏了你的力气，消解着先前的焦躁和烦心。

就我而言，看海最畅心意的，仍是在浓情的秋季。一个人漫步于滨海栈道，像是一剪不知归途的流云。你的脚步得以轻快，因为再没有人潮纷扰你；你的心事得以放逐，因为再没有闲言愁苦你。只许你，随口哼出的小曲，与海同在一个音波里跳跃，同在一个律动里起伏，同在一个节拍里共鸣。当然，不必过多消受这里的欢愉！路在你的脚下，前行！鸟声漾在你的耳畔，荆花开在你的头顶，前行！

风，掠过海面从繁茂的林间吹送而来，连着滋润的水息，摩挲着你的脸面，环抱着你的腰肩，只这清清爽爽的呼吸已是上苍的恩赐，还有湿地，还有岬屿，还有滩涂……那里面会有多少幸福的蕴藏呢？正是这可爱的岛，这堆涌的波，这撩人的风，才值得来我们走一走，停一停。

“自然始终是一切美的源泉，是一切艺术的范本”，你看，那一海的轻涛，它酣然入梦，怀抱着变幻莫测的人文与天象，渐渐在我眼前笼罩上一层神秘的纱雾。

二

峪中注定是清静的。青瓦飞檐的闆城小镇在蓊郁的林海中藏身。环城的河水洒满晨光的金线，不经荒漠，不涉险滩，只稳稳地淌过长城脚下，滋养着古镇的气韵，流泻着自然搭建的和谐。其实，要说静也是不静的，早晚间有的是风，吹淡了月痕，消散了星光，沾染了天边的晨曦。大殿里飞下一声洪钟，它来得纯粹，像是消融旷野的冰雪；它来得清亮，像是滚落掌心的露珠；它来得澄净，像是浸透千年的冷泉，荡涤着隐约可闻的人声，应和着天上地下的清籁，踏访出一段陈旧的梦境来。

几只羊在泛黄的草地上恣意跳跃，仿佛是流云在天空中的卷舒，为自由唤起久违的纯真。随心歌唱或者独自舞蹈，还原为最本真的状态，因为峪中的风光是值得吟味的，更不必说你的胸怀会随着水的流淌而开阔，随着山的走势而空敞，随着光的变幻而拓散。歇倚桥阑，投影螺钿的波纹，凝神积岁的苍苔，细数古殿的重檐，远山近谷只把秀美的景色捧到你的眼前，深情款款地印上一个契约。

路边几株高峙的树木正在微曛的光彩里交颈斗趣，目光一转，身后就闪出一间馆来，如打开一部尘封的书，印满了壮阔的宏图和报国的情怀。闖城小镇的灵魂就蕴伏在这间馆里。我在馆内静默驻足，渐渐地，历史的线索开始在追寻中结网。远处士兵擂动的军鼓，风中呼列的旌旗；近旁将军怒睁的圆目，空中挥舞的刀枪……哪怕是耸峙的敌楼、鲜活的生命和捆束的命运，都在战马踏起的尘烟中，在攻守博弈的嘶喊中，在力拔山河的对抗中，震颤。

“青山只在古城隅，万里归来卜筑居。”当战鼓停歇，骏马归槽，刀剑入鞘，无数燃尽中隐伏着新生，如同曾经守卫的灵魂长成漫山遍野的蒲草。在这里，长城后裔们的眼光，既挚恋着家园，又朝向生命的来处，任乡愁给逝去的光阴打上了一束松解不开的情结。也正是有了这份遗存，把过去、现在与未来勾连，才让这座军事化的小镇重新在文化意义上走向充实，走向安定，走向崭新的历史方位。

冲突在此和解，喧嚣在此终结，纷扰在此避让。只留一个宁静给它千秋百代，只续一个机缘给它地久天长。就这样，闖城小镇在北方静默端坐，自足且安详。暮色渐渐漫起，群山入云，古塔浮隐，不由得使人思绪顿生。这是意料中的沉浸，但总要亲自感受一次。人在何处，故乡就在何处安放；心在何方，脚步就会迈向何方。

三

深秋的老君顶，美得纯粹，美得自然。水被山抱在怀里，蓄满一池的灵性。河水是风景中最美的姿容，像是老君顶的眼睛，从对视的瞳孔中可以折射出自己的天性。

“白云回望合，青霭入看无；分野中峰变，阴晴众壑殊。”若你停留河岸，我愿做一匹白马，从容地咀嚼，悠然地甩尾。若你歇倚河边，我愿做一尾鲢鱼，潜在水底或是追逐光线。我的心跳伴和着空谷的回响，轻一声，浅一声，与草的生长，与花的绽放，与枝的摇曳，与鸣的禽、吠的犬、涛的松、叫的虫混合成山村特有的音质，交集，交集。这乐音似温泉淌过你的情思，如幻梦萦绕你的心端，清浅，清浅。灵魂在微熏中摇摆，心事在物我中两忘，山中的优美、宁静、调谐，在晨光与波光的欢舞中不期然地浸入了你的性灵。

“山光悦鸟性，潭影空人心。”这是唐代诗人常建的诗句，正契合我阅山看水的心情。阳光透过云层从山肩上斜泻下来，似乎把烟波里的峰峦，鹅掌下的涟漪，波光中的记忆，以及我的心情一起笼罩在这山中独有的静谧中。想什么都是美妙的，总有一处山水收服你的倦怠，如雨透出微凉，如山弯出黛眉，如海底一株招摇的水草，不动声色地把记忆的波浪涌到眼前，一下子把内在的启悟与外在的感官联结起来，激越起来。

半山腰有清朝修建的道观。据记载，道教兴盛时，络绎不绝的香客曾遍访这里的山山水水。经过道观时，紧闭的院门仍掩饰不住其特有的魅力。透墙上缀满的青藤，山石上错落的蚀孔，桥拱下汩汩的流泉，仿佛每一处遗迹都寄寓着一段禅念，每一处花草都呈现出一个太极世界。枯黄的银杏树叶踩在脚下，发出最亲密的声响；石碑残拓的字迹，承载最厚重的墨点……如今，我站在时间之外，默看道观曾经的繁华，于我是一种心智的启悟。

道观只活在自己的命运里，即使缭绕的梵呗与香火已经飘散，即使悠扬的晨钟与暮鼓已经失音，即使背负的盛名与荣耀已经沉沦。唯留寂静，塘里不闻蛙鸣，枝上不闻雀动。而我内心滚动的灼热，眼里充盈的潮润，亦非忧伤，只为这一份久违的留恋，犹如思乡的情结，犹如结识了知己，犹如读懂了这样的诗句：不是所有的人都能知道时光的含意，不是所有的人都懂得珍惜；这世间并没有分离与衰老的命运，只有肯爱与不肯去爱的心。

登上山顶，举目远望，蓊郁的树木像翡翠镶嵌在崇山峻岭之间。山谷亦不甘于沉寂，它微笼薄纱，轻染妆容，千年不燥，以纯净的底色荡漾出难以自持的神态，犹如诗的长卷舒展开来，听赞美的语言从内心深入呼之欲出：

远山，延伸的出口是禅境；流云，随形的聚散是虔诚。不一定，手奉沉香、眼过经卷就可以远离凡尘；不一定，身有所许、心有所念就不能了悟空灵。在山中，用身心感受，用灵魂修行；在山中，与空寂相爱，与诗性相拥。我不急着赶路，只把心铺成河底的石子，自在安宁。

我不知道日后拜访小岛还会发生什么样的心情故事，当然，我为它所写下的文字也不过是只言片语，那些拍岸的惊涛，那些蔓生的野花，那些停驻的生命之美，让人仿佛看到一条牢固的时光纽带。革命先烈播撒下的梦想，经由一代又一代信仰者艰苦卓绝的奋斗，已经变成现实。在今天，我们满怀激情、无比自豪地相信，那一颗饱含自强不息的种子，它所孕育出的花朵，会绽放得更加灿烂！

中华民族伟大复兴的道路，正在绿水青山之间，越走越宽，霞光满天！

作者简介

李霁，男，笔名霁时语。秦皇岛文学创作院院长，河北省散文家协会副会长，河北省作家协会会员，河北省音协文学学会会员。著有散文集《一个人的奔跑》。

初遇你（外一篇）

张戎飞

初遇你，三个字好美。比“人生若只如初见”温暖，没有“若”的忧伤，没有“如”的遗憾，是轻轻柔柔地曼妙。初遇你，再读，还是美。

一生风云际会，预见不得有怎样的遇。美好的，疼痛的，那些不同凡响的，终归会留在记忆里，就像我与一条路的初相遇。

似乎每座城市都有开发区。开发区三个字，意味着新兴和年轻，有股子蓬勃的朝气，莫名地吸引。即便这个开发区建成已久，给人的感觉仍旧是新的。而与我初遇的这条路，就在开发区。

那年懵懂，从塞外小城一路辗转踏上秦皇岛，完全是因为一场无力扭转的误会。回首，还是应该感激那场误会，给了我与小岛结缘的机会。从火车站坐公交车到校园，途径开发区。那时，河北大街上开发区老管委的楼格外显眼，蓝色玻璃在阳光下通体透亮，一片清蓝，没见过海的我，执拗地认为那就是海的颜色。匆匆一瞥，却在心里植下了种子。经年后，当听说要工作的地方在开发区时，问都没问任何具体情况，就毫不犹豫地来了。吴念真在《台湾念真情》中写道：这辈子很多事都是在类似的“瞬间因缘”里决定、进行，然后却意外地成为一生中重要的转捩或难忘的回忆。我与开发区，就是这种“瞬间因缘”。

那时的开发区深处，并不像想象中美好。大路只修到海湾公司门前。路的尽头，绵延着成片低矮的平房，看不到一丝现代化城市的痕迹。雨后，小路泥泞，需要小心避让，才不至于让路过的车辆带起的泥水溅脏衣裤。就是这样的情致，也没浇灭我对开发区的钟爱。这种绵长而安心的情感，一是来源于对未来工作的憧憬，再是一条小路对我的吸引。一次午休时的闲逛，初遇那条小路，惊艳了我的整个秋天。于是，一而再，再而三地去走那条路，甚而，把家安在小路尽头的那个小区。这样，小路与我有了初遇你的美好，更有了不离不弃的陪伴。

这是一条平常的路，起于小汤河桥边，止于孟营二区小区南端，是开发区华山南路的一段，没有华山轩昂的气宇，也没有意想中小路的静秀温婉，既不崎岖，也不蜿蜒。甚至，从路的这头，可以望得到那头，直接，简单。可我就是喜欢它。

小路只有短短几百米，高大的悬铃木相向而生，树干挺直粗壮，树叶阔然大气。一棵悬铃木是儒雅倜傥的绅士，一排悬铃木是英气内敛的军官，夹道而生的悬铃木是神圣静定的庙堂，一切的喧闹嚣杂，俗世的利禄功名都与它们无关，它们扎根，它们生长，它们飞扬，它们荣枯，淡然顺应。愈是无声，愈有力量。

春天，悬铃木随万物复苏，顶出小小的叶芽，还没等仔细端望，一场春雨，一阵春风过后，叶子忽地就长大了，密密匝匝地悬在枝头，颇有“若不蔽日，誓不休”的劲头。某天，走在路上，刹那清凉，抬头发现悬铃木的叶子已经长得大过手掌，茂盛的枝叶像一个硕大的华盖，把火辣辣的日头阻挡于外。远望，路两旁的悬铃木树枝相向而生交错在一起，那些树枝手挽手，肩并肩，填满了宋画中的“留白”，却又有书法上“计白以当黑”的疏密虚实之妙，是老子强调的“有无相生”，在“无”的空间，构成“有”的实景。繁盛的大树树阴遮蔽路面，树枝连在一起成片成盖，整条路成了一个不断延伸的树洞，一如梦境与梦境的联结，没有逻辑，无界无涯。景依树而存，树在景中生，不可分割。而我，面对这样的景致，唯有静穆的沉思与认真的微笑。

四季更迭，秋风吹透长空，天蓝成幕布，连叶子被吹响的声音都变得飒爽干脆。悬铃木树叶在风中摇曳，小小球状果实悬于叶间。吹着吹着，树叶变得微黄，阳光直射不到的地方，仍蕴含苍绿，黄绿相间，别有风情，颇有言有尽而意无穷之感。这个时节，最美。

我想把书房搬到路上，放一曲柔美幽咽的水磨调，在空中低回，寂寞而空荡，是月下宏村那池微凉的秋水，是池中那尾游弋的闲鱼，是所有，又什么都不是。我的心沉溺在那古老的音乐中，体味到一种无可奈何的轻愁。风吹叶响，天籁之声挤走了刚刚侵上心头的愁绪，又把人心里慷慨的意绪调动起来了。凝视那一棵棵高大挺直、枝繁叶茂、枝丫伸向四面八方的悬铃木，凝视脚下延伸的路，敬畏与宁静，尊严与气度，徐徐升腾。索性吹灭读书灯，月光就像狼牙的颜色，给书页涂抹上一层略带斑驳的米黄，如此夜色下，秋风夹携寒意，竟然让我想起塞外的旷野，搁笔纵马处，杂沓出一路乡愁。

天气再稍冷一些，就开始落叶了。树叶离开枝头飘然而下，是天鹅湖畔一只黑天鹅的独舞，它在寻觅，还是在呼唤。这世上最痴情的生灵，在这场告别中酣畅华丽，成仙成魔。风大的时候，无边落叶纷纷而下。这纷飞并非无声，以它不遏的气势，决绝的态度，带着单一却无法模仿的音节萧然投入大地。有过生，有过死，有过繁华，有过叶去树空。空中万有。

这是一条梦幻之路，是一条童话之路，更是一条通向心灵的修行之路。每次行在这条路上，不论开车，还是步行，都会放缓速度，再放缓一些，物理空间借由景致转换为一场心灵的朝圣。这条路就是修行的道场吧，信仰无所不在，无时不在，于城市高处，于可解与不可解之间，在意念中一触即发，在心的深处安然静谧，是柳暗花明的抵达，孤独却又静好。

曾经，于浮躁的世事中不去思考，不去感知身边的人与环境。任无聊和虚耗剥夺心的空间却不自知。每天虽仍在这条路上匆匆而行，内心却失去了觉知。把本应该生长想象力、勇气、情感的空间堵塞，无法给予身心尊重、温柔与自由。是一片飞舞的落叶唤醒了我。深秋夜幕里，我开车从市里回家，从熙熙攘攘的长江东道左转，驶入华山南路，变得路广车稀。行至当年初遇即惊艳的路段，一片悬铃木树叶飞离枝头，以最优美的弧线从我眼前飘下，落在前风挡玻璃边缘。我下意识地踩了脚刹车，继而放慢速度缓缓而行，那叶子随风轻轻翕合，似在与我低语倾诉，又似一场无声的告别，这树叶使我想起阿甘珍藏的羽毛，想起阿甘的执着与善良，简单与坚持。

一路，树叶一直陪伴着我，直到停下车来，把它轻轻拿在手中。看着它，仿佛看到当年的初相遇，而今豪情依旧心已冷寂。都说韶光如梦，惯看秋月春风，即把风情作日常，对美好变得熟视无睹，在滔滔浊世中浮沉，于盲目的追逐中丢掉了自己。秋天的一场落叶，让我懂得没落也可以这般灿烂从容，而惊觉自己在辜负大好光阴。执一柄落叶，清醒。过往尽成废墟，未来遥不可及，唯有当下能够万般珍惜。那么从现在起，珍惜尘世中种种遇见和爱，让日子安宁如水，简静慈悲。

这条路，不仅仅是回家的路，更是灵魂的抵达，通往虔敬谦卑的入口。想风雨无惧地在这条路上走下去，纵然走到水尽山穷，叶落成空，那逝去的岁月，再次回味时，依然可以风情万种。在我白发苍颜之时，回首朦胧的光阴，即便与相知相爱的人天涯西东，于路上，还能觅得当年遗落的影踪，愿那时的我依旧怀有一颗明净若秋水长天的心。

华山南路，初遇你，一生闲静初盛开。

梦　园

喜欢清静，所以在园博园开园之时，没动过去看看的心思。直到秋风起，薄寒袭，伴着一场小雨，赶赴与园博园的约。

园博园建于小岛开发区与抚宁区交界处的栖云山。栖云山的名字诗意风雅，可知道它前生的人都无法把它的真实面貌与意趣盎然的名联系在一起。那是一座不能称其为山的山，苍凉荒芜、满目疮痍，二十几个巨大的矿坑张着怪兽一样的嘴巴仰天长啸，是控诉对生态的破坏，还是哀叹多舛的命运。裸露的山体狰狞恐怖，受了重创般苟延残喘，看到了会替它疼。或许云也会嫌弃它的丑陋吧。这么一座山耸立于大地，不知道它会不会因为自己的容颜而自惭形秽，可能它做梦都想不到，一幕惊世巨变会在自己身上悄悄上演。

小岛的居民目睹了这幕惊世巨变，如此变化，令人欢欣快慰。园博园为栖云山穿上了梦一般的盛装，成为一座琳琅之峰。

微雨迷蒙中，我来了。

我不是江南打着油纸伞的丁香般的姑娘，我是细雨中的寻梦人。

人间九月天，退去了炎夏的热烈，多了一份深沉与飒爽，我欣悦并沉溺。这里不能凭海临风听涛，却能沐雨探趣寻幽。

一路独行，轻风曼雨中，步移景换。灰墙黛瓦由远及近，小桥流水伊人孑立，绿草茵茵蝶舞蜂飞，轩谢亭台沐风浴雨，云台廊桥迂回蜿蜒，紫气升腾，如梦似幻，行于其间，不知所踪。定是于初秋微凉的良辰身陷谁家院，这样的赏心乐事，万般喜悦。

这个院子，似曾相识。轻推扉门，茅草屋野趣横生，厚厚的干草覆盖屋顶，木墙木柱木窗木门，素朴与天然之气融合得恰如其分。一个女子高挽发髻，娥眉淡扫，云鬓贴花，从轩窗处露出侧影。她时而双眉紧锁，时而浅笑嫣然，手里的古书由厚到薄又由薄到厚，她一定是在读《聊斋志异》，读到了婴宁，看她脸上的笑和扭头向窗外望草看花的神情，一定是。

婴宁也有这样的茅草屋，也有这样的大花园，嫩草如毯，花开遍地，那些花花草草在她的笑声中长大，生得旺盛葱茏。更是她郊游时拈梅花一枝，容华绝代，笑容可掬，迷倒了王子服，让王生注目不移，竟忘顾忌。此后便不语不食，念念不忘。

婴宁的笑在烟雨中荡漾，牵引着脚步。行至水边，雨滴不疾不徐地落入水中，激起小小的涟漪，又快速散开。那站在桥上的人，可是许仙？舟楫摇摆，妙影交叠，白娘子袅娜而来，只消轻轻对视，便定了姻缘。亭畔的一池荷见证了他们的爱情，因而开得愈加娇艳。只管缠绵，只管流连，只管在这烟雨微濛的园子里度清欢。

法海在这儿收敛了法力，居然生出闲庭信步的情趣，看到“武乡风貌”的沧州园，满眼欣羡，难道他也想在“武建泱泱乎有表海雄风”的沧州拜师学艺？这样也好，姑且放放收了白娘子的心，再给他们多一点点时间。

“儒礼衡城”的衡水园是杜丽娘的学堂，读了“窈窕淑女，君子好逑”，逃出私塾先生的课堂，避开枯燥的繁缛理教，溜到园子里去放放风。春风沉醉，甜梦不醒。那手执柳枝的柳梦梅风流倜傥，入梦虏获芳心，牡丹亭里成云雨。痴情的杜丽娘再次苦寻未果，相思伤情，香消玉殒。一出游园惊梦，道尽缘不知所起，一往而深。

花香袭来，抬眼树影婆娑，亭边的五角枫生出浅淡的嫣然，绿柳在雨中定格了腰身，我遍寻柳梦梅所执的那枝柳而不见，倒是鱼儿有情，游弋而来，聚集不散。

走到张家口园，移不动脚步。“大好河山”啊，素以他的巍然伟岸矗立在我最隐秘的心底，不轻易示于人，用最赤诚的情滋润着，又绵缠进光阴里永不消逝的思念。九曲十八弯的滦河神韵，蜿蜒着闪电般的身段，在大草原浓绿底色的宣纸上恣意放荡，充满了旁若无人的不自知和明目张胆的坦荡。

曾经，在张库大道的古阴山踟蹰流连，怀想驼队在“叮叮当当”的驼铃声中穿过茫茫草原，心底的豪迈之情会骤然升腾，骄傲自己的血脉里流淌着果敢与狂野。当下，置身园中的张库大道，这是一条从张家口出发通往蒙古草原腹地城市乌兰巴托的草原丝绸之路，也是茶叶之路，我似驼队中的一员，牵着骆驼，与他们一起饮风沐雨，不畏艰辛，长途跋涉后抵临梦中的圣地。

雨中，秋风袭来，裹紧衣衫，在我单薄的衣衫里，有一颗滚烫的思乡之心。这座园，有奔流不息的思念，有故乡温柔的召唤，载着我的乡愁，入梦。

不知过了多久，水边音乐四起，无数音符以或游戏，或郑重，或低沉，或激越的方式回荡而来，湖心的喷泉时而高亢激昂直冲云天，时而踌躇犹疑止步不前，时而此起彼伏互不相让，时而阴柔委婉百转低回。炫目的镭射灯光傲慢地将光束射向暗夜，随着音乐和喷出的水柱交错狂欢，肆无忌惮地撕裂黑暗，劈开水幕，把人引入魔幻神奇之境。

我站在那里，遍寻光阴里依靠在爱人肩头看音乐喷泉的女子。她在人头接踵中踮着双脚努力抬高身体，也无法把目光投向闪烁着五彩霞光，随音乐狂舞，以及妙曼，以及奇突，以及轻缓，以及激越的喷泉。就在她再次努力向前探看的时候，她的他蹲下身，从她的裙底探过头，轻轻把她托举起来。等他完全直起身，她成了一个制高点，成了人群的中心。

那个一脸喜悦幸福的女子在哪里？那个灿若烟花的夜晚在哪里？我相信，那个在西湖边看音乐喷泉的晚上，会被雕琢成一场无声的回忆，一缕步伐轻盈的消息，镌刻进她的生命里，拓印出浪漫而沉静的文字。爱情的锦绣画卷上，被绣上隆重的一针，在经年之后的某个温柔的瞬间，深情而庄重地回味。

小雨敛起它的缠绵淅沥，音乐喷泉在人们玩赏正酣时华丽收尾，而我，像从一场大梦中惊醒。眼前，亭是苏州的亭，荷是西湖的荷，桥是同里的桥，墙是徽州的墙，道是茶马古道，园是栖云山的园博园，我呢？是寻梦的我。寻得一派绿色梦想，停驻在山海港城。

作者简介

张戎飞，女，河北省作家协会会员，鲁迅文学院河北青年作家高研班学员。著有散文集《何以契阔》。

开发区的四个棱面

齐未儿

路·建筑

在开发区，道皆横向，以水名。珠江道，长江道，湘江道，漓江道，黑龙江道……与道交错，路皆纵向，以山名。峨眉山路，泰山路，华山路，祁连山路。城市命名新的道路，犹若给新生儿取名，无论如何也是件令人高兴的事儿。开发区在中国曾经是个新生事物。路，更是新上加新。把这种方式置进中国人命名道路的大背景下来看，既不是采取大多数城市以地区来命名的传统方式，北京路，南京路，延安路；也不是抓挠时代特色词汇随意来用，建设大街，改革路，平安大道；绕开以历史人物命名的窠臼，张自忠路，扁鹊路，鲁迅路；同时跳过数字命名的生硬，经一路，纬二路；规避了道路沿边标志性建筑物及特色就地取材的凌乱，图书馆路，棉纺厂街。水纬山经的命名方式，既给未来留足了想象空间，又不刻意捆绑时代。不失地理上保持道路的指向性，暗鉴大城市，如上海以城市名为东西路，省名为南北路的科学方法。这种命名方式在中国并不新鲜。比如芜湖命名街道采取“纵水横山”的方式，但其所取多为当地山水之名，凤鸣湖路，漳河路，赤铸山路，衡山路，就地取材，视野相对窄小。这些道路的名字，体现着命名者的胸襟和气度。以山的沉稳，以水的灵动，汇聚四方来客，迎候八方宾朋。灰白色路面，流向视野之外的远方。载人载车载理念。值得一提的是，路旁的候车亭，狭长银白遮雨棚，同色银白座椅，设计理念颇具现代气息。行道树挺拔，气势昂扬，冠盖茂盛，一树绿色火焰激情燃烧。

我最熟悉的，是泰山路的某一段，小姨住在附近。每次从她家里出来，我都放自己走走，安步当车，不急不躁。路肩上，拽一段柳丝轻甩，观入眼草色。空气安宁透明，脚步溅起的回声里，静享一段人生。

开发区的每一座楼房大约都没有其前身。即便拆旧盖新，房子也没有丝毫旧日模样。之前平房的无序随意不见了，新式楼房以秩序性严谨性的设计理念耸起。脱胎于旧有，崇尚秩序，不抛弃历史的同时，以科学的态度规划明天。个性的杂芜如入水重物渐渐沉隐；共性的追索似新阳坦途标定了明日方向。这是一种暗示，锄头锹镐的农耕社会，依赖新政策得以迅速壳褪，以一种鲜亮速变为未来地区经济的发展夯实了物质基础。反馈到家居日常，拿起锃亮的新房钥匙，走进宽敞明亮的屋子。集体供暖，天然气燃器具，热水器，居家设施齐全。煤炭彻底走出人们的生活，电气化时代以出乎预料的方式迅速占位。人们再也不用生煤火，呛土灰。卸却烦琐家务，于是更专注膳食。绿色营养，成了街坊邻居的口头禅。一日三餐，桌上的内容是生活最真实的反馈。从大鱼大肉，到讲究荤素搭配，人们对于食物的要求，渐渐从解决温饱中脱身。从粗到细，从细到精。四十年，人的半生，之于一个地区只是一瞬，餐桌上的变化由食物开始，人们的精神之变以建筑彰显。

坐在小姨家的沙发上，被各种美食轰炸。水果、坚果、零食、糕点，这个还没咽下去，另一个又塞进了手里。无奈推拒，吃食可以拒绝，情感怎么推还？小姨看着我笑，又有剥好了的橘子、掰好的香蕉塞进手里。

食・行

开发区挤满了大大小小的饭店，招牌老店与特色小店间处相邻。多人聚会，往招牌老店走，推杯换盏、叙旧履新让位于分享新思考散布新发现，觥筹交错，聚会之雅多以信息沟通为要。菜肴味好，不若交换思想令人着迷；环境雅致，怎比得学习慧光普照之明？特色店铺之特在于快，之色在于专。开发区之外，时间以天算，开发区之内，以分钟计。朋友同事进店，多吃饭，少说话。大家都忙，友情在相伴用餐之中暗含着。熟人走过，少了热络，点头示意而已；朋友擦身，亦不过一笑招呼。紧迫感，改变了人们的很多行为习惯，甚至探伸进礼仪范畴。站在时间面前，人们空前地严肃起来。在这里，你能感觉到时间铁面的冰冷，而那种冰冷之后，是制度，是制度线条的力度与严明。

和小姨出来吃饭，会选招牌老店，悠闲，吃个特色。和朋友约饭，去的是临近她单位的小店，图的是方便，快捷。店里就餐的，多是她同事，并不亲昵。更合理地分配时间，在她，成了习惯。

出行方面，大家更注重实效。汽车已经还原成彻底的交通工具。国人以车炫富的陋习在这里被剥离得一丝不剩。市政建设的开放性给人们提供了各种出行选择。毗邻港口，高速公路临侧，远行有高速那端的机场，有港口海运的便捷。代步工具的多样性以便捷快速为准。车与车之间，出了小剐蹭，没有繁文缛节，谁也不教育谁，责任的认定清晰而快速，传统意义上的争执直接省略。保险公司的归保险公司，修理厂的归修理厂。开发区的文化中，规则是一条清晰的细线，没有侥幸，没有弹性，传统意义上，对规则理解上宽展的模糊带灰色区，通通没有。尊重规则，就是尊重彼此的时间，令自己的生命更有质感。

休闲·购物

公园比市区的大，绿植茂密，人们三三两两在园内闲逛，悠闲安适。尤其是森林体育公园，更注重体育设施的铺制，更关注细节。园内石板铺成的路面宽展厚朴，弧度坡度严格按照施工工艺执行。圆滑鹅卵石铺就的健身区，赤脚行走按摩脚部穴位，健身与意趣混搭。引人注目的是那些黑大理石展碑，记录了百年奥运会曲折而又辉煌的历史。代表奥运项目的铸铜塑像和模型，生动形象，注重文化建设，注重文化阐释，风雨也冲刷不去的沧桑。置身于此，任谁都会感觉到“拼搏”是一个有力的词语。从精神与肉体双方面贯注人以力量。“更快，更高，更强”，不只是一句口号，它是行动！走过这一块块展碑，抚摸着塑像和模型，心里涌动着的，是血脉贲张，是对奥运健儿的崇敬之情。为了他们的热血和激情，也为了他们的汗水和泪水。

购物更加注重时效性。超市中的衣物强调时尚与品牌。水果蔬菜，分类较常态更加细腻与清晰。传统粗放型经营在这里基本被抛弃。再加工随处可见，精挑细选的小包装水果，洗净择好刻意搭配的精包装菜蔬，附在商品之后详尽的制作方法，透露出经营的鲜明特色。简单，快捷，方便——商人们随着商品更多地参与探触进顾客的日常生活。商品的分类更加明确。少而精是他们的经营理念。服务成为附加在一个柠檬、一杯奶茶之上的商品。

观·念

与市区的缓慢雍容随意相比，开发区更注重纪律。这从着装上就能清晰地感知。职业装与工装是标配。强调纪律，服从纪律，令工作中的人们更加具有效率。追求变化，注重观念更新，主动地获取知识，人们的头脑中达成一种共识。大人与孩子交流，清晰准确。数家大学校园的支撑，令教育气氛浓郁。男孩子和女孩子在校园内外穿梭来去，一张张朝气蓬勃的脸如盛放的春天。他们闲聊的，是学习的事，是对未来的憧憬。语调轻快，对可预见的未来充满了期待，周遭的一切都令他们跃跃欲试。笑声跑过来，山间明澈的溪水一般，清凌欢跃，没有市侩没有污浊。

喜欢新鲜事物，愿意尝试和冒险。青春多好，不论做什么，都饱胀着热情。孩子们是大人精神的外在衣饰。宽阔的视野，饱满的求知欲，开朗的情绪，不气馁的坚忍，是父母送给孩子最好的礼物。也是开发区送给大人的礼物。父母们呢，注重教育，注重更新搭建自己的知识体系，主动接受新知识。学习成为一件自然而然的事情，从上到下从孩童到成人。人们如磁铁履砂一样吸附知识的铁屑，认真努力地锻打自己，锻打明天。

小姨是河北科技师院的教授，哲学是她的专业。小姨父在一中做老师，历史是他的强项。我偏爱文学。每次与她们相聚而谈，经常忽略了时间。我儿子小齐说，文史哲不分家，聚一起散了真难。

作者简介

齐未儿，本名李冬梅，河北省作家协会会员，秦皇岛市文学创作院签约作家。散文作品曾获“孙犁散文奖”优秀奖，河北省“长城两边是故乡”征文活动三等奖，河北省开发区征文优秀奖。有散文作品刊于《散文》《山花》《粤海散文》《散文百家》《当代人》《三角洲》《青岛文学》《文苑》等杂志。有散文作品收录入《我最喜爱的中国散文100篇》。

像草一样活着

于红艳

整个夏天，我就坐在北戴河中央军委疗养院的大门外一棵粗大而美丽的橡树下值勤。如果仔细倾听，可以听得到海风游荡的脚步声，还有偶尔的一两只鸣蝉倾情的演唱。

这是一个叫河东寨的村子。村里的人已经没有地种，我看见他们黄昏的时候在整理散发着腥臭的渔网，或卖自家果园子里刚摘下来的大红桃子。坐得实在无聊的时候，我喜欢到村子里游走游走，看高大的白杨树荫底下闲坐着的老人和无处不在茂密地生长着的杂草。

我常感叹草的生命力。它们从来不需要播种，也无须特殊的关照，只要有阳光，有雨水，有土地，就快乐地成长。它们是大自然的孩子，并不在乎人类这种动物的言行。有时候我坐在路边的草地里发呆，端详着各种叫不上名字来的杂草。不知道为什么，我想起了那些在一起拔过草来喂牲口的小伙伴。其实我们就是与杂草一起长大的。只是现在，我们像草一样地分落了，在全然不同的环境里生存着，虽然晒着的仍是同一个太阳，但境遇是大大的不同了。

这个春天，在草刚萌发绿意的时候，我到北京出差，见到了毕业后分离已十年的英。她靠自己一个人在北京这个大都市扎下根来，这是当初我们一起读中学时无论如何也想象不到的。我们一起在一所乡村中学简陋的教室里读书，一起到郊外的草地散步，一起睡在木板搭成的大通铺上。整整三年。吃着食堂难以下咽的饭菜，互相品尝着星期天从家里带回来的“牙祭”。13岁的我们，像操场边上的无名小草一样细弱，但不断地成长着。

和另一个外来人的结合，让孤独的英拥有了一片温暖的屋顶。从此不再是一个人奋斗，有了儿子，有了忙碌中贫瘠的幸福。我们一起回忆着中学的无知，一起回忆着中专时的稚嫩。从同一所中学再同时考到同一所千里之外的中专，人群中很难找到像我们这样的好朋友的版本。我们就像同一丛草，一起成长起来，但最终却还是不可避免地分离了。

当我在北戴河看海上生明月的时候，英也许正坐在天安门广场上数天上的星星。整整十年了，我们独自在陌生的环境中生存、奋斗，直到把陌生奋斗成熟悉。就像一颗被风吹落的草的种子，当我们在异地他乡长成一种茂盛，长成一片风景的时候，才赫然发现，血液中所散发出的草一样的韧性。

尽管北京和北戴河的空气质量不同，工资水平不同，生活节奏不同，但我们知道彼此在平静地生活和忙碌着。在忙碌的间隙彼此会想起这样的一个朋友，偶尔通通电话，或隔几年见上一面，已经很知足了。

好多好朋友就像英一样在这个世界上分落着。很多时候我好久才能听到关于他们不断变化着的信息，从一个朋友知道另一个朋友。比如谁结婚了，谁生了男孩儿，谁辞职了，谁到了国外。我想一个人终其一生，在这个世界上认识的人一定是有限的，上帝分发给我们每一个人的缘分一定有数，彼此应该分享多少，也是有定数的。因此我从来不为朋友间的分离过分难过，分离总有分离的机缘。但是我万万没有想到，上帝分给我和彩的缘分竟是如此的少，以至于我和英站在她长满了青草的坟前，除了默默流泪，再说不出一句想说的话。

彩是我们共同的朋友。在初三的时候，她到我们班复读。她和英是一个村的，我们三个人很快熟悉起来，成了最要好的朋友。她比我们大，几乎可以用热爱来形容她对我的友谊。仅仅一年，初中毕业后，我和英考上了同一所中专，彩考上了县里的重点高中。我在北国凛冽的风雪中，常收到彩在繁重的课业间隙写来的冒着热气的信。这些信直到现在，仍在我床头的抽屉里被精心地捆扎在一起。可是我却不知道写这些信的那个满腔热情的人，居然已经睡在冰冷的黄土下。在我所有的朋友中，这个我认为最有生命热情的人，居然成了最早一个被生命抛弃的人。

我恨上帝的不公。我还想让英告诉她一起到北戴河来游泳，可上帝永远拒绝了给我这样的机会，这样回应彩对我的热爱的机会。我一直以为从沈阳的一所大学千辛万苦地毕业以后，在保定找到了一份稳定工作的她，结婚怀孕后幸福的她，应该永远是记忆中微笑的样子。每一次见面，她总是很欢喜地跑过来掐住我的胳膊，眼里的笑意似乎要把我淹没。我还在等她生完孩子通知我，可是我却得到了来自英的通知，一个我最最料想不到的通知。在孩子七个月的时候，她因为吃了两个红柿子，得了肠梗阻，还没来得及诊断和开刀，她就和她的孩子永远地走了。仅仅两天时间，彩就从人间走到了天堂。我确信，那么善良而隐忍的彩和她最爱的孩子，现在一定在天堂的花园里嬉戏。

上帝待她实在不公。为了上学、找工作，她受过那么多的苦，但她从不抱怨，她对生活从来都是那么充满信心和热情。从贫寒的农家女儿奋斗到在都市里拥有一个温暖的家，房子也买了，工作也稳定，丈夫也疼爱，还有了孩子。我原以为上苍终于对我的朋友怜惜起来，终于可以还她的热情以公正。可我万万没有想到，上苍居然这么狠心，用两个红灯笼般的柿子，结束了母子两条生命。我原以为如果我们像草一样坚韧，那么就可以从容地走过生命的四季。而不是在繁茂的夏刚刚来临之际，却要承受一个好朋友的过早逝去。

在这个伤感的夏天的早晨，另一个好朋友燕子打来电话，说她马上又要搬家了。在秦皇岛这个既熟悉又陌生的城市，靠着一双会写字的手，她艰难地生存着，不断地租房子，换工作，用自己辛勤的汗水换取微薄的钞票，有时候还要受人欺诈、蒙骗。因为考虑到自己的妹妹，作为姐姐，她毅然撕碎了自己的大学录取通知书，也撕开了今后在这城市奔波的脚步。这个城市待她这个独自从农村来的女孩，并没有想象中那么温情，仅有的友情也温暖不了她因生病而更加脆弱的心。可她坚持，并快乐，就像一株随遇而安的草。

我确信，有些人的身上一定存在着某种植物的特性，有的像树，有的像花，而有的却像草。我常想着那些像草一样坚韧而隐忍的朋友，他们平凡、缄默、艰难，甚至不被认可。但他们从不放弃，从不抱怨，哪怕是最最普通的一缕阳光，也能让他们从内心感到生命的丰富与美好。他们极其认真地生活着，甚至知道自己最终也不能长成一棵大树。

人生一世，草木一秋。这句话，真耐人寻味。

作者简介

于红艳，女，1972 年生人。河北省作家协会会员，2008 年出版散文集《以荷的方式》。秦皇岛市第一、二届文学创作院签约作家。现任北戴河区文联主席。作品获秦皇岛市第二、三、四届文艺繁荣奖。至今已有近百篇散文、随笔发表于《中国文化报》《散文百家》等报刊。

我所在的城市

红　菱

有没有一座城，可以安放身体的同时还可以安放心灵，能够照亮眼睛的同时还能照亮远方？在海边，我已经可以轻易按捺住心底的激荡与澎湃，目光沉静地越过鸥鸟的翔舞。我很清楚，目之所及的尽头，并不是真实所见。真实的存在，始终比所能感受到的距离更远些。

阔达、舒朗、开放、包容、敬畏……海洋的特质给予人类的这些词汇，总是让人对大海和生活的凝望突然变得充满深情。回首也是这样，思考也是这样。就像丽江的纳西族人高兴了喝酒忧伤了也喝酒一样，秦皇岛人，喜欢在高兴或者忧伤的时候去海边，在浅滩上走一走，或者静静地坐在那儿看日出，或者看日落。

每一个幸福的人，习惯沉浸于自己的小世界和对神奇自然的感知，因此即使眼前的水域一望无涯，有风或者无风，惯于平宁的心底都掀不起波澜。人们向大海学习的，既有面对慌乱生活之时从容不迫的态度，还有独自疗伤的能力。很多时刻，我们为生活里有这样一个神秘而阔大的所在，感到无比幸福。

我来到这个城市已经整整十一年了。十一年，足以让一个人从青春年少的无知轻狂到淡然沉静，再到心底满是沧桑，从漫无目的地游荡到脚步坚定地抵达，甚至从欢欣而又挣扎地生到淡然地接纳病或者死……十一年了，我还住在到这个城市之初栖居的老房子里，看着那样一个小小的院落里花开花落和人来人往。

我每天步行十分钟到单位，每天早上在号称亚洲最大的环岛公园散步。

有时候，我站在公园的最高处，选择一种尽收眼底的方式看公园里形态各异但又自得其乐的人，看早春里的花树醒转或者在雪地里默默站成风景。更多的时候，我也在做环形行走的人群里，不经意就成了他人眼中风景的一部分。

环岛有许多错落交叉的小径，有许多独具特色的小景，亦有许多异常欢乐的小娃……这些融汇在一起，成为最值得欣赏和期待的事物。在我所钟爱的城市之烟火气息里，这些是最让人内心触动的气息之一。这些值得深爱的细小微末，完全可以成为所有浩荡、丰饶、富足、寂然的风景之中，最容易让人欣喜的一抹亮色。

这个城市，有很多环岛这样的休闲之地。这些地方，可以容纳倦意堆积，恣情欢乐，容纳忘情奔跑，独自默默，亦可以让你洞见一个城市的包容与清澈。因为拥有这些绿意葱茏的所在，一座城，便永远不会老去。

城市的内里是这样，有着无尽的新意和趣味，向外延展开去，城市的周围却是更加丰饶。有山水，有长城垛口，有湖林，有历史故事，有秀美乡间千回百转的乡愁，亦有温和而有爱的秦皇岛人刻意守护的善良坦诚和精致芬芳。

这里是全国爱心城市。因为职业的缘故，我有幸走近那些备受关注或者默默无闻的爱心人士和团队，自认极难被感动的心开始变得不平静，那些感动，一再地融入笔端和生活。

现在是朝着深处走去的春天，我有必要谈谈人们眷恋着的那些花儿。

花朵怒放是春天里最靠近明亮和热烈的一种事物。春天里到处都有花开，但也不是每个城市的人都能感受到花开的诗情，并愿意表达对花开这种事物的由衷热爱。摄影者用自己的方式融入春天，融入城市，融入热烈的生活。接下来的日子，会有榆叶海棠、郁金香、牡丹花等更多的花朵盛开在城市的角角落落。因为一波一波漾起的这些花儿，生活将变得无比热烈。迎春不说黄，丁香不说紫，桃花不说霞满天，梨花不说白如雪，人们什么也不说。但是不说，不等于不热爱这沸腾的生活。一方山水润泽一方土地，一脉情怀舒展一脉风骨。有情的山水养育有情的人群，开放的城市蕴蓄开放的胸襟。谁感受到了一个城市的开阔，谁的生活就会像大海一样一泻千里，就会像天空一样无限延展。

这个城市里的居民，很多来自异乡，因此他们都有各自的故乡。乡愁属于童年，属于乡村，属于远方的故里，属于远去的和正在远去的亲人。曾经在这里停留之后离开这座城市的人，行囊里无不增添一份沉甸甸的忆念和早把他乡作故乡的情怀。

相信他们会一直怀恋这座城市，怀恋这里氤氲海风腥涩的味道，怀恋十里槐花盛开的浩荡，怀恋海上生明月，怀恋城春草木深，怀恋不同于他城的日出日落。

我也会怀恋，虽然我暂时还不曾离开。我栖居城市一隅，听潮涨潮落，听花落花开，听草枯草萌，听人去人来，听呢哝小语，听岛上清歌。莫问明朝归何处，且在岸边踏歌行。我所怀恋着的，不过是稍纵即逝的现在。

我深深爱着我所在的这座城市，一如爱着当下的生活。虽然，未必能够说出一个特别明确的理由来，虽然有时候，与迎面而来的路人擦肩而过的瞬间，依然会觉得恍惚与陌生，依然会觉得，我与这个城市是如此的近，又是如此的远。

作者简介

红菱，本名杨宏玲，《秦皇岛晚报》副刊编辑，河北省作家协会会员。

七 色 海

孙振彦

有七彩阳光，便有七色的海。

日夜与生生不息的大海为伴，海的身姿、海的韵律、海的温情、海的壮阔早已融入我的血液里，成为我生命的一部分。

春日观海，是循着大唐明君李世民的足迹，在与海的对话中找寻失落的记忆。盛夏的海最是热烈，北戴河伸出热情的臂膀拥抱四海友人。洁白的浪花，既亲吻年轻的情侣，也不忘抚摸老人与孩童。秋天的海与天空一样意境深远，那深邃的海水会引发你诗人般的浪漫情怀。隆冬的海是个童话世界，水与沙的连接处一簇簇造型各异的凝固的雕塑，让人感叹大自然的鬼斧神工；岸边那一片片大大小小的冰排，会让人产生万船齐发的联想。

喜欢岸边观海。无论是晨曦初现的清晨，还是星光满天的夜晚，海边漫步绝对是一种美妙的享受。《青春之歌》中的林道静不就是喜欢围着大围巾在冬日的海滩上走来走去吗？即便是烈日炎炎的中午，那波光粼粼的海给予你的感觉同样是舒畅。吸着海的湿润的气息，打一套陈式太极或念几段抑扬顿挫的英文，你会感到与在别的地方晨练晨读格外不同。

海边儿玩沙子，堆成“堡垒”“万里长城”“大狗熊”“小山羊”，少长皆宜，是童心未泯的见证。至于精美的沙雕，那是艺术家们对海与沙的独特领悟。沙滩排球、沙滩足球不仅是男人的运动，身着泳装的女孩置身其中，本身就是一道靓丽的风景。球与沙一起飞舞，海与天一同作喝，无论是参与者还是旁观者，都会激昂澎湃，乐此不疲。

在沙滩上置一把竹椅，抑或如无数男男女女一样躺在热乎乎的沙滩上，再用沙子把自己堆埋起来，据说这种“沙浴”的疗效胜过理疗。

还是投入万顷碧波吧，谁能拒绝温柔海水的怀抱呢？当光滑的肌肤与海水不分彼此，身体像小鱼儿一样在水里钻来钻去，海，在你的心中便是自由自在的天堂。

小时候曾在大连乘军舰出海，那壮怀激烈的感觉，深深地烙印在我幼小的心田。当摩托艇劈波斩浪，打破海的宁静，那便是再圆儿时梦了。海激动地沸腾起来，巨大的浪花翻滚汹涌，在一望无际的海面上书写出婉转的诗行。乘一叶小舟，依在船舷旁，信手掬一捧海水，水在七彩阳光下便晶莹剔透，色彩缤纷。海风轻拂，微波荡漾，那感觉便是“让梦划向你的心海”。

空中观海并不是每个人都享受过。海上蹦极、空中飞伞确实需要胆量和勇气，乘海上缆车则轻松许多了。与北戴河一桥之隔的南戴河仙螺岛游乐中心有一条千米跨海索道，据说是全国之最。当吊椅在空中稳稳滑行，碧波就在脚下荡漾。远望大海似一块铺在脚下的硕大地毯，又似一匹华丽无比的锦缎，那弯弯的沙岸，是镶嵌在上面的金色花边。低下头时，你可以细心地观看每一道波纹、每一朵浪花诞生的全过程。幸运的话，你或许可以看到巡回觅食的海鸥，突然间，一个意想不到的急速俯冲，尖嘴从海面衔出一条摇头摆尾的鱼儿，一眨眼，洁白的翅膀又优雅地翕动于海天之间了。

渤海湾拥抱的这片北方的海，对于我来说，再熟稔不过了。走马观花的有限游踪里让我见识了远方的海。在青岛、烟台、威海、连云港，我曾体验过天尽头的浩渺，感叹渤海与黄海分流的壮阔。

长江口外我国最大的舟山群岛，好似大大小小的珍珠散落在一望无际的东海上。位于群岛中部的岱山县，素有“蓬莱仙岛”之美誉，翠岛星布，仙雾袅绕。这如诗如画的海上花园，令人神往。

在南海之滨，我为广州、深圳、珠海的日新月异惊叹，为改革开放的新成就喝彩。也曾坐在游艇上，在浩瀚的南海中畅游，穿越新建的香港跨海大桥，遥望澳门半岛的绮丽风光……

有海的地方不仅仅在北边，在东部，在南方。满怀悲凉的汉将军苏武，曾牧羊于贝加尔湖畔，贝加尔湖也有“西海”之称谓。大元帝国的鼎盛时期，横扫欧亚大陆的蒙古铁骑曾饮马地中海岸，忽必烈的子孙拥有了西部出海口，那时将地中海称为西海。在那令人心驰神往的七彩云南，苍山下洱海畔，多少动人的故事千古流传。在四川大山深处有许多名为“海子”的地方。那神奇的九寨，大大小小的海子竟有108个之多，“芳草海”“天鹅海”“犀牛海”“老虎海”“卧龙海”“火花海”“芦苇海”“熊猫海”“五花海”……这些被当地人称为“海子”的高山湖泊，仿佛一块块通透莹润的玛瑙、翡翠，色彩缤纷，清澈纯净，让人叹为观止。

海子，大海的儿子，当地人说。

海子，大海的老子，一位走马九寨的友人如是说。海子从高山雪岭而来，汇成溪流大川，海纳百川方成海，从这个意义上来讲，她的确是海的根啊！

面对海洋，勤劳勇敢智慧的中华民族曾经有过雄壮而美丽的传奇。我们是一个海上大国，但还不是一个海上强国！我们已经从陆地上崛起了，但还没有从海上站起来！时代奔驰到21世纪，世人认识到这是一个海洋的世纪，谁拥有海洋谁就拥有未来！海洋资源、海洋生物、海洋精神会给大千世界提供足够的活力。

这是大海的呼唤，这是蔚蓝色的呼唤！

智者登高一呼，渤海之滨的北戴河、东海之上的岱山县纷纷响应，与中国散文学会联合启动中国海洋文学奖征文活动，唤醒国人的海洋意识。每次参加颁奖盛典，亲身感受人们对大海的敬畏与热爱，禁不住心潮起伏，感慨万千。面朝大海，我的思绪常常被牵到很远很远。东海、南海局势的错综复杂，那片蕴藏丰富的湛蓝海天无时不在牵动国人的神经。我们的蓝色国土，何时能够得到长久的安宁？

海在身边，海在天涯，海在心中。

生活是海，浩瀚无垠，风云莫测，内涵丰富，宽广而博大。只有把好生命的舵、扬起生命的帆，才能成为生活中的强者、时代的弄潮儿。不是吗？在我们的身边有多少人随波逐流，有多少人激流勇进，生活的海给人太多的启示、太多的期盼。

山花烂漫的北戴河之春，与著名书法大师泥牛相会。苦思冥想要向他索要一幅什么字时，眼前突然就跃出了“七色海”。友人依嘱而行，一气呵成。那幅字笔力遒劲，意味悠长，黑白之间竟有七彩神韵。

五一黄金周，在北戴河西海滩漫步，无意中看到一酒店名为“七色海”。中英俄三国文字，独占一绝。那字体飘逸而洒脱，旁边一条装饰带多姿多彩，像游动的鱼，像海鸥的翅，像七彩的帆影，像云朵剪成的碎片……这，应是懂海人的神思。夜晚散步，又禁不住好奇来看。远远地，闪烁的霓虹捉人的眼，“七色海”已是五光十色、七彩变幻……

很小的时候，就读过著名作家蒋子龙的小说《赤橙黄绿青蓝紫》，里面有句歌词“赤橙黄绿青蓝紫，生活就像万花筒”，至今记得。

有七彩阳光普照的大千世界，海怎会不七彩变幻、生机盎然？

其实，海岂止有七色。有多少爱生活的人，就有多少色彩斑斓、绚丽多姿的海……

作者简介

孙振彦，男，中国散文学会北戴河创作基地主任，中国报告文学学会会员，河北省作家协会会员，河北省散文学会副秘书长，河北省采风学会秦皇岛分会主席，全国第六届冰心散文奖获得者。在国家、省、市级报刊发表作品二百余万字。著有：《俄罗斯之旅》《青岛自游人》《碧螺情思》《情系大海》《根在北戴河》《大家诗歌选》《红钥匙》等多部专著及合集。曾获全国散文作家论坛征文大赛一等奖、作家论坛最佳散文奖，中国当代散文奖，“荣耀中国·全国文艺创作年度人物”。

深　　河

沈晓东

一

是地名，也是河名。

想必，是先有了河名；而后，才有地名。

二

时间，应该追溯到很久很久以前。

因为天灾，因为战争，因为各种各样、说不清道不明的缘由。一些人，不得不背井离乡——或拖家带口，或孑然一身，先后从不同地方，流落到这里。

一条河，由北向南，缓缓流淌，不舍昼夜；一条河，敞开怀抱，以母亲的姿态，迎接走近它的每一个人。

河水清且深矣。可饮，可浴，可浇灌蔬果、秧苗、花草、树木。

有人，放缓脚步；有人，卸下行囊；有人，索性在河的左岸或右岸，建屋造房，临河而居。

这河，就有了人气，有了浓浓的人间烟火味儿；这河，就需要一个名字，一个被大家认可的，叫得开、叫得响的名字。

当然，这，只是我一厢情愿，在内心深处描摹或构筑的一幅画卷。它，只跟深河有关，跟很久很久以前最原始的深河，以及深河沿岸的原住民有关。

三

深河，就应该是一条河的名字；而且，它只能是一条河的名字。尽管，我不曾见过它的水，甚至，寻不见它的故道。

至于，深河村、深河镇、深河公社、深河乡……这些跟“河”密切相关的地名，我认定，它们都是那条河的“衍生品”；它们，理应晚于“河名”出现。

四

网上搜索“深河”，跳出诸多词条：

比如，深河镇，古称深河堡，是京东大御道，清朝皇家回沈阳省亲、进出山海关的必经之地；

比如，明朝大将军徐达曾在这里设置山海卫，并筑山海关城；

比如，深河乡地处秦皇岛市西郊，2010年起，划归秦皇岛经济技术开发区代管，全国首个数据产业基地——中国数谷高新产业园就坐落在这里……

深河的久远历史，深河的地缘优势，由此可见一斑。

只是，诸多荣耀，仅仅属于地名“深河”。而作为一条河，它，似乎已淡出了人们的视线，与现代文明没有太多关联。

五

四年前，仲春时节。

几个文友搭车，去北戴河参加一个聚会。返程，途经开发区时，那位“司机”朋友看了看手表，说，时间尚早，不如让他尽一下地主之谊，顺路“送”一个景点给我们——秦皇岛开发区新近建成的“戴河生态园”。

说话间，汽车已慢慢靠向路旁；然后，右拐。那处清幽雅静的园子，就海市蜃楼般地，蓦然闯进了我们的视线。

树成林，水如带，一条舒缓的道路穿行其间，引领着我们，走向秘境深处、更深处。

或许，用“舒缓”来形容一条路，并不十分贴切。可我，实在找不出一个更恰当的词汇。你看，它像绸带一样舒展开来，顺着园内微微起伏的地势，沿着河岸或直或曲的走向，不急也不缓，默默地向前方延伸着。

左侧，是整片整片的密林，枝繁叶茂，一派生机勃勃的景象；右侧，隔着草坪和灌木丛，可望见一处水面，像人工湖一样，开阔、宁静，波光粼粼。

那不是湖，是河。“司机”朋友慢悠悠地向我们介绍着，我对眼前这片水域，有了初步的认识。

原来，它曾是一条污水河，岸边垃圾成堆。这不仅污染了环境和下游水质，也淤积了河道。夏季，蚊蝇成群；汛期，注定被列入重点防洪地段。

这一带被划入开发区后，经过全面规划、治理，它的水质和周边环境，才得到根本改善，变成了现在这个有着“小江南”美誉的戴河生态园。

为什么要以“戴河”命名呢？

我的意思是，这里，离北戴河、南戴河那么远，至少隔了十几里路，干吗硬生生的，一定要挂上“戴河”的名号？是不是有点……

因为相互间不是很熟，我终究忍住，没让“傍大牌”三个字溜出嘴边。

朋友莞尔一笑，侧过头来，意味深长地看了我一眼，然后把目光投向河面，轻轻说了一句：深河，是戴河的主要源头。

戴河的源头？我颇为惊诧。不为戴河的起源问题，而是因为深河——这条我臆想中的河流，这条我潜意识里时常牵挂的河流，竟然真实存在着。

而我，在这座城市生活了三十余年，自以为走遍了它的边边角角，自以为对它熟悉得不能再熟悉了，却对这条河，一无所知。

猛然间，觉得深河那么近，又那么远。

六

记不得陪母亲一起，去过多少次戴河生态园了。

印象最深的，是第一次去过之后，母亲像发现了新大陆一样，眉飞色舞地跟妹妹“炫耀”，说，你都想象不到，戴河生态园有多美，就跟走在画儿里一样。

妹妹打断她的话，问戴河生态园到底在哪里，怎么从来都没听说过。

母亲转了转眼珠，琢磨几秒钟，然后，很干脆地回答：那我可说不好，你得问你姐夫，是他开车带我们去的。

母亲的兴奋点有两个：其一，是发现了一个新景点；其二，是她姑爷“亲自”开车，带她去的。

那时候，母亲身体尚好。尽管年届八旬，患有高血压病，装着心脏起搏器，但因为一向注意保养，常年坚持服药，二三十年过去了，身体各项指标，倒也控制在理想范围内。平时，她独自生活，很少“麻烦”我们。连去医院取药、常规检查之类的事，也大都自己去。

对我们，母亲从来没有太多要求。只要双休日、节假日，能带她四处转转、散散心，她就很知足了。

游景点、逛庙会、挖野菜、赶大集，样样她都喜欢。

之后，将近两年的时间里，每次“周末游”，如果想不出更好的去处，我们往往会不约而同地说上一句：要不，就去戴河生态园转一圈？

到了生态园，很多时候，我们也确实只是转一圈，随处看看。然后，或回家，或去另外一个地方。

那段日子，戴河生态园，俨然成了我们的后花园。

七

前些时候，忽然做了一个梦。

下班路上，遇见母亲和两个妹妹，同乘一辆公交车，往开发区这边走。

起初，她们只是并排站在那辆车的过道上，静静地看着我。一副欲言又止的样子，又像在等着我，做出什么重大决定。

疑惑间，妹妹说话了：妈说，开发区这边环境好，她想搬到开发区住。

也好，那就搬到生态园对面去吧。我想了想，说，深河那边，绿化越来越好，也清净。妈早晨遛弯儿、锻炼，都方便；又新开通了两路公交车，回市里，也方便。

冥冥之中，深河，已成了母亲的一份念想和牵挂。

醒来后，泪飞如雨。

彼时，母亲离开这个世界，已经10个月了。

八

作为戴河之源——深河，注定是一条水深且清，记忆悠长的河流。而与深河相依相伴的戴河生态园，也注定会印在我生命的最深处。

作者简介

沈晓东，河北省作家协会会员，河北散文学会会员，文学内刊编辑。1996年开始在《散文百家》《散文风》《河北日报·布谷》等报刊发表作品。多篇作品获“河北省散文名作奖”、“秦皇岛市文艺繁荣奖”、河北省作协专题征文奖等奖项，作品曾入选《河北散文家作品选》等文集。

风在地上刮

唐河滨

风在天上刮的时候可能更多些，但除了观察飘荡的云，我无法知道天上的事情。

我能知道的风是在地上刮，山梁以下，沟谷以上，在灌木丛和树林间，在草尖和花朵上。

风想把许多事物带走，比如野菊花的种子，落下的树叶，大地的气息，鸟鸣和花讯。

一棵小树只要钻出地面，风就很难再将它搬走。但是野菊花可不是这样。今年开在篱下的一丛，明年可能已搬到了崖上。去年长在洼地里的一摊，今年可能移到了坡上。但我并不知道风是怎么把野菊花刮走的，也许用了一个冬天，也许已搬运了数年。

没有风，树叶也会落下。秋天，人在树林里走，经常会听到咚的一声，或连续一串的咚咚声，那是一片树叶经不住大地的召唤，垂直地砸向地面，中间可能几次撞到了枝丫上。有风，树叶也不一定落。许多树叶子干枯了，却一直不肯落下，整个冬天你可以听到树叶唰唰地响。但是，树叶只要落到地上，就成了风的猎物。风会把一片树叶突然刮起，一直捧到半空，或者，把一堆树叶驱赶起来，让它们在地上翻滚、奔跑。我不知道风要把树叶带到哪里去，但是低洼的地方、树林茂密的地方，会堆满了树叶。也许，风想用落叶掩藏什么。在地上挖个坑，不过一个冬天，树叶就会把坑填满。当我把树叶挖出来，却什么也没有发现。

早春，大地充满新鲜泥土的气息。盛春，大地会充满花香。雨后，湿漉漉的青草气息到处弥漫。还有野梨成熟的气息，霜打枯叶的气息，甚至雪的气息。

所有这些气息都会被风刮走。雪水干了，花香散了，雨味没了，发酵或枯败的气息也烟消云散了。同样，我也不知道风把这些气息带去了哪里。

风还带走了鸟鸣和花讯。不然，大雁怎么知道次第南飞，春花怎么知道依次北上？

风是乡村的物候之钟，同时，风还是大自然顽皮的孩童。

春天是风最闲的季节。树木在忙，花朵在忙，鸟兽在忙，各种小草和小昆虫也在忙。只有风是悠闲的。风一会儿钻进花丛，掸出一缕花香；一会儿跳上树梢，新生的叶子一阵惊慌。风时而摇摇这棵花树，时而逗逗那棵小草。走累了，风就会停在一缕蓝色的烟柱上，随蓝烟轻轻摇摆。许多藤本生蔓了，风也许会走过去帮藤找到支撑，也许会乱摇一阵，让藤那柔软的触角无端迷乱。当然，等到风媒的植物，像栎、楸、榛子、杨柳等开始授粉的时候，风会及时地摆兵布阵，当起红娘。

夏天是风最狂野的季节，发起脾气来似乎想把什么都掀翻。风荡过山野，会把所有的树叶都翻转过来，露出颜色偏暗的另一面。一浪翻涌，又一浪打来。有的树被风粗暴地摇来摇去，有的树被风扯下了大把大把的叶子。可怜的小草，只好匍匐在地上，还被风狠狠地踏上两脚。发泄完了，风就懒洋洋地睡在岩石上，一连几天没动静。阳光稠密得像雾，又生出了无数尖利的芒，风也置之不理。风虽狂暴，但是很奇怪，它并不伤害另外一些微小的生命。比如鸟巢、蝴蝶和蜜蜂。风过后，高悬的鸟巢安然无恙，蝴蝶和蜜蜂依然忙忙碌碌。

秋风总是向往高处。那时候，风变得冷静寡言。树叶向下落，果子也向下落，而风却在高处走，似乎想一直走向云间。山梁上的树落下几片黄叶，风就跑上去把树叶送出老远。而山谷中叶落如雨，风也懒得搭理。大雁飞过，风也想送上一程，从山谷间急匆匆往上走，惊得树林洒下一川秋叶。

冬天几乎是风的天下，在万物凋敝的季节，却是风表演的好时机。春天细如针尖的猪毛菜，秋天会长至一米来高，到冬天虽然枯死了，却仍然浑身是刺，被什么绊倒在地上。风戏弄它，吹得它一路滚去，遇到障碍物，再变个方向继续滚动，像一个小孩子在滚铁环。桲椤叶枯了，掉在山路上，风一时兴起，像个小狗一样，会把一片桲椤叶追出老远。我背着一捆柴下山，风常常来帮忙，推着我和柴向山下走，我怕太快了滚下山去，就放下柴草休息。风会跑到对面的田地里，就地打滚，卷起一个旋涡，把树叶、草茎和尘土卷上半空。实在没什么可玩的，风就爬上树梢，逗弄一片或一枝枯叶，满树的叶子全都静默不语，只有这一片或一枝被风戏耍的枯叶，兀自舞个不停。

冬天的风变得硬邦邦、冷冰冰，变得尖利而迅疾。茂密的树林再没有繁冗的叶子，田野的植物也丢掉了丰满的羽毛，风畅行无阻，刹那间就吹遍整个山川。风高兴的时候会很温柔，小手轻拍，把温暖的冬阳拍进棉袄。风生气的时候很尖刻，像冰刀一样砍你的脸。

日日夜夜，从冬刮到春，从春刮到秋，风就像土里长出的庄稼，山野生出的植物，那些变幻不停的“羽毛”和“翅膀”，刮走了岁月和旧年，刮来了雨水、新日和平安。

作者简介

唐河滨，男，满族，1970年生人，河北青龙人。出版散文集《故园笔记》。

关城幻古

王宝文

细细的雨丝，不知何时断不知何时续，飘飘忽忽缠缠绵绵于天地间，悄无声息散成云烟，悄无声息聚成水雾。

静静的护城河上，浮动着似乳白非乳白混沌的水雾，水雾漫向关城，与护城河边上繁茂葱茏的柳丛、松林、桃园里逸出的缕缕絮絮青烟云气交汇渗透，朦朦胧胧融溶了垂柳松柏的浓翠嫩绿、桃李杏花的粉白绯红。

站在山海关城楼上，遥望着缥缈在云烟水雾中的蜿蜒跌宕于燕山山脊的长城和厚重的城池，总令人感觉到一种说不清道不明的虚虚幻幻仅能意会的神意仙味。有过一次或数次这样的经历，再看云烟水雾，常常其意已不在景或不仅仅在于景了，而在追求忘情时所沉浸的情景意境梦境幻境，甚至不知是何境。

我看关城烟雨就是为此，就是想借关城烟雨来连接我无形飘逸的想象幻觉之线，来引发我怀古思古之幽情，来幻化出穿越时空的曾有过没有过的真实的或不真实的图像。

这时，我能于悠悠天地间，见古人，见逝事。

观今宜鉴古，无古不成今。

我伫立关楼上，眺望着关城，眺望着长城。

我在等待，在迎接。

我知道你会来，你也极爱这关城，也意在烟雨之中，手扶腰间佩剑站在关楼上，来怀古思今，来抒怀言志。

来了。来的不是你一人，而是一支载着能工巧匠的浩浩荡荡的车辕马队，“吱吱嘎嘎”的木辕车上、马背上满载着木石砖瓦……骑跨着高头骏马者，身着明代武将战服，昂首极目云天，踌躇满志。

哦，也就在洪武十四年他来了，明代的开国元勋、魏国公中山王——徐达大将军。百姓是那么爱戴和拥护他，因为他是为“修永平、界岭等三十二关，创建山海关”而来的。他选择在这里建关设卫，为的是防范退居漠北的元残余势力卷土重来，需要高山险隘或边墙做屏障，以避免蒙古骑兵的骚扰，确保明王朝的江山稳固、百姓安康，徐大将军倡修关隘、高筑边墙，一呼百应。

徐大将军挥手高呼着，阔步从我的眼前走过，工匠民众相随，抬石扛木挑砖运瓦从我眼前走过，响起了号子，唱起了夯歌：“高筑墙啊，嘿呦——”“围城池呀，嘿呦——”热烈而高亢。围起来了，山海关城；筑起来了，高高的城墙；建起来了，巍峨的“天下第一关”城楼，尤在烟雨中，恍如仙山琼阁……关城也就成为万里长城最东端的关隘……

徐大将军跨着他心爱的坐骑伫立在关楼上，环视着炊烟飘袅的关城，街巷人往户门呈开、百姓安居享乐、人声鼎沸的市井，他捻髯微笑，笑里满溢着胸怀大志。他是成功者，也是幸运者，因为他欣逢政通人和的盛达时代。

徐大将军走了，依然骑跨着高头骏马而去，是升官晋爵再展宏图，还是功成身退归隐林泉？我们的祖宗们是倾城而出沿街夹道十里相送，不管他是进还是退。

关城的士绅百姓对徐大将军的功劳感恩戴德，思慕之深。景泰五年，也就是1454年，山海卫绅民萧汝得等要求为大将军徐达建祠庙。经上奏景泰帝批准敕建太傅中山王祠，即“显功庙”于关城北街。大学士商辂作《显功庙记》：“若王之设险守国，使百年之间敌国莫能窥其隙，室家得奠其居，其功不亦大乎？盖王镇抚燕蓟十有余年，丰功威烈非他处比，庙祀聿严有以也……中山武宁王镇此城池，关隘皆其创建，边陲宁谧，殆将百余年矣。愿立庙祀以报王。”并立碑于庙前，岁时祭祀。

从而，关城在人们的心目中不仅是战略防御的关隘，更成为人们向往游赏的胜地。游人们来了，是“僚吏登兹”“游者携来”，络绎不绝，到关城，登关楼赏景、沿长城探秘，来者都会想起他——中山王徐达。

太傅提兵出塞还，更因渝塞起渝关。
石驱到海南城堞，垒筑连云北倚山。
辽水至今来靺鞨，蓟门终古镇賨颜。
岁时伏腊犹祠庙，麟阁勋名孰与班？

来了，嘉靖年间大将陈绾来任职山海关兵部分司主事，看到这座依山傍海的城池和入海翻山的边墙屏障，感慨万分吟诗作赋，以炽烈的激情歌颂了太傅中山王徐大将军筑山海关建山海卫的丰功伟绩。

来了，一位孤行者手牵驮着书卷的骡马一路走来，他面容清癯，眉头紧锁，不时仰天长叹。

啊！顾炎武，明清时期伟大的史学家、思想家、语言学家。

我知道，他是“频年足迹所至，无三月之淹，友人赠以二马二骡，装驮书卷，不雇从役，多有步行……”以后半生的漂泊生活游历考察到关城。在明末清初的社会大动荡之中，他以其崇实致用的学风和锲而不舍的学术实践，终结了明末空疏的学风，开启了一代朴实学风的先路。他以不屈服于恶势力的反抗精神，忧国忧民，悒悒不得志，强烈地关注国家、民族的前途和命运。

我用目光追随他蹒跚的步履，追随他孑孓独行登上关楼，南眺渤海白浪滔天，北望长城蜿蜒起伏，山形海势尽收眼底，豪情顿生，脱口吟诵道：

茫茫碣石东，此关自天作。
粤惟中山王，经营始开拓。
东支限重门，幽州截垠堮。
前海弥浩溔，后岭横窄崿。
紫塞为周垣，苍山为锁钥。
缅思开创初，设险制东索。
中叶狃康娱，小有千王略。
抚顺失初穿，广宁旗已落。
抱头化贞逃，束手廷弼却。
骎骎何以西，千里屯毡幕。
关外修八城，指麾烦内阁。
杨公筑二翼，东西立罗郭。
时称节镇雄，颇折氛祲恶。
神京既颠陨，国势靡所托。
启关元帅降，歃血名王诺。
自此来域中，土崩无斗格。
海燕春乳楼，塞鹰晓飞泊。

七庙竟为灰，六州雄铸错。

我目送着他走出关城，心里却默默地释解着他的《山海关》诗文，他赞美关城赞美关楼，其实是羡慕徐大将军和二百多年驻守于关城的将士而哀叹明王朝的腐朽没落，这样雄壮的关城屏障竟如此地被清军攻入。悲哀，历史的悲哀，更哀叹着自己，他哪能不失败又哪能不形单影孤，他的主张是脱离群众的，无视现实的改革，没有得到最高统治者的支持。

起风了，拂面而来。烟云水雾由浓变淡，由厚变薄，缓缓流散，消退，化成半透明的轻纱，淡绿色的垂在关楼上，淡青色的飘在护城河上。雨丝不知何时，已疏，已断。

远处一对军车战马缓缓地向关城走来，队伍前有一武将与一书生窃窃私语，两人面情焦灼，书生曰："大哥，老母病卧榻前已多年，日夜思盼吾兄的归来呀！"说着拂袖垂泪哽咽。

武将军更是泪水潸然，道："三弟呀！吾等驻守边关二十余年，何时不思亲念乡啊，可吾为国家忠良，现后金人不时进犯侵扰，岂能弃城返乡孝母啊……"

"哥呀！糊涂啊，当今朝廷腐败，官宦当道，使得国民不安，数百万计的流民和穷人为了生存不得不抛妻别子、背井离乡，你还这般……"

"吾虽无力于改变朝廷政治腐败，但仍然要坚持力所能及地壮大边防、整饬军纪、训练士兵，镇守关外重城。"他拱手，"三弟，吾身居他乡，难侍病榻老母，汝代吾孝母吧！"

明代著名将领、关宁总兵袁崇焕，在这道屏障关楼下，与胞弟挥泪作别，他望着三弟远去的背影，一种悲怆和凄凉侵染心头，他高声地呼喊着"娘啊！待边关百姓安乐时，儿就回侍奉您……"那声音极为高亢，萦绕在关楼上空，响彻于边墙内外……

回到宁远城，他呆愣地坐在昏黄的忽闪闪的油灯前，回想着金戈戎马的生涯，耳畔响着小弟的声音，不禁情动于衷，诗从心声，挥毫写了《山海关送季弟南还》：

公车犹记昔年情，万里从戎塞上征。
牧圉此时犹捍御，驰驱何日慰生平！
由来友爱钟吾辈。肯把须眉负此生。
去住安危俱莫问，燕然曾勒古人名。

弟兄于汝倍关情，此日临岐感慨生。
磊落丈夫谁好剑，牢骚男子不能兵。
才堪逐电三驱捷，身上飞鹏一羽轻。
行矣乡邦重努力，莫耽疏懒堕时名。

呜呼，靖康耻，犹未雪，国家分裂，人民苦难，朝廷偏安一隅，醉生梦死，昏昏庸庸致使权奸横行，陷害忠良，卖国求荣。精忠报国的岳飞，英勇善战的韩世忠，忠心耿耿的张俊被杀被贬，自己有功于朝廷国家，反遭猜忌妒恨。你愤然，你茫然，最后只能凄然颓然，石破天惊的英雄往往力保的是一个庸常昏昧的君王。果然，多疑的崇祯皇帝在奸臣、宦官的挑拨下，恰恰中怀于皇太极的反间计，把袁崇焕大将军打成叛徒内奸，将他逮捕入狱，囚禁审讯半年后，以“袁崇焕咐托不效，专恃欺隐，以市米则资盗，以谋款则斩帅”等罪名，一纸凌迟令，袁大将军在京城菜市口街头被不明真相的市民百姓活活打死。

你无奈，唯有仰天长叹。我想那一刻，你一定会频频回首，遥望着你出入的关楼和你驻守的边城。

你就这样冤屈地走了，再也不能回来了……

朝阳已喷薄而出，云烟水雾已散尽，被雨被雾揩抹过的关楼、长城和那峥嵘的峰峦又映上朝晖，变得晶莹剔透；晨风拂过关城拂过松柏树丛，把护城河临流照影的少女秀美的睫毛温柔梳理，桃李树从叶片到花蕊缀着欲滴的雾珠……一切都由神奇虚幻而变得真实清晰。

可没有了云烟水雾我就不能入境也就看不见古人也就见不到你。你不能来了，就让我告诉你吧！我相信你一定会听到，因为心有灵犀一点通，心与心的交流会穿越岁月时空。

你听我说，你走后的漫长岁月里关城破败依旧，依旧，直到六十年前才开始变，一位名为毛泽东的伟人，同他的战斗集体团结一切力量拯救了中国，国家开始了翻天覆地的伟大巨变，那是你和不知多少代爱国志士奋斗终生却不能实现的理想：朝着国家强盛、人民幸福转变。

他迈着稳健的步伐登上了关楼，仰望着“天下第一关”的匾额，他凭借古城墙触摸着有形的历史，绘出了一幅宏大而艰窘的“江山多娇”的蓝图，他思索着喃喃地轻吟道：“……萧瑟秋风今又是，换了人间。”

你听我说，五十年前栽种的桃树、苹果树早已在关城周边繁茂成林，每至金风送爽，枝头便果实累累，遍城果香扑鼻。

你听我说，四十年前以“人定胜天”的精神，对长年多灾泛滥的大石河进行了治理，在它的中游修建了一座中型水库，将清澈的石河水引进关城内，解决了人们长期吃苦涩的地下水问题。

你听我说，三十年前中国迈开大步走上了改革开放的征途，这里的人们不再封闭这古老的城池，他们打开城门，用“走出去”“请进来”的发展战略，以大型的国有企业为龙头，不断地带动地方经济的发展，用辛勤的汗水在长江、黄河上筑起一座座颇为壮观的大桥……又将一艘艘巨轮送入水中，满载着关城人的情谊驶向五洲四海……

你听我说，二十年前这里的人们发扬艰苦奋斗的精神，办经济开发区、建工厂、搞经济。以改革开放带动了开发区的经济起飞，以开发区的经济起飞带动了关城的经济发展。先后有鹏泰面业、金海粮油、正大集团、哈尔滨热电动力等大中型企业落户关城，经济开发区以特有的魅力吸引着国内外商家、企业施展着大的手笔……

你再听我说，近年又在破旧的老屋及遗基废墟上，一座集中国古典建筑艺术精华和古典园林建筑艺术精华又融汇现代建筑艺术的四星级国际旅游海盛、凯莱大酒店已峨峨然拔地而起，兴建的碧清湖水莲花怒放的公园，有了内外环城路上的林荫与花坛，有了城河上使此岸与彼岸相接的雄奇而典雅的拱桥和灯火辉煌的音乐广场……重楼回廊、高台芳榭、飞梁跨阁、曲径圆池……其规范，其富丽，其堂皇远非徐大将军当年所建之能比……一路执着追逐着梦想的故乡人，不只满足于那样平俗的生活，他们要从贫穷走向富庶，他们的生态意识、环保意识、生活品位及人文理念，都发生了很大的变化。为改善人居环境、提升城市品位、增强城市竞争力，维护和提高湿地生物多样性，保护鸟类栖息地，大力弘扬“山一样的坚强意志、海一样的宽广胸怀、关一样的严谨作风”的新时期山海关人精神，政府对石河启动了“石河生态防洪综合整治工程”，石河水变清变绿了，沿岸各类植物绿满了河堤，使这里成为一处独特湿地景观、成为观鸟及休闲度假游人的乐园。在明净的石河水面上，一群美丽的白鹭在盘旋飞翔，那翩翩的舞姿，是如此优雅，那优美的弧线，仿佛是飘荡在空中的一道道五线谱。石河现已变成“一河清波，两岸绿色，鱼翔浅底，鸟语花香”的美景。而铺展开来的广袤田园，富庶的城镇和云锦一样的乡村，一排排高大的楼群拔地而起，钢铁桥上长龙飞速往来如梭，公路桥上各种车辆川流不息，在石河的入海处，现代污水净化处理、生态水上乐园、白鹭岛寓居生活区、石河旺角休闲区、滨河公路等都已建成……使之以其景观之河、生态之河、旅游之河、文化之河、运动休闲之河的崭新面貌，同具有浓郁明清风情的古城遥相呼应，一个是深沉古朴的古城，一个是浪漫时尚的水岸丽景，相得益彰，创造了一个简洁自然、品位个性化、面向未来、国际化的“国家级湿地公园”环境。

关城在欣欣向荣，你会有感慨，你有何感慨？

我想，你一定会来，作为历史的见证人故地重游。让我来做你的导游并郑重地告诉你，一切都变了，国富民强，喜逢盛世。

啊！游人来了，从海上天上来了：洋人，海外华人，大江南北长城内外的国人……

作者简介

王宝文，男，笔名柳笛，现供职于山海关铁路车辆系统，从事党务工作。系中国散文学会会员、中国作家协会辽宁分会会员、秦皇岛文学创作院签约作家、秦皇岛市山海关作家协会副主席、锦州铁路作家协会副主席。

大梦淹蓝

肖 萌

秦皇岛，因一片海，而令人梦中有蓝。

尤其是夏季，来自四方的游客独爱这座小城。清晨，他们会被海面上阵阵的船笛声叫醒；夜晚，他们会枕着小岛温软的潮声入睡。他们从千里之外而来，盼着与一片海和一座城亲近、寻梦。海滩始终是这个季节最热闹和喜悦的地方。赶海和看日出的人们最喜欢带着一身的晨晖踏上一条游轮，去近距离地欣赏这片海的神奇。

1979年，姑姑坐着绿皮车把我从老家送到岛上。长城马路、缸砖楼、耀华玻璃厂、老二位饭店、秦皇岛港的大工人……那是她对秦皇岛的全部记忆，零星琐碎。今天，刚刚退休的她受我之邀，终于和那些热情的游客一起坐上了“求仙号”游轮。从东山码头到鸽子窝，全程要行驶四十多分钟，路途不长也不短，速度不紧不慢，正适合看风景，看蓝色无边。

都说秦皇岛这片海的成分不是盐，而是文化，这里的每一阵风、每一朵浪花都富有人文气息；都说秦皇岛这片海的福气不一般，颇有帝王之相，先后有17位帝王在此巡游、建功立业、开辟疆土；都说秦皇岛这片海的基因独特，探索的精神早已根植在血脉里……两千多年前，始皇帝王的船队从这里撑起满满的帆，义无反顾地驶向蓝色的大海，出没在惊涛骇浪里，去探寻生命的真谛。他们高高的战旗始终在惊涛骇浪中屹立着。那上面写满秦皇岛历史的由来，写着秦皇岛的血脉基因、原生精神。之后，岛上的人民遵循着先人留下的勇者之心、富强之梦，驶入历代千秋的冬去春来中，驶进新时代改革开放的春光里。而今，沐浴在改革开放的春风里，它的风采卓然，无论谁与它靠近，心中都会泛起蓝色的涟漪。

刚出东山码头，我告诉姑姑把目光投向窗外，因为这里非常特别，除了能看见穿梭的货轮，也可以看见中国的经济发展。远处的货轮一艘艘依次排开，那是在等待进港信号引领它们停进各个码头泊位。它们从世界各地来到这里，装满素有“黑金”之称的煤炭之后，再返回世界各地。

也许你可能不太相信，这里煤炭运输的变化基本就是中国经济的晴雨表。中国经济的好坏最先从这里获得信息。还记得2008年的世界金融危机吗？国家主席就是在这里，视察煤炭出口的增长情况并告知世界，中国的经济正稳步增长。因为就在这里，秦皇岛港，每天大量的国家经济命脉的战略性物资——煤炭将从这里被争分夺秒地输送到南方的各大省市和世界各地。这里几乎支撑着祖国三分之二城市经济运行的能源保障。秦皇岛，不愧是世界能源大港。在新中国成立之初，在改革开放前沿，在新的经济浪潮中，它有着自己的独立担当，为国家的经济发展创勇争先，也创造了数不胜数的“中国第一”和“世界第一”。

如今，秦皇岛正在建设国际一流旅游城市，这些创立过赫赫功勋的“老马们”也要重新搬家，另立门户。他们将整体东移到秦皇岛的东面工业区。国家旅游港的重新规划将给这里带来新的发展契机，也将让城市东面的发展更阳刚，让城市的西面发展更柔美。

从游轮的窗户望去，海面到处是挂着各国国旗的货船，它们就停靠在不远处，就在阳光的普照下，等待一起驶入中国经济的海阔天蓝。

游轮安静地行驶在海面，风平浪静，姑姑喊我到船板上给她照相。她说，从1979年初次来到秦皇岛，到现在已经四十年了，她要找一个合适的角度，照到远处的轮船、港、海平面和蓝天，那会看上去很美。

游轮逐渐靠近目的地——北戴河的鸽子窝。放眼望去，岸边的碧海金沙中，竟有许多川流不息的俄罗斯游客，他们在惬意地享受沙滩、阳光。我们这座城市敞开大门，欢迎他们从遥远的北纬属地国家，来到气候宜人的北戴河度假，来到一个有梦想的城市，圆他们亲海的蓝色之梦。

鸽子窝在北戴河历史上是个有故事的地方。北戴河虽然只是秦皇岛市的一个下属辖区，但它的历史、名气、活力却远胜过它的隶属城市——秦皇岛。有的游人根本不知道北戴河和秦皇岛的关系，甚至有的人根本没有想过它们间会有什么关系。他们无从知晓，北戴河是秦皇岛的眼睛，是一座城市闪闪发光的眸。它的每一次眨动都牵动着一个城市的神采，甚至是一个国家的命运。

就是站在这片海域，新中国的领导人毛泽东面对朝气蓬勃的社会主义建设，心潮澎湃，用豪迈的气概写下壮美的诗词《浪淘沙·北戴河》。如今，这位伟人依然巍峨伫立在北戴河海岸，他用磅礴的气势、深沉的目光继续关注这里每一天发生的翻天覆地。

就是在这片海域，在伟大的改革家邓小平的指引下，北戴河举办了全国第一届旅游开放会议，大胆地提出了可以民营办旅游的方针，才让早已小有名气的北戴河焕发新的活力，让一个海滨之城有了旅游先行，大梦中国、复梦世界的机遇。

就是在这片海域，新时代建立美丽港城、沿海强市、国际化旅游城市的号角吹响，而今，京津冀协同发展的国家战略的实施不次于秦皇岛追逐大蓝之梦的又一次起航！

秦皇岛的子民本来就是出海人的后代，是敢吃螃蟹的第一人，也必然会首先品尝到它的鲜美。秦皇岛，一颗渤海畔的明珠，世界将再次见证她的光芒四射。

作为一个秦皇岛人，一个出海人的子孙，我想这片海让人心潮澎湃的不只是耳畔的海风、眼中的海水，还有这海风、海水中，一直在吟唱的大蓝之歌，那歌声里不仅有港口工人的小确幸和游客们眼中的美景，也有伟人毛泽东的宏伟畅想、邓小平的改革蓝图、复兴强国的民族希望。

姑姑和我下了游船，登上了北戴河的鸽子窝码头。她说，她不着急赶路，四十年后又遇这片蓝，她要放缓脚步，慢慢地走，细细地看。

作者简介

肖萌，中国文艺评论家协会会员，中国影视家协会会员，中国散文家协会会员，河北省作家协会会员。一级导演。先后在《美文》《散文百家》《中国文化报》《当代电视》等报刊发表作品近20万字。电视晚会撰稿30万字。出版散文集《心向大海的鱼》，执笔著有《罗哲文与山海关》《山海关老照片》等史籍专访。

听幾米唱歌

王雅静

在这个溽热的早晨，阳光斜斜地射入东窗，热气弥漫了整个屋子。我拉下窗帘，把明媚挡在外面。楼道里很安静，连走动的脚步声都没有，这个时刻，不会有人打扰。空调卖力地扫过冷风，让我忘记外面的八月。

安适，使我坦然地走近幾米。虽然安适通常会消磨人的意志，减弱人追求的欲望或行走的勇气，但我确信，这一刻，这情境，最适合阅读幾米——或者是，倾听幾米。

我在幾米的画作中听他唱歌。在他的歌声中，我了解到每个故事的开始，和开始之后的过程。长了翅膀的幸运董事长，独行地铁的不幸小女孩，还有那只叫作“兔漂”的毛毛兔，那条会微笑但回了大海的鱼，在一丝一缕的色彩中，我看到生活中淡淡的美好和忧伤，看到画面背后幾米藏着的欢喜、平和与宁静。一个在台北天空下长大的男孩，在不经意中闯入艺术的星空，然后他自己也成了被人仰望的星星。他捕捉生活，也创造生活；追求梦想，也制造梦想，所有的画幅中都不曾带有“载道”“言志”的痕迹，可它们又分明撞入人的内心，让心灵为之柔软、震颤，哪怕只是萌动。循着小女孩的林中枕木，我四顾茫然，无法确定那力量来自何处。

在幾米的笔下，每一个人都会成为孩子，身不由己。因为你无法拒绝那些眼神的童稚，无法抵御尘俗中的纯净，我们曾经都是那样的孩子，忧伤却不绝望，快乐也有疯狂。可是阴翳遮住了我们的眼，灰尘蒙蔽了我们的心，于是，天空低了，道路泞了，连花朵也黯淡了。我们自己，不知不觉中就在风中走丢了。幾米是那么神奇，他一个人躲在画室中，凭着一支笔就唤回了世界上许多天真的心。他或许本来就是天真的，或者，在他的心空下，给天真预留了一块很大的空间，他在那里耕耘，种上蓝石头，种上月亮、树林、草地和灯笼，这些可爱的精灵全都带着魔力，钻进我们的心中。

在幾米的笔下，我愿意重温爱情。向左走，向右走，一对红尘男女，在同一幢公寓中隔墙而居，却从来没有过交集。一切只缘习惯——她爱向左，他爱向右。有一天，一个偶然间，他们相遇了，生情了，却又因为一场突如其来的大雨淋湿了写有电话号码的纸片，而再次擦肩。一场爱情就此消失得无形。生活是多么富有戏剧性。它带给我们欢愉，也不忘同时捎带着遗憾。即使是爱情，也会被时光打磨得变了模样。相见争如不见？幾米说，世界用一种神秘的方式处理每个人的悲哀。那么，幾米也是用自己的方式来应对命运，解释生活。他也嘲讽，却一点都不刻薄，笔触中仿佛带有温度一般平和冲淡。他不是那种撕了伤口给别人看的人——即使是别人的伤口，他也不。他与白血病作过苦苦的争斗，那病魔折磨了他的人，也历练了他的心。苦难，在某种程度上，是厄运，也是珍馐，只是没有一个人会大开户牖让它进来。苦难的到来总是不由分说，无论接不接受，我们别无选择。

但是，我们可以在幾米的故事中选择心情。让他呢喃的歌声，透过尘霾，直达心底。那种感受，无法触摸，无法言说，却真实无比。这个世界需要凌厉地除旧布新，更需要幾米这样温婉的歌声，再现苦难，化解苦难。不要到幾米那里去寻找所谓的哲理，那不关他事。他只是记录，想象，并且升华——艺术化了的生活。把苦难升华为美，让黑暗闪烁亮色，使疼痛变得柔和。在他的歌声里，我不知抓住了什么。一种模糊的思想渐渐漫漶成一大片细碎的光点，让我找不到出口。我缺乏阅读绘本的经验，也因此无法像读其他书籍一样进退自如。

当我打开窗帘时，阳光已经升到屋顶，窗外的阳光明晃晃的，使我愈发恍惚。办公室的壁上有朋友手书的两幅字，一为“修德”，一为“居易”，前者取自《菜根谭》，后者取自《中庸》。那两幅隶变异常生动，总让我在笔画间生出许多遐想。居易，居平常之地，为平常之事，过平常的日子。它是幾米的守分安命之风吗？朗费罗是19世纪美国最伟大的浪漫主义诗人之一，他说：你的命运一如他人，每个生命都会下雨。

我不知自己在说什么。我只知道，故事远没有结束，因为风还在吹，花还在开，人生还在继续。听着歌走路，不寂寞。

作者简介

王雅静，女，1965年生人，秦皇岛日报社编辑。河北作家协会会员，秦皇岛诗词学会副会长，秦皇岛市国学研究会常务理事。著有散文集《风过蔷薇》《枕上看潮头》《听雨说》，诗词集《行云集》《庸庐集》。

母亲的舞台

马建忠

不知从什么时候起母亲有了晚饭后散步的习惯，有几次我担心年逾古稀的母亲便悄悄跟在她身后，母亲的脚步非常舒缓，每迈出一步都似踏着一种节奏。

穿过一条街，母亲加快脚步，原本佝偻的背影挺拔起来，一首轻快的旋律从不远处传入我的耳朵里，转过弯去，母亲突然停下来，在中心广场上许多人随着节拍的律动跳着广场舞。母亲安静地站在原地用脚轻轻地打着节奏。一阵冷风吹来，母亲花白的头发凌乱地遮住了脸，她没有理睬，依旧聚精会神地盯着舞蹈者的每一个环节，丝毫没有察觉我的存在，那一刻近在咫尺的我感觉到母亲厚厚的羽绒服内有一颗蠢蠢欲动登上舞台的心。

五十多年前母亲是舞台的主角，作为一名优秀的歌剧女演员，母亲数不清多少次在舞台上诠释一个个鲜活的角色，《刘三姐》《白毛女》《江姐》……母亲用声情并茂的演唱赢得了众多的掌声。母亲是天生的歌者，没有受过专业训练的她拥有得天独厚圆润亮丽的嗓音，小城组建歌舞团那天起她就是舞台的女主角，她秀美的扮相一次次获得观众的肯定。我曾从母亲的身上读出这样一条信息，一个人的天赋决定她适合走哪条人生之路，而在这条路上能够走多远则取决于她是否能够不懈地坚持。

母亲的训练非常刻苦，她每天一大早到离家不远的小树林练习发声，那个年代没有粉丝索要签名，可常有欣赏者在晨练之余停下脚步来听一听，看一看。外婆说："那一时期你的母亲就像中了魔咒，一门心思练习唱腔，她总觉得以后属于她的人生就是舞台。"外婆缓慢的言语中流露出丝丝遗憾。我曾经问过姨们是不是羡慕母亲，她们说："我们羡慕你母亲除了唱歌什么家务也不做，当然更多的是为有她这样一位能歌善舞的姐姐感到骄傲。"后来的事情我听外婆说过，因为身患先天性心脏病哥哥的夭折彻底改变了母亲的命运，由于过度悲伤，长时间以泪洗面的痛哭，母亲的声带嘶哑损伤。那段时间她很难发出声音，悲伤的情绪混杂着失声的痛苦常常使得母亲疲惫不堪，生活就像一张悲观的网紧紧地裹住了她的周身，她越是挣扎收缩得越紧。半年后，母亲的情绪逐渐平稳下来，可惜的是她的声带永久性损伤无法再登上喜欢的舞台。

生活有时候就像一座无法绕开的山峰，唯有勇敢地攀登和面对才能坐看云起时。母亲不能唱歌剧了，被分配到纤维厂当了一名纺织女工，可她依旧喜欢听戏剧，记得小时候，母亲常常在闲暇的时候听收音机里的戏曲节目，情不自禁地手眼步法起舞翩翩，她的节奏感和情绪表达拿捏得恰到好处，唯一的遗憾就是无声的表演，母亲的同事们也说她纺纱的动作与所有人都不同，似乎能够在纺织的过程中呈现出生命的律动。

母亲似乎彻底领悟了，生活之中处处是舞台，她无法成为一名专业的演员，但她可以做主宰自己生活的主角。她在对命运的不甘中完成了角色转换，把一门心思都扑在工作和家庭上。从我记事起厨房就成了母亲的舞台，她每天清晨为我们买来早点，而后目送着我们上学、上班，中午和晚上总是将饭菜准备好等待一家人的享用。在母亲的呵护中我们慢慢成长成家，本该歇一歇踏寻夕阳足迹重新寻找舞台的母亲又不遗余力地看起了我们的孩子，如今在岁月的流逝中我们的孩子也已经升学住校，忙碌了大半辈子的母亲的生活一下子松弛下来，她仿佛无所适从，要在生活中重新寻找一种精神寄托。

这么多年来我都以为母亲彻底摆脱了无法登台遗憾的阴影，时至今日我才晓得是我们忽略了母亲内心的感受，忽略了母亲真实的世界，她依旧喜欢舞台，一块属于自己无声的舞台，一种内心清净豁达淡远的舞台。

我在一种不可名状的氛围中走向前去喊了一声“妈”。母亲有些惊诧地扭转头愣了愣神地看着我。

“您为什么不上去跳呀？”我问。

母亲摇摇头说：“我年岁大了，跳不动了。”

难道母亲在生活的磨砺中渐渐失去了登临舞台的自信？我想。

母亲似乎读懂了我的心思，她缓缓地说：“舞台有很多种，其实人生最大的舞台在每个人的心里。”

我的眼眶有些潮湿，母亲确实跳不动了，这么多年来她把家当作舞台，为我们嘘寒问暖，遮风挡雨。或许母亲的体能不容许她像年轻时候一样，在舞台上淋漓尽致展现自己的才华，但厚重的生活阅历可以让她演绎出别样的精彩。有些时候用心灵支撑的舞台才是最好的舞台，就像母亲现在一样，在一旁静静地欣赏，慢慢地舞动……

作者简介

马建忠，中国微型小说协会会员，河北省作家协会会员，有300万字作品散见于《火花》《椰城》《小小说选刊》《唐山文学》《读者》《百花》《思维与智慧》《小小说大世界》《精短小说》《华文小小说》《东渡》《玉融文学》《绿叶》《时代邮刊》《中外文艺》《辽宁青年》《五月风》《羊城晚报》《燕赵都市报》《河北工人报》等报刊。

生命的依恋

石　子

这是一个萧瑟的秋冬。小区里树上的叶子全落光了。那几棵柿树，也不例外。光秃秃的树枝快快地，可还是以守候的姿势，对着我家的窗户。只是，它们已经两个多月看不见我父亲的身影。

那几棵柿树，比其他树高，在楼上，总是最先进入视线。我不曾看见它们上面开花，可是去年秋天，却看见挂了很多金色的小灯笼。一棵半边枯了的枝上，还冒出了几粒新芽。

父亲来我这里，是去年的 12 月。在这个陌生的地方，父亲熟悉的只有树。父亲从参加工作起，几乎一生都在林区，经历了树林由多而少，由少而多、而新的过程，因此，对树有很深的感情。有树，父亲就快乐。尽管当时树上也没有叶子，他每天还是眯着眼睛看得入迷，心情和目光仿佛与树交融在一起了。到了春天，几场雨下过，窗前高高矮矮、大大小小的树，忽然就冒出了绿芽，层层叠叠的。没过几天，行道树，公园里树上的绿，也铺铺展展地从远处拥了过来。父亲满足地说："嗯，有点林子的味道。"树，在父亲心里，到底有多深的景致，我无法推测出来。

父亲每天看树，对着树活动身体，成了在这里生活的主旋律。他动作缓慢，幅度也小，看得出他每动一下都小心翼翼，可屈腿时，还是常把自己弄个趔趄，完全没有了前几年打太极拳的稳健和利落。

父亲太老了。老得让看见他的人心疼、感慨。走在路上，每次都有人上前想帮他一把。正月十五，我和妹妹扶父亲在北戴河看灯展，海宁路到海边那段路是展区，禁止所有的车辆通行。呈现着各种现代元素的花灯，吸引来的人还是把这里挤得满满登登。但是像父亲这么大年龄的人，却没看见第二个。

有个还要大人牵手的小孩儿，看见迎面的父亲，立刻大声喊起来：“妈妈，快给那个老老爷爷让路，快给老老爷爷让路。”不论父亲到哪个灯位，都有人让出最好的位置。父亲在这里比谁都受尊重，这里尊老的美德比所有的灯都耀眼。还有个也已经有了年纪的人，对父亲伸出大拇指后，大声说：“老人家，加油！加油啊！”我重复给父亲，替他擦去眼角两滴晶亮的水珠。

父亲一活动身体，我就怕他磕着、碰着，就赶紧停下正做的事儿，盯着他。父亲每次站稳身子后，都不忘回头。看见我，收起刹那的羞涩，脸上便涌起笑容，如花笑靥，含有残败的味道。

我希望父亲能像那半边枯过的柿树，重新焕发生命的活力，能像前一年一样，自己坐上公交车，到自己想去的地方走一走，看一看，能戴上老花镜，凑着灯光，继续沉湎于史籍中，再给大伙讲讲秦始皇、清军入关，讲讲吴三桂。愿意柿树还能看见父亲健康的样子。

愿望常常被现实粉碎，这很无奈。或许，人们很多时候难以得到某个渴求的结果，便造出“愿望”这个词。即便我们认识到，愿望有时不过是遥远的无法企及的幻想，可破灭了，还是忍不住心疼。

今年农历九月初九，老人节。树上的叶子还深深沉沉地绿着。一个夏都没有好好下一场雨的天，从早上开始，就一会儿小、一会儿大地下起来。雨点顺着叶子一层一层往下滴落，滴落一次，树叶就颤动一下，像极了伤心的人抽噎的背影。晚上6点50分，经风历雨了九十年的父亲，在前楼那个老人吹响的萨克斯风穿过雨雾飞翔的时候，像树上飘下的一片树叶，带着对所有亲朋的眷恋、想念和牵挂，去了遥远的地方。

我思念父亲，总千方百计想从与父亲接触最多的事物上，找到父亲的影子。窗外的树，是父亲来我这儿后，接触最多的有生命的物体，我把它当成父亲存在的另一种形式。白天，我在父亲常站的窗前，从树上寻找父亲的目光、笑意和思想。夜晚，躺在床上，倾听秋风里的树，为迎接新的一天，在唱起圣歌的间歇里，枝叶相抚的交响。细小的，低沉雄浑的，都和父亲有关，都像是父亲用乐器弹奏出来的。我起身，在明亮的月光和景观灯的辉映下，好像看见父亲活在树的命脉里。我的心空得难受，不知道有什么东西能够填满。

父亲一生的经历，都可以由他手风琴、小提琴、胡琴等乐器发出的曲调诠释。林区的人，生活困窘的时候，有心情欣赏的少。父亲就在天暖休息时，带着我们去南边的一片树林。时间久了，每当父亲的乐曲响起，身边那几丛白桦树的叶子，就滴溜溜地半旋起来，那种美妙的感觉，我未曾说过，却和父亲用乐曲传递给我的力量，一起永恒！

父亲从不抱怨什么，也没听见过他说自己有什么悲苦与惆怅。我曾以为，父亲的讷言是疏于感情。我在倾听父亲七十多岁的琴声时，看着他老迈的样子，忽然有了许多理解。

父亲把自己的心事通过琴诉说给树了，树以枝叶的舞蹈回馈给父亲强大的力量。所以，父亲越来越和树的精神相契，生命越来越接近树的本质：坚韧、本真、正直、淳厚和善良。这也是林区的前辈们，留下我记忆中最深的印象。

小时候，我就觉得父亲的脊背是一棵树，从年轻时起就承担起林业建局伊始艰难的财务工作，以及困苦生活的责任，而且不管有多大的磨难，都坚强地站立。等到转换成对孩子的希望和牵挂时，他已经不屈不挠地走过了快一个世纪的路程。

到了父亲走后的11月。小区里所有树上的叶子又脱离了母体。叶子和叶子混在一起，像走在闹市上的人，交臂但不相识，只是因为特定的因素和场景聚合。叶子虽然数目繁多，可我觉得每片都浸润过父亲的目光、笑容、心思和念想，都和人生命的最后结果相同。

落叶，眼见干枯。有人开始在路上、墙角边踩踏焚烧落叶，“噼噼啪啪”的声响，是归于土地的生命，以粉身碎骨的代价，留在世间的最后绝唱。壮美，但太悲凄。那火光和声响把我带到深深的哀伤中。

小时候，我是多么喜欢树叶。有了树叶，单调的水泥路上，就充满了生机，炎热的夏天就有荫蔽。树叶在姐姐的手中变成彩色的书签那一刻，美感便以跳动的姿态住进我的心灵。我的思想，我的灵魂，和树叶发生了一场关于美的爱恋。

一个高音喇叭风靡的秋天，我把比自己矮不多少、塞着满满落叶的一个破布口袋甩上肩，再侧弯下腰，捡起放在地上那把秃了头的笤帚，便走在唱着《卖报歌》的秋风里。我扫回来的落叶，在父亲坚毅目光的鼓励下，燃起劳动和收获的快乐，生活也好像火焰般现出了通红的光芒。

长大成人，在富足的生活里，我却像一个对爱情不够忠贞的人，不知道从什么时候起，对落叶的情趣发生了变化——以踩踏为乐。

秋天散步时，找个落叶多的地方，先是捏起一片，细细打量一番，然后张开手指，让它飞回叶堆里，再踏上双脚。把叶子惊慌失措的脆响当成天籁。

经历了父亲去世，我对生命有了深刻的体悟。视活着的为生命，视故去的也同样为生命。这两种生命虽然意义有别，但后者更令人心存哀伤和叹息，因而尊重后者就更具有人性的意义。

人逝去的生命有如落叶。当我把生命和落叶联系在一起，对落叶有了从未有过的依恋，再也不忍心践踏落叶。而且在我余下的生命里，也将成为一个不复返的过去。

于是，这个秋天，我的路走得小心翼翼，尽量绕开那些落叶，让它们能够多一段时间保持作为一个生命留在大地的最后尊严。

我的心绪为落叶沉浮，谁能给它们一个墓地？我没有办法。我想到了风。有风多好，风可以在我不知不觉中，把落叶带到远方。

风，竟与我的情感相通。路上昨天看见的，今天大部分已经看不见了，不管它们去了哪里，只要它走时完整，我心里就会有些安慰。

到12月了，寒冷严厉地裹围了大地。没来得及远走的树叶，在树丛里挤挤挨挨地，像是相互取暖，又像是相互慰藉。它们在世间的最后弥留时刻，各个脊梁拱起，边缘向里蜷缩，仿佛紧抱着不愿失去的日子。虽然看着孤独、悲壮又沉重，可树上新叶的苞蕾隐隐约约已经拱起，迎接它的是一个春天。生命，拉着一场亘古不变的接力，演绎着前赴后继的光芒。

我走到聚在树丛下的落叶前，对这些还能看见的躯体，肃然而立。一只麻雀，静静地站在枝头上，神情很是落寞，一片被阳光从树枝间斜照的叶子，突然动了一下，瞬息又停住。我想，只有见证过父亲心情，和父亲交流最多的叶子，才会在看见我时表现异样。

我理解这个就要远离世间的生命，此时是怎样的微小、孱弱和无助；知道它心里对每个在世的生命，都存有深深的敬畏和留恋，它急切地期待一双拯救的手。我，是它的亲人。

我鞠躬般弯下腰去，掬起这片叶子，恍若托起了我的老父亲。我把脸贴在上面，风正贴着它的脊梁逶迤而来，几丝负离子的气味，一点一点扩大开去。落叶把自己身体里最后的养分，留给了世间。

我无法抛下这片落叶。它不但筋骨、肉体存在，它的灵魂在这么短的时间里也不会远走。我似乎听见一个声音：舍不得离开。

我捧着这片树叶，和黄昏一起回家，把它珍藏在父亲的书前。我珍藏了这片落叶，好像留住了一个远去的生命。

作者简介

石玉珍，笔名石子，女，63 岁。河北省作家协会会员。作品散见于《长城》《散文百家》等报刊。曾获秦皇岛文学繁荣奖、河北省首届群众文学创作大赛二等奖、河北省开发区文学优秀奖等。

思绪飞过天上草原

唐 丽

这是一片在阳光下悠然沉睡的风景，一片尚未被都市的现代工业文明所浸染的圣洁之地。它静静地安睡在群山的怀抱中，在白云与微风中做着超脱尘世的清梦。

也许，谈起秦皇岛的景色，多数人只知道山情和海韵，却很少有人知道在昌黎县十里铺乡，藏着一片绿色的草原，而这片草原就坐落在山顶上，与蓝天白云相伴，为此，有人给这片美丽的草原取了一个浪漫的名字——天上草原。

无论想象的翅膀多么雄健，你都无法想象站在云山雾海之中看天上草原是怎样的一种心情。只有在这远离喧嚣的宁静中，才会发现有绵绵的思绪在空中飘飞，如蝶如风如梦。那满眼绿波泛起的是婷婷袅袅如烟如雾的诗意。

因为自幼在平原上长大，对原野的鲜花和野草，以及辽阔的景色，有过深切的记忆。似乎在想象之中也觉得草原就是如此，一片绿色的景色，装点着繁星般的野花。

当我站在天上草原时，终于发现一切记忆与想象都无法与这片草原相提并论。自然界的盛衰早已说明植被茂盛的地方，水分一定十分充足。这片草原应该说是大自然的宠儿，因为它方圆几百里荡漾的碧波，每一片修长的叶子都证明着上帝的宠爱。

也许，正是它平坦宽阔的胸襟，让其拥有了这样一份特殊的幸福。那些棱角分明又陡峭的山峰，很难挽住天公为它送来的美意，任凭欢跃的雨滴一路不甘寂寞地哗哗作响，总是匆匆地流进脚下的小河里。

读一片风景，就是读一种心情。望着这些生生不息的芳草，你会感觉到它们拥有着旺盛的生命力，以及永远不老的青春。它们在每一个春天的梦里萌出勃勃的新叶，用毫无顾忌的活力撑起一片碧玉一般的新天地。那些在秋霜里枯萎的叶子，在风雨中默默地回归土地，最终伏蛰在土地上，直到与土地融为一体。

几十年的岁月，匆匆过去之后，世上的人们已经容颜衰老，而这些不知疲倦的芳草，依然绿意葱茏。此刻，它仿佛提醒你，让你用缩小的镜头来看人间，你会觉得人的成长是多么迅速，几十年时光如飞，昔日的孩童，转眼已成白发。而我们每天都用放大的镜头来看人间，总感觉人的成长如此漫长，每一天都被琐碎的江河所淹没着，甚至总也看不清前方的道路。

其实，岁月始终是一盏公平秤，只要懂得增加努力的砝码，重量就会随着时光增加。

站在天上草原，你会觉得这里的风也绝对不同，那轻轻拂过面旁的凉爽，是轻盈的山风。它能温柔地吹掉伏蛰在你身上的暑气，仿佛它从遥远而陌生的地方，一路走来，一直走进你的心里。通常，思绪在都市的楼群与街道上总是很散漫，它仿佛被日子切割成难以被整理的碎片。有时候，它又会迈着怠倦、浮躁、沉重的步伐，用无声无形的双手把你的心塞得满满的，让你感觉到不堪重负。

但是，当你领略天上草原的凉爽微风时，思绪也会变得轻盈如风。它在蓝天与绿野之间翩翩而舞，穿过草丛，划过树梢，向天边的一抹晚霞飞去。

于是，夏日里，你那颗闷热的心，会忽然变得凉爽而平静下来。仿佛昨天背着还感觉沉重的背包，瞬间变成了空囊。

在这种安静的环境中，自然就会想起平时那些看过的想过的事情，电影一样浮现在脑海之中。我以前总喜欢读一些杂七杂八的小故事，包括佛教的，其中谈到关于如何快乐，印象很深。记得故事中的禅师特别提到没有理想、信念和责任的生活是很疲劳、很累的。精彩的东西总会留在记忆里，难以忘怀。正是因为境界不同，人的想法就不同。获得幸福快乐是人类最终追求的目标，这一点没有疑义。可是，怎样才能从琐碎的生活中获得精神的独立自由和快乐，这一点不是所有人都能想得清楚的，因此，人们总感觉生活中随处充满着烦恼，无法摆脱。

如果，人们可以无忧无虑地享受自然的恩赐，要想拥有轻松的心情，其实并不难。大自然每天都敞开大门，等待你的造访，并且随时为你奉上可供餐饮的灵感之源。

虽然，境界的提高，不分时间地点，即使身居闹市也无所谓，每天琐事缠身也无妨，但是无论那颗心已经被塞满，或者还没有被塞满的时候，到天上草原这样纯净清雅的地方一游，都会不枉此行。

不知道这片草原的未来会怎样，在人们匆匆的脚步声中，你会不会拥有古老的毡包、奔驰的骏马、盛开的鲜花，以及袅袅的炊烟和悠扬的歌声？

作者简介

唐丽，女，河北省作家协会会员。出版诗集《青春的彩贝》《海上明月》《一帘烟雨》，散文集《往事犹萦》，散文诗集《蔷薇雨》。

合欢啊合欢

采榕梅

接到姐的电话，说她已经订了机票，还选几张照片带回去，问我订票没有，我们在相约一起回家。

放下电话，抑制不住的惆怅和遗憾之情从心底升腾开来，弥漫了身心。我走到窗前向楼下望去，花坛里的那棵榕树绿荫如伞，浓绿的光泽在秋阳里闪耀着，在秋风中婆娑摇曳着，我的思绪也让它摇曳回许多年前……

上世纪 1966 年的八九月间，父亲乘火车过黄河跨长江，一路南行到湖南省衡阳市的客车厂，去接上级调配给他们公司的一辆大客车。原本十多天的行程，却走了一个多月才回来。

父亲下车后，从车站打电话让哥给他送件棉大衣去。我们担心父亲刚从南方回来，冷得受不了。可哪儿知道，棉大衣没穿在父亲身上，哥用大衣小心翼翼地包着抱回来的是一株没有筷子长，像母亲织毛衣的织针粗细的一个枝条，顶端有几个毛茸茸的芽儿。父亲说这是衡阳客车厂的伯伯送的芙蓉树枝条，说它开的花特别漂亮。

从湖南到黑龙江，接收的客车被装上火车，父亲坐在客车里跟车走。南方的秋天艳阳高照，可是越往北天气越冷。要把这嫩枝条带回来可不是一件容易的事儿。

父亲可真有办法，他把一根长茄子掰开，抽出些许茄瓤，把芙蓉的枝条放进去，再把茄子合上拿线缠住，还在茄子顶部留个小洞，不时地用牙刷滴进点儿水。随着列车的北上，又给茄子裹上报纸，包上毛巾，穿上衣服……返程的路不顺利，这期间毛主席在北京接见各地的红卫兵，全国的火车都给进京的红卫兵专列让路。父亲坐的火车也不例外，走走停停，等押运的车皮到达我们小城车站时，风雪正弥漫。父亲是怕芙蓉枝儿冻着才让哥送大衣的。

“我欲因之梦寥廓，芙蓉国里尽朝晖。”这个小枝条能开出毛主席在诗词里赞美的芙蓉花？太好了。母亲开始精心地养护，我们开始急切地等待。

在我们姐弟的关注下，它一点点地成长。到两尺多高时开始分枝，枝条柔软，叶形像绿色的羽毛，有着两两相对镰刀形的小叶片，叶片文竹般的潇洒平展。最有趣是太阳落山后，它的叶儿也像睡着似的合拢成细线，清晨再醒过来舒展开，很神奇的。

小孩子是藏不住事儿的。发现它这个特点，没过几天，周围的邻居同学乃至老师们都知道，我家有个会睡觉的花儿。清晨或傍晚，常有好奇的人来观看，我们如数家珍般地介绍。大家啧啧称叹，都盼它快点开花，都想看看芙蓉花是什么样儿的。

一年年过去，在母亲精心的养护下，它的枝干有父亲的小酒盅那么粗，都快两米高了，枝繁叶茂，绿意浓浓的。买不到大花盆，父亲请木匠做了个木花盆，把它移栽进去，松土，施肥，浇水，春天搬到院子里让它晒太阳，秋天移进屋内怕它冻着。每到春暖花开的时节，我们就常常围着它找花苞儿，小弟还拿放大镜观察，唯恐漏掉对芙蓉花的花事超前预报的机会。

时间一年年过去，我们对它的照料一直细心有加。可是父亲千里迢迢带回来的芙蓉树，这么多年连个花影都没见着。每当有人问起，你家会睡觉的芙蓉树开没开花的时候，我们就很尴尬。

芙蓉树在我家生活了二十多年，直到父母相继离去，也没开过一朵芙蓉花。

到北戴河海滨定居后，第一印象就是这里的树多，松树、柏树、槐树、榕树都有。我对潇洒飘逸的榕树情有独钟，总觉得它秀美的叶子白天舒展晚上闭合的样子有似曾相识的感觉。也特别喜欢它的花儿。雅致的叶片，托出粉色绒球似的绚丽花朵，绽放枝头弥漫芬芳，令人赏心悦目柔情满怀。每年榕树花团锦簇的时候，我都久久地在树下流连，极喜欢。

两年前，姐姐退休后喜欢上了摄影。一天，传过几张她拍的榕树花朵盛开的照片，说你知道吗，这就是芙蓉树，芙蓉花。

啊，芙蓉树？就是榕树？这满树像云霞、像彩蝶、像精灵似的花朵，就是父母殷殷盼望而从未见过的芙蓉花？

我急忙上网查询，真是。它喜欢温暖的环境，边塞小城暖和的时间太短了，花苞还没来得及孕育天就凉了，它能活下来实属靠母亲的精心照料，哪儿还能开花呀。

三年前，我们在边塞小城的高峰墓园安葬了父亲母亲的骨灰，再过几天就三周年了。上海的姐姐、青岛的哥哥和北戴河海滨的我，相约回去扫墓。姐说她带几张芙蓉花的照片到父母墓前，让他们看看。我也准备了送给父母的礼物，透明的塑料盒中，是春天从榕树上摘下晾干的几朵粉白相间秀美雅致的绒花。我还要告诉父母，它还有个更让人动情的名字，叫合欢。

作者简介

采蓉梅，生于冰城哈尔滨，长于嫩江岸边。高级教师，曾供职于嫩江电大、北戴河二中等。在省市级报刊上发表散文、随笔及诗歌近百篇。著有散文集《合欢啊合欢》。

砌进长城的红颜

程继杰

一

我在去长城的路上，不由自主地想起最初听到的长城故事。这故事像从遥远地方吹来的夏日海风，带着一点点凉意，丝丝缕缕地拂过我稚嫩的童年。

童年的我依恋姥姥。爸爸妈妈因为上班，常常很久都见不到他们，只有姥姥可以一直陪着我。学前和入学后的我其实并不孤独，左邻右舍房前屋后都有我的玩伴，可我常会找个时间，不去参加任何一种游戏，只愿意静静地偎在姥姥怀里。

姥姥身材瘦小，皮肤白净，却有一双粗大的手。我用细细小小的手指一下一下按她手背上暴起的青筋，以为她从来就是这个样子的。姥姥用她粗糙温暖的手掌给我梳美丽的发辫，头顶有个歪桃儿，下面吊起辫根儿，在一个辫根儿下梳两条匀称光亮的长辫子，留出足够的辫梢儿，系上红绫子。

姥姥做这些的时候，会下意识地哼一些没有词的曲子，曲调从不相同，然而总是有些哀婉忧伤在其中。后来，我学着帮姥姥做针线的时候，我们坐在炕上做着活计，姥姥开始给我讲故事。

姥姥的故事多得可以装进一本厚厚的大书，可惜姥姥根本不识字。姥姥是孟姓人家的小女儿，爹爹去世得早，家中日子困窘。因为我太姥姥的疼爱，才没有被早早嫁出。可是16岁的时候，婆家想要冲喜，还是把她娶走了。

新娘到了，新郎依然奄奄一息，没过多久就去世了。花样年华的少女，就此沦为没有圆房的寡妇，成为婆婆的使唤丫头。后来我姥爷要续弦，有媒人上门，那个婆婆才要了十斗米的聘礼，把姥姥给打发了。姥爷大姥姥十几岁，他是长子，因为要供养一个庞大的家，常年在外奔波走商。家中上有婆婆中有妯娌下有前房留下已经接近成人的儿女，我姥姥的新日子依然艰难。

这些都是我后来听妈妈说的。姥姥的故事不讲自己，只讲她认为是故事的故事。比如孟姜女哭长城。姥姥的孟姜女从没展示过后来让秦始皇着迷的美丽，就像姥姥从没留意过自己曾经的美丽一样。姥姥讲的孟姜女，是千里寻夫的艰难曲折和终于见到长城时闻听的噩耗。姥姥的故事，到孟姜女哭倒了长城就结束了。之后，姥姥会轻轻叹息，对我说，唉，老孟家的姑娘命苦啊！

这一声叹息，和那埋葬了孟姜女全部幸福的长城，一起成为我童年里无法忘却的记忆。

现在，我就要看到长城了，我不知道在长城的哪一段，能遇到孟姜女的魂魄，我也不知道，她是不是明白，古往今来，苦命又坚忍的孟家女儿，远远不止她一个人啊。

二

长城矗立，蜿蜒起伏。我知道把表示直立高耸的矗立与逶迤不绝的长城搭配并不恰当，但是那实在是我第一眼看到长城的感觉。它在群山之巅，那么威严，那么雄伟，那么高耸着延展着。长城让我在它的脚下感觉自身如此渺小。

渺小的我仰望长城，心里为孟姜女感到深深的悲哀。一个弱女子的眼泪流尽了，流成了缥缈的传说，可是被她的无尽悲哀摧毁的痕迹在哪里？一代一代的长城都在，一代一代孟家女儿的悲苦也还在。

我曾经天真地惋惜过，惋惜长城被孟姜女哭倒，那么多和她丈夫一样的人的劳动也白瞎了。姥姥和我说，长城是为孟姜女倒塌，不是因为孟姜女的眼泪诅咒了长城，她哭，只是哀痛她的亲人，尽管亲人是为筑这城墙而死。这使我相信长城是有灵性的，它用自己的倒塌来表达对孟姜女无尽悲伤最真切的感同身受。姥姥一面在自己讲述的故事里流连，一面把草籽撒到院子里，喂那些野麻雀。我不高兴，麻雀都不给我们吃蛋！姥姥拉起我的手，把我们秋天给自家鸡鸭捋来的草籽放到我的手掌上，带着我的小胳膊扬开。姥姥说冬天，它们找食儿不易啊！

于是我用被姥姥那双大手无数次握过的手来触摸长城。我知道天上的姥姥一直想知道长城究竟是什么样子，姥姥一辈子都只有一座故事里的长城。长城的青砖看着依然平滑，却让我的手感觉到坚硬的粗粝，像姥姥手掌的触感，我知道这是岁月的痕迹。

岁月走过，长城犹在。长城在，孟姜女的故事就在。从某种角度说，长城其实是孟姜女的同谋或者化身。

此刻，长城静默地俯身在我的脚下，用无边的接纳把我的惊奇感叹欢呼赞美都化于无形。它消融了无数和我一样的参观者的诸种情绪，也把孟姜女的故事和九莲的传说像两块城砖一样，砌在了一起。

和孟姜女相比，九莲的眉目是不清晰的。我在不同的时期和地方，见过孟姜女的画像和雕塑，但是九莲于我，就只是一个并不广为流传的传说。我自知没有寻根溯源的能力，找一找九莲出现的缘由。不过在长城之外，在一把天下无双的名剑诞生的时候，或者，在一件绝世珍品的瓷器的烧制过程中，都有相似的传说。

只不过那位圣女不叫九莲，只不过这次传说的主体是长城。而作为纵横东西、跨越古今的人类建筑奇迹，长城应该当得起一位圣女的献祭。

据说九莲是一位妙龄村姑。长城修到九莲家附近，遇到了全程最为险要的“鹰飞倒仰十八蹬”，屡建屡塌。众人愁苦难当，百般无奈下，决定寻找童贞女子祭城。九莲就在这个时候出现，她放下手中的篮子，理一理青丝般的鬓发，自愿做祭城童女。她用鲜活的生命，成就了长城的巍峨完美。

听闻这个传说的时候，我有了一个发现。我发现了圣女的秘密。这些圣洁无瑕的少女，原本都是平凡人家的女儿。她们的父母非富非贵非圣非贤非道非仙，和你和我的父母祖辈一样，是芸芸众生寻常百姓。如果不是发生这种突发事件，可能这些少女也会和其他姑娘一样，嫁一户人家，生一群儿女，在琐琐碎碎的日常中过完一生。

然而她们的亲人遇到了穷尽人力也无法解决的困难。她们用平凡的善良和爱感知了一切，又用平凡的善良和爱化解了一切，于是善良和爱使她们超越平凡成为圣女。有了她们的生命和灵魂，才终于成就一份独一无二的珍宝，或者震烁古今的伟大工程。

传说用它的神圣向我展示残酷。我知道她们化作了永生的美，依然忍不住揪心她们年轻美丽的惨烈毁灭。

然后，我在身倚长城的时候，真切地感觉到了她们的安详从容和义无反顾。

我想起另外的奇女子，汉代舍身向西的缇萦，文帝为她所感，废除了断人肢体的肉刑。还有晋代围城救父的荀灌娘，以她超卓的勇与谋，让同辈与长辈的无数男儿汗颜。这两位是真切到有史可查的古代少女，她们的所作所为，使人不能怀疑，假使她们遇到九莲的情况，她们必然成为九莲。

在这些女子的血脉里，一定流淌着同一种东西。一种可以使一个五千年的古老民族历尽劫难依然生生不息的东西。

三

金山岭长城敌楼密布，各不相同。但其中最为独特的却是黑姑楼。一般敌楼都是双层，黑姑楼却有三层，而且设有一道地面以下的地门，地门暗道直通二楼、三楼。设计精巧，易守难攻。

黑姑楼也称黑楼，因黑姑得名。黑姑是明代少女，来自宁夏，千里迢迢随父带兵为戚继光元帅筑城，不幸在一座敌楼刚刚建好的时候遭遇火灾罹难。士兵们为了纪念这位了不起的姑娘，在原来敌楼的基础上，重建了一座不同于以往的敌楼，命名为黑姑楼。

明代的长城上，有英勇捐躯的宁夏黑姑，还有坚强活下去的山东学兰。我本想叫她秀英，她的故事，让我相信她必定是一位兼具秀气与英气的姑娘。秀英因为父母双亡，投亲到长城。她的未婚夫是戚家军 87 号敌台的楼台总旗，才得见面，就遇强敌来袭。秋风冷雨夜，她的未婚夫手提火把去点燃烽火，却因为火把的缘故，引来乱箭穿身。倒下的未婚夫将火把交与她，这姑娘含悲忍泪发出了报警信号。

她完成了未婚夫的遗愿，却再也无处可去。她也不想离开这座血泪浇灌的长城，决意替未婚夫守卫边关。秀英给自己改名学兰以明心志，学木兰毅然从军。据说戚继光元帅亲批，从附近征选 50 名身强力壮的已婚青年妇女，陪伴学兰守卫 87 号敌台，敌台从此得名“媳妇楼”。

山风鼓荡。我踏着一块一块的城砖，在心中把这些故事讲给我的姥姥。思绪，和着山巅的长城逶迤起伏。身边的长城和远方的长城是一个绵延万里的整体，我的故事和姥姥的故事也已经血乳交融得无法分别。就像，从容地死和坚韧地生，根本是一种精神不可分割的两面。姥姥一生，悲惨的时候绝对多过喜悦的时候，战乱，饥荒，眼睁睁看着怀里的孩子死去，丈夫的蒙难和他人的刁难欺凌……姥姥总是在流泪之后，不声不响地继续劳作，种地薅苗推碾子轧磨，用她瘦弱的身躯和越来越粗大糙砺的双手，全力维持一家人的生活，让日子尽可能好一点点地过下去。姥姥一生整洁，无论贫穷困窘还是衰老病弱，都不肯脏乱，即使衣服上的补丁，也要打得好看。姥姥手工极好，用碎旧布头为我做的单鞋棉鞋都堪称艺术品，鞋底纳得细密匀称紧实，鞋面搭出和谐的配色，鞋头一定绣上精美的花纹图案。她一把剪子旋旋绕绕，随手，就能剪出漂亮的剪纸。我想告诉姥姥，从来没有接近过长城的你，比此时此刻身在长城之中的我，更有资格，感受这天地奇迹的伟大长城。

天边有霞光弥漫开来，像萦绕长城的红颜血泪，红而透明。红而透明的血泪凝成翡翠，是长城不为人知的魂魄，美丽不朽。这些砌进长城骨肉里的女子，柔弱却不软弱，纤弱而不脆弱，让长城在充满雄性的强悍与刚毅的同时，也浸透了女性的执着与韧性。她们在无法躲开的悲惨与苦难中，静默地坚守、升华着卑微之中的生命尊严。我想，一个民族的血脉之根，也就在这里了。

砌进长城的红颜，让长城即使残破也是一种完整，使长城永恒。

作者简介

程继杰，女，汉族，1962年生人，河北省作家协会会员。秦皇岛开发区诗词学会副主席。作品以散文和小说为主，亦有诗歌以及古典诗词创作。著有《它们》一书，为系列散文集。其散文集其他作品散见于《长城》《唐山文学》《新世纪文学选刊》等文学期刊。作品曾获首届全球华人中国长城散文诗歌金砖奖和“古贝春杯”河北省第一届散文大赛等专业奖项。所著散文集《它们》，为2017年度河北散文排行榜上榜作品。

我先到园子里去了

简　枫

一

眼下的春光，和我要赞美的那个有些许不同。眼下的日子，也不是我想要全心投入的。我们习惯了在心里制造一个春天，制造一个理想的生活，像制造爱情中那个无望的人一样。生命里一个个春天被我们忽略掉，迈着身不由己的步子向前走。

像生病一样，像一枚腐烂的苹果一样，我们一点点地将自己用到了临界点上。先是某一处旧了、某一处坏了、某一处罢工了，待到某一个日子终于来临，我们毁于蚁穴的堤坝轰然溃败。各自有各自的春天，终是看见了不一样的人间繁花和缤纷落英。

生存和死亡没有什么特别的区分，只不过是迈过的一个门槛而已。我们最先杀死自己的敏感和好奇，杀死我们体内的孩子，失去了热爱自己的兴趣。任由着慵懒情绪泛滥，任由着自己拖延症的久治不愈。不看不听不闻不说，然后我们杀死多半的欲望，包括性欲。某一天黄昏在超市，看着品牌各异的卫生用品，觉得一个女人从初潮到绝经是一段很华彩的时光。小时候，看见十八九岁的艳秋姐姐，端着搪瓷盆去东汤河洗衣服，洗污浊的小灰布，晾晒在河岸上。那时河岸小野花茂盛得邪乎，暖风一会儿就吹干了艳秋姐姐的小灰布。女人的一生是不间断地承受苦痛的一生，我发狠地买下昂贵的卫生用品，无非是一种恐慌。当月经离开，当亲人离开，当孩子不再依恋我们，我们已经死亡了大半了。我们留着恐慌惧怕不舍，自我折磨直到春天带走了最后的花朵和芬芳。我们终于全部地杀死自己。

如果当下的春光还不能够打动你，我希望你保持沉默，至少这样看上去还高贵些。所有的动力都来自内心的沸腾，你不去赞美也不愿意出去走走，山河粉红你依旧无动于衷。我能原谅你的不言不语，你别抱怨任何就好。生活的诸多不如意，春光都能遮掩住，你忽略了春光的明媚，满心的怨怼心绪。看不到亲人的百般好，看不见恋爱的怦然心动，每一朵花每一片云都不停地说话，而你竟然漠视，你这个麻木的耳聋人。

二

一条任意的小路，都能通往人间四月，又迅疾地八面散了去。看看杏花开满的一户户人家，看看牛羊栖落的山岭，此刻不需要方向的引导，春天从脚底下从头顶上汇聚来。一个贪婪的孩子有点儿忙不过来，欣喜得顾头顾不了腚。高处的玉兰不在旷野里，低处的小花们带着各自的乳名招摇，我时常去荒野，点它们的名字，它们不知道人们赋予的名字。就像喜鹊不知道喜鹊，乌鸦也不知道乌鸦。我看好了一块花林，我就放在那里，不担心被人偷了去，如果花林不谢，如果春天不走，我还能回来。早安，我先去园子里走走。你要来就相跟着来，春光浩荡都是你的。

出去走走，走进春光明媚。郁结纠缠杂七杂八的纷扰，都能够抛开放下，新鲜的空气置换了体内的陈旧破败的。花朵开得细致，有纤毫毕现的美妙，花间的青叶芽嫩得让人动心。我好像变得小起来，牵着小欢喜的手，被春光笼罩。有人说过这样的句子：“要去就去梨花开放的山冈，尘世刚刚睁开双眼，洁净如初。”我还要继续描绘春天，为四月唱赞美诗，直到满意为止。我说花开了，我说鸟声婉转，我说春天里见缝插针的紫花地丁。春天是一种病症，疯狂不安又自欺欺人，像爱情。

如果愿意再远些走走，我们能遇见玉兰“扑扑”地打开自己，又“嗒嗒”地坠落。能看见八重樱花妖娆美艳，能看见海棠四姐妹并肩挽手。在四月，能放下的都放下，全心全意地关照大地上的花儿朵朵。山河都染了胭脂，你还有什么理由不欣然赴约呢？

三

上午九点，在一片陌生的荒野上遇见大片的玉兰花，独自的喜悦连个说话的都没有。一畦羊角葱边上有把破旧的木椅子，拎起来端详，我站上去应该没有问题。拍单朵的并列的成群的，忙得不亦乐乎，很快就出了一身汗，顺着帽檐流下来。光线那么好，玉兰花的侧影到处都是，衣襟、肩胛、地上、树干哪儿哪儿都有。阳光能穿透玉兰花瓣，将光影打在另一朵上，错综纠葛。小丫要是在就好了，我想拍一张花中留影。走过玉兰花林，在杏花树下有个中年男子抡镐头刨地，杏花开得很爆，有一种不管不顾的自由和欢畅。自拍吧，也不去在意边上的人如何去想了。角度花枝光影，总是不那么满意，边上的男子忽然讲话了："我帮你照吧，我也会。"后来我找出来细看，觉得真不错，暗自窃喜。只是我还没来得及看那个拍照的男子，再遇上自是不能识得。

对于知名的不知名的草木有着相同的怜爱，陌生的人啊我也愿意爱你一如亲人，而不是漠视、冷淡、不动声色。我依旧没有遇见自己的某些部分，为此心存不甘。

友人写一首诗歌，读到泪流。我看见他低到不能再低，双膝着地头拱地，将这世界最朴素的人间草木凝眸。我喜欢那种接地气的思想和词语，带着烟火的叫嚣，甚至能感知牛羊鸡鸭的味道和村妇撒泼耍浑的活色生香。

春天的每一天都那么特别。一个诗人除了关照亲人和菜园以外还要关照暮春的细节。我不能明白有些人怎么能够任凭体内的孩子夭折，每一天都老去一小块儿。诗人是逆生长的，是上帝的宠儿。八十岁的诗人有一颗孩童心，她的笑必定纯美慈爱宛如初生。诗人是简单的，此刻她在照顾高枝上的唱诗班，照顾地瓜和好梦的亲人。山是粉红的山，天是碧蓝的天，然而没有人能够取走世人心中的忧戚。诗人爬上山顶，只会大声呼喊："这满山的花开都是我的。"云朵压下来，漫山的花就燃烧起来，烧毁了我的人间。相比较尘世的芜杂，诗人内心依旧纯粹，纯粹得艰难而绝望。一首诗连上一首诗，一辈子都不停下来，这些诗歌足以让一个孩子着迷然后安身立命。诗人乐于做更多的无用功，甘愿在词语里虚度光阴。"已是春深花未深，惜今谁个惜如金？年年花似花非是，辜负春光辜负心。"

这一切终归是好的，像此刻人间四月天。春天的味道，是茶香氤氲的。喝一盏茶，和吃所有的春芽都一样，清芬又略带苦涩。我是个贪婪的女人，咬春芽咬啊咬没个够。

四

我先去了园子，蜜蜂嗡嗡作响，花开挡住了小路。我有些吃惊，还能被春风感染，还懂得蹲下来看一会儿蒲公英的样子。比起早年的园子，也没什么两样。走的人多了，不见几个重又回来的。那么多忙得屁打脚后跟的人，忙到一年四季都当成一天过了。哦，你也来了。坐下来让阳光照在脊梁骨上，在一小片光明里伸伸懒腰。你看你看，麻雀在洗澡呢。我吃荠菜包子的时候捎带吃过几朵蒲公英花和叶，我感受到从未有过的轻盈，有振翅高飞的可能。我身体里的油烟味儿会不会太浓了？我不是那个饮清风白露食松仁柏籽的精灵，我又庸俗了一些又胖了一些。我在园子里坐着，我好像看见了娘离我不远。时光静止成一块一块的蓝，轻薄透亮，暖融融。四月，真是个残忍的季节。

小时候娘说我穿鞋子太费了，说我驴一样不知道节制。如今我依旧是费鞋子的，总能把鞋子穿得面目全非。我说自己就是一头沾染了花香的驴，娘要是知道我这么美化自己也会笑出声。娘在我的记忆里生动，娘在岁月的大河里鲜活，想她到心痛难忍。娘会为了一块儿条绒鞋面儿给相邻的婶子大娘说小话儿，帮人家做些零碎家务。娘回到家里让我看，说刚好能做一双方口布鞋留着开春穿。就是那双我穿上了和二玲拾柴的布鞋，就是那双下连雨被冲走了一只的布鞋，那是一双有花朵的布鞋。一个九岁的女孩背着几乎和身体一样高矮的荆条篓子，每走一步都有明显的内八字。鞋子前尖儿冲起地面上的浮土，很费劲儿地挪蹭到家，花布鞋没了模样。不知那花条绒布鞋被雨季冲去了哪里，我一厢情愿地想象着布鞋遇见了娘。

前几日，小丫向我抱怨："妈妈，我穿鞋太费了，我是不是像你啊？"遗传这东西也真是要了命，我和小丫讲我小时候被娘说成是驴蹄子，还弄丢花布鞋的事。小丫撒娇："妈妈这不怨我，都怨你。"是啊，有娘可娇嗔是多么美好的事情。

有时候走着熟悉的路，有时候全然不同。累了就随意地坐下歇歇，蚂蚁往来频繁彼此触碰，看上去井然有序不知疲倦，看着一窝一窝的蚂蚁磕头撞脸地忙碌我会由衷地笑。人生在世无非选择，匆忙地走会错过多少精彩的蚂蚁。一脚下去踩死了也就踩死了，花些工夫听听近旁的世界，真是好。何况如今我拥有了那么多美丽的鞋子，去过了比娘多得多的好地方。我再不能走上有娘亲的某一条小路，再不能回到有娘亲的故乡。所有的结局不外乎回不去和不能够。

五

早间去往玉兰园，甬道上来往的人越发多了，衣着也见着鲜嫩。人们往往在春天里明显地感受到生命的律动，心心念念地怀想一些人、事，从而生出更多的感叹。玉兰花瓣终于坠落满园，高枝上的也呈颓败样儿，不忍多看，不忍久留，春风荡过来又荡过去。四月的空气里更多的是清芬，是草节子膨胀了升起来的泥土味。泥土味滋润的是内心关于童年的部分，青枝筛下太阳的金光，斑驳地晃动，撩起了心中杂七杂八的涟漪。

小时候我们喜欢玩一种游戏，画手表。我和二玲都会腻在我娘边上，伸出伶仃细弱的手腕，让娘画一块手表。娘会像模像样地问我们俩：几点了，我们就哈哈大笑着回答出一个不着四六的点儿。还有一种是扎手表，有一种植物在老家随处可见，属于茅茅草一类的，很像野燕麦。秋风抽干了水汽之后，满身都是黑色的小针，刚长出来的小针是笔直的，遇见太阳光会弯曲出几道圈圈。我们小时候很迷恋这种植物，常摘下来别在胸前当作手表使，正午的时候圈圈最多，我们就叫这种植物手表针。被同伴问了几点的，会无比自豪，煞有介事地看着身上的小针，依据圈圈的多少回答出一个答案来。娘还给我剪过纸手表戴，花花绿绿的碎纸头，剪成手表形状缠绕手腕上，我们乐此不疲。童年的手表再逼真，那手表也是从没有走过啊，那我们童年的时光哪里去了？

越是花开繁密越是姹紫嫣红，我的内心越是慌乱不安。花絮如愁，不必清理亦是不能清理。终有一天一切花事都尽了，空留下天蓝云白。

六

在四月大多会碰巧遇见一些什么，气味相投的人或者是刚好满意的事。只要时间允许，我最喜欢去向阳的山坡坐坐，坡是缓坡一点也不陡。坐在那里看羊群流动白云放牧，看那么多蒲公英开出炫目的金色。还有羊犄角也开金黄的花，不细细地分，几乎和蒲公英一个模样。羊犄角学名叫桃叶鸦葱，这么些年我固执地喜欢用羊犄角这个乳名。两片细长的叶子张扬成跋扈的锋利的小犄角，夹着拇指盖大小的花朵，像上天遗落的金币闪闪发光。我偏爱金色的花朵，比如向日葵，比如金银藤，再比如雏菊等等。我也偏爱白色的花朵，玉兰自不用说了，贴着地皮的苦麻子花开满地也是壮美异常的。我一厢情愿地以为黄白两色的花是大地上最尊贵的，是金银便足以富丽我们的内心，将三杯两杯的苦楚稀释到不为人知。

带着故事活着，带着秘密活着。有太多的故事没来得及讲述，有太多的秘密石沉大海。那些站在花下的过客，极有可能是我前世的至亲。遗憾的是我不可能认出那些应该相认的人和事，为此我们有理由失声痛哭。某一年我有幸在邻县的山坡上遇见大片的漏芦，雪白的小脑袋迎风摇摆，乌鸦也有十几只或更多，陌生的坟茔散落在四周。后来我知道就在那一天，有一位诗人自我结束了生命。诗人是上帝的孩子，而上帝偏爱孩子。我清晰地记得那一天我的恐惧和孤独，那一天暖烘烘的太阳离我那么近，光芒在额头在后背铺展开，灼热且疼痛。

已是暮春，山坡满了，街巷也满了。我念叨起娘亲常说的清明前后种瓜点豆，但是种瓜点豆了，也不一定有结果。春光多么好，好到绝望。今夜花香布满夜空，有道是：温凉时节说心事，半为春光半为人。如此刚好。

作者简介

简枫，原名徐丽娟，小学语文高级教师。喜欢诗歌散文，作品散见于《诗选刊》《草原》《岁月》《奔流》《诗歌月刊》《星火》《北京诗人》《火神》等文学杂志。

美丽的邂逅（外一篇）

李贺文

植物是有灵性的。

当我在这个浪漫的暮春时节走进北京药用植物园，与那些四十年前曾朝夕相伴的花儿、草儿们猝然相对时，那些花草枝叶拂动，陡然一惊，瞬间盈溢出迷人的风韵，而我竟也如突然见到四十年未曾谋面的初恋，一时间竟心头发热，无语凝噎。

走过时珍路，进入园中，首先映入眼帘的是甬路旁那一簇簇熟悉的车前草，肥肥的绿叶托举着一茎穗状花序，在春风中与我频频点头。这些草儿携带着周朝女人的歌声、笑声，穿过两千多年的时光，一路款款而来："采采芣苢，薄言采之。采采芣苢，薄言有之。"《诗经》是什么？是东方大地上的"圣经"，能载入《诗经》的植物便是"圣贤"。吟诵着这些朗朗上口的诗句，眼前仿佛浮现一幅远古时期的精彩画面：蓝天白云之下，黄沙绿水之畔，三五成群的婀娜女子，一手提篮，一手不停地采着车前草，天籁般的歌声响彻原野。

上世纪六七十年代，糠菜半年粮。春天放学之后，我们的首要任务就是挖采车前草等野菜以度荒。回家后细细择净，母亲先把它煮个开锅，再捞出来泡在凉水里。或是用来做馅儿包薯面饺子，或是炒着吃，无异于一道美味佳肴！

长大后才知道它还是一味药，有利尿、镇咳、止泻、明目的功效。真应该感谢那位汉时的马夫，是他慧眼识珠，发现车前草有利尿祛毒的功用，从此，使这种生长在乡间、普普通通的草摇身一变，堂而皇之地登上中医药的神圣殿堂。

仲景路北侧的萱草花开得正在兴头上。这是一种惹人怜爱的花，古人说它"蕙洁兰芳，雅而不质"。温润的花朵，长长的喇叭状，花瓣儿间储满笑意，因之，古人常将此花喻作母亲：“堂上椿萱雪满头”。医家说，萱草“利心志”“味甘、令人忘忧”“可疗愁”；释家说它有佛心，解人意，“郁郁黄花，无非般若”。

少时不谙世事，只知道它是一种好吃的野菜。每天放学后追逐着春光，穿梭于山坡林地，采集那黄灿灿的萱草花。谷梁之间，且歌且采，盈筐而归。晚上，母亲把我们采来的黄花在开水中焯过，然后在阴凉处焙干，为寂寞的冬天增加一点诗意。有时母亲也把刚采来的鲜黄花扯在自制的豆瓣酱里炒一下，便俨然成了黄灿灿的鸡蛋酱，让一家人吃得狼吞虎咽，两腮生津。想想母亲那一代人，真的很有天赋，她们用一双巧手，不仅让我们度过饥荒，还居然把贫困的生活调理得诗意盎然！

后来读书，才逐渐了解到萱草所蕴含的特殊意蕴，知道它不仅有清热利尿、凉血止血的功能，还知道它叫忘忧草。读唐朝野史，唐明皇与贵妃携手游园，见萱草怒放，不禁喜上心头，回首笑对贵妃曰：此花虽能忘忧，但怎如我解语花也！言语之间流露出对贵妃的由衷喜爱。并随手摘下一朵戴在贵妃的发髻间，然后四目相对，竟至热泪盈眶。活生生一对儿情深义重、生死不渝的鸳鸯鸟。但马嵬坡前，一羽白绫使二人阴阳两隔，多情的唐明皇幸蜀一路洒泪一路。以致后来车驾复幸华清宫，张野狐奏《雨霖铃》曲：“上四顾凄凉，不觉流涕，左右感动，与之唏嘘。”试想，那一刻的唐明皇若再面对那黄灿灿的萱草花，睹物思人，又该有何感触？

世事翻覆，人生坎坷，高高在上的帝王尚且有无能为力之时，何况一介草民？为生活，为事业，为爱情，谁的心底没有几块新伤旧疤？谁又能真正忘忧？俯首诘问，花儿无语，抬眼望花，一片朦胧！

拐过一弯小径，发现东边似有一团紫气冉冉升起，赶忙走近一看，原来是一片桔梗花。一串串紫色的花朵商量好似的在阳光下尽情绽放，氤氲出一种恬静之美。桔梗，便因这种含蓄内敛、禅意满怀的特性，被古人誉为“花中处士”。

桔梗含苞时状如僧帽，因之家乡人俗称其为和尚帽，药用部分为其干燥根。《本草纲目》说：“此草之根结实而梗直。”因此被命名为桔梗。桔梗是一味著名的中草药，很受医者青睐。古代诗人多善医。宋朝大诗人陆游就是一位很好的草药郎中。他的药园中种有芡实、桔梗等多种常用草药。他随时为找上门来的乡亲们诊脉治病。他的《山村经行因施药》一诗便足以证明他医术的高明：“驴肩常带药囊行，村巷欢欣夹道迎。共说向来曾活我，生儿多以陆为名。”他的药囊中定然储有细长的桔梗！

20 世纪 70 年代中期，我在燕山脚下的一所中学当民办教师。暮春时节，发现讲台右上角用来盛碎粉笔的玻璃瓶中，每天都插有一束新鲜的桔梗花。原来是一位姓张的同学在上学的山路上采来的。这位白白净净的男同学，不知什么缘由，对桔梗花情有独钟，一连两个春天，我们任课教师都是在愉悦中度过的。那束紫色的花朵就像一束火焰，燃烧着，跳跃在我们的心中，点燃了我们求知的欲望。

想不到，一片紫气缭绕的桔梗花，竟牵扯出古往今来这么多事儿。

“寂寂春将晚，欣欣物自私”，行走在花海般的药用植物园中，我发现那些在家乡的土地上生长着的原本普普通通的草药们在这里竟都出落得亭亭玉立，风度翩翩。不必说那开满紫色碎花的窈窕的沙参，也不必说长穗摇曳、秀叶曼舞的知母，单说那羊不吃、牛不啃的牛舌草，也玉树临风、花枝招展地在轻风中翩跹而舞，居然还改俗名为学名叫起了“羊蹄”！它也像是认出了我，对我点头示意，又像是在嗤笑我的浅薄！

这时，三三两两的花枝招展的女博士们先后走过药园，她们一路指指点点，绿肥红瘦漫批评。还不时停下来用卷尺测量一下草药的株高，或是查看一下它们的生长状况，偶尔还俯身嗅一下身旁妍丽的花朵，宛如笑对闺蜜那般亲密无间。见此情形，我顿时恍然大悟：这些草药们之所以如此俏丽清新，气质高雅，原来她们是借古典文化以植骨，因窈窕美人而生韵，是天人和谐相生的幸运儿。

走出药用植物研究所已很远，我的心依然激动不已，为这些曾经熟悉的草药们，也为这场时隔四十年的美丽邂逅！

背　影

今年六月中旬，北京紫竹院南北两湖的荷花感应花神的召唤，相继绽放，使这万竹攒动、绿波荡漾的公园多了一份神韵。荷花是恬静的花、内敛的花，默默地在绿水中顾影自怜。它们有的雪白，有的淡黄，更多的则是粉红，澄碧的荷叶映衬出荷花与众不同的韵致。这些花儿对岸边那些架着长枪短炮疯狂拍照的红男绿女不理不睬，自顾自地与彩蝶私语，与露珠调情。她们笃信天时地利，笑对春秋荣枯，那种自持，那份淡定，那份真诚，都值得躁动的人类反思学习！

晨练，走过八宜轩，见湖边白石齿齿，荷叶田田。莲石桥东麓的褐色巨石旁站着一位老人，一位青衣白发、长辫及腰的老妇人。

从紫竹林小径上走过，我的目光顿时被吸引到老人身上，老人中等身材，不胖不瘦，从站立的姿势看，筋骨强健，精神矍铄。她背对着婆娑的紫竹林，面向满湖荷花，双手合十，肃然而立。让我惊异的不单单是老人的那头白发，而是她那根从后脑勺梳下来一直达于腰际的盘花大辫子。那根辫子在青色的唐装的映衬下，十分抢眼，犹如老梅着花，愈觉生机郁勃。辫子的麻花纹络编得松松落落，自然率性，颇似陆游晚年的字，纵横随心，浓淡随笔，一副超然无羁的神气。瞬间，一种敬畏感顿时袭遍我的全身！

老人站在岩石旁，如一只临水而立的老仙鹤，“烟水苍茫处，我性自独立”。老人所站的位置暗合了明人袁宏道关于品赏暑花的诸因素：“宜雨后，宜快风，宜嘉木荫，宜竹下，宜水阁。”而且这里远离公园的小广场，人影稀疏，一片静谧。老人借水性克火性之燥，以颐养自身心性。背后万竿修竹摇曳天籁，面前满湖清荷一尘不染，竹有节，莲通玄，此番风情雅韵，可使凡夫化雅，俗骨俱仙。萍水相逢，我不知道她是一位学养深厚的老学究，还是一位普普通通的家庭老妪；不知道她的人生是坎坷悲壮，还是幸福安泰；但可以肯定的是：她是一位特立独行的人，一个有故事的人。

太阳越升越高，前来赏花的人也越来越多，其中有许多身着彩衣、貌美如花的靓妹，但这个早晨，这位老人的出现，让那些红粉佳人顿失颜色，因为走过甬路的每一个人的目光，都锁定在老人的身上。人们为那条熔铸着金属的质感、凝聚着尘世的风霜、镌刻着时光足迹的大辫子所震撼，为那氤氲着沧桑之美的背影所感动！

一般而言，漂亮的女人都是很自负的。宋朝一位叫浣花女的美眉，曾经写过一首诗《潭畔芙蓉》：“芙蓉花发满江红，尽道芙蓉胜妾容。昨日妾从堤上过，如何人不看芙蓉？”其自负自矜之情盈溢于字里行间。此刻，我想，这位宋时的美人毕竟太过年轻，且阅历尚浅，没有与这种具有沧桑之美的老人对峙过，因而其诗句不免流于浮华与自饰。同样的情形，倒是唐人的胸怀开阔，眼光也较宋人深邃，由花及人，吟出了青春易逝、人生苦短的永恒喟叹：“朝看花开满树红，暮看花落树还空。若将花比人间事，花与人间事一同。”两相比较，境界之高下，意蕴之薄厚，立见。

今人诗云：“青春如花转瞬过，终是白发滋味长。”老人或许无意与红尘抗争，无意指责宋代美眉们的幼稚与轻狂，只是以清寂的背影向走过身边的红男绿女表达一种禅思。至于解与不解，那便是天意！

老人的背影，俨然成为这片湖岸的一座无言的诗碑，也是我在这个初夏读到的一本深刻的人生教科书！

作者简介

李贺文，男，64岁。河北抚宁人，中学语文高级教师，河北作家协会会员。2004年发表散文集《月涌大江流》获首届“屈原杯”全国教师文学作品大赛一等奖；2008年发表散文集《一蓑烟雨》，获全国散文一等图书奖；2013年发表散文集《风雅之颂》。发表在《中国教育报》的散文《千古情痴林和靖》获“全国最佳文化散文奖”；发表在《散文百家》的《约翰逊》一文，被收入2013年度《中国精短美文精选》，并被《青年文摘》等转载。发表在《中国教育报》“名家随笔”栏目中的多篇散文，如《日月高悬太史公》《沈园——一阕凄婉的雨霖铃》《叹世间风韵事偏出禅林》等被收入多地的课外阅读教材。

静卧祖山万籁轻

张春岭

五月的祖山，不是木兰盛开的季节，不是飞瀑壮阔的时候，不是枫叶流丹的日子，而我在这个时候，背上简单的行李，去登祖山。

选择画廊谷拾级而上，一头钻进了一条绿色的廊道，绿色中揉进了些许清新的淡黄，精神也被绿色慢慢地浸染，如在盛夏里，手心里握着一块冰，慢慢地洇开，清凉了精神中最细微的触角。

绿色随着登山的脚步而鲜嫩，草木鲜枝活叶地舒展着，轻绿氤氲着整个山谷，形成了一谷流动的色彩。这让我想起了大学时去苍岩山，也是这样的一谷清新的绿，一谷流动的怡人的风景。但觉得祖山的绿色与之不同，祖山的绿略显厚重，似乎融进了不远处大海的色调。此时耳畔传来哗哗的水声，才知道这绿色绿得润泽，绿得鲜活，绿出了一份润润的宁静。原来苍岩山的山谷中，没有这一条蜿蜒的山泉，绿色显得干涩了不少。

山泉在一块块大石片上漫过，留下浅黄色的淡淡的吻痕，接着又在大石片下冲出一汪一汪的浅潭。溪流像祖山伸出一只纤巧的手，在大石片上，拢出欢快的旋律，在浅潭中，抹着平缓的节奏，又在悬崖上，挑出激昂的音符。抬起头，向着山谷遥望，这分明是一首有形的乐章啊！可以取名——高山流水！

故意走到同行者的前面，身边没有了游人。平躺在一块大石上，绿叶滤下了丝丝闪烁的阳光，抚摸着我的脸。闭上眼睛，风过处，松涛阵阵。泉流被越来越陡峭的峡谷拉成了一串串的水滴，点点落下，在松涛的间隙里摔出细微而清脆的声响，如京剧文武场里的月琴，在激越的京胡乐曲里，填补着属于自己的空间。

在涛声水韵里，我想到了泰山。凭着五岳独尊的显赫，招揽着天下八方的来客。盘道上游客如织，像是农村赶庙会的人流。几乎每一块岩石上，都摹刻着历代的文字，厚重地承载着几千年的历史。山顶上的天街，人流熙熙攘攘，像是一座城市的商业步行街：一切显得繁华、喧嚣、拥挤。而此时的祖山却有着十足的幽静，保持着原始的况味。你可以用你的心灵和情感，去填补这静谧而自然的空间。此时，松涛又起，水韵悠悠。这一份旷古的宁静，删除了我内心的浮躁，润泽了我疲惫的心灵。

读比尔·波特的《空谷幽兰》，他用西方的视角对太白山中的当代隐士进行了探访。在他拍摄的影像里，隐居者并没有像电视剧里的隐者那样，居住在翠谷楼台间，而是隐居在了茅舍苦竹旁，觉得其景并不算幽，其色也不算太美，但其心一定很静。来祖山吧，我想隐居在这里可以弥补景不幽、色不美的遗憾，也会给你的心灵一种深度的宁静。

夜晚，头枕一山的松涛躺下，远离了城市里繁华的灯光，周围是黑色的浓浓的沉寂。静静看着天空中的繁星，这让我想起了在老家一次秋天的看场的经历，秋收的庄稼堆放在打谷场的中央，我躺在用玉米秸搭成的窝棚里，看到了彻天的繁星，独享着深秋的夜色。乡村的静谧抚摸着灵魂，心平静得像是一面镜子，睡意不知不觉地袭来，在星光的映衬下渐渐睡去。早上醒来，秋露润湿了我的头发，却澄明了我的双眸。今天我又邂逅了那天繁星，明早可有湿润我头发的那一天的清露？

在鸟声啁啾中醒来，只见窗外云雾渺然。漫步于松林之间，云雾笼着危松，松针上缀着点点的水珠，泛着星星的亮色。回头看着同行者，只见她的发尖眉梢上，也凝结着小小的水珠。风过处，水滴飘下，稀稀落落的。远处，有早起歌者唱着刘欢的《情怨》："你驾你的小船云里雾间，相爱人最怕有情无缘……"京腔京韵的，幽怨绵长，想必是这一山的云雾唤起了他心中的情怨吧。

五月的祖山，用温润的胸怀哺育了一弯深深的静谧，可以让一颗或疲惫、或迷茫、或受伤的心，在静静的流光里，得到恢复，变得清醒，得到疗救。

我在五月里去了祖山，也在浮躁的世事里，偷得浮生半日，让祖山属于了自己，让自己属于了自己。

作者简介

张春岭，河北作家协会会员，河北省骨干教师。作品见于《散文百家》《河北教育》《中学生阅读》等。

我与葡萄小镇的神秘约会

王玉梅

意外与故乡的旅发盛况失之交臂，怎么想，这都是一次无法弥补的遗憾，这遗憾，非地道的昌黎人无法体会；然而，在那载入史册的时刻来临时，无数美艳、灵动、深情的图片通过网络铺天盖地地向我袭来时，我却体会到了一种异样的深情。那图片分明不是图片，而是一副副豪情满怀的面孔、一张张急于表达的嘴巴、一个个敲打着欢庆节奏的鼓槌！适度的距离，让我以一尾鱼的形式开启了对家乡全貌的游弋。时光轻翻起历史的书页，当往昔邂逅当下，当当下拽起未来的衣襟，家乡就成了一条明晰的河，我则是河里那尾最敏感、幸福的小鱼儿。

葡萄小镇，葡萄小镇！与你初遇，约旅发盛会前一个月左右。那次，单位组织人员去西山场打扫庭院，途径小镇。平日里的繁忙，使我失去了一种对故乡山水的深度关照，仔细想想，距上次游走葡萄沟，已有两年的光景了。因为时隔久远，当蓝天碧水间映出那个静若处子、安之若素的葡园女子时，我竟然无法相信自己的眼睛。巍峨的山路，是借着哪路神仙的巨力打通的呢？平坦宽阔的柏油路旁，有绿茵如洗的草坪，有风情各异的树木，不时缀着朴素却亮眼的花儿，那被神力辟开的山坡的一面，以黄土为壤，以绿网为幔，竟于无声中孕出了那么些可爱的小小草。这些小小草儿就像一个个可爱的儿童面孔，无时无刻不在青山碧空下传递出一种愉悦的快感。激动和喜悦是一种下沉的力量，我身不由己地沉默着。偶尔，昔日的碎片会搅拌着翻转上来，仿佛在向我证明它们才是这片土地真正的姓氏笔画。可我毅然抛弃了它们，面对新时代的新变迁，我的精神，情不自禁地融入了这片创新与挑战兼容的精神热土，我的心灵，也情不自禁地贴近了这绿水青山、浸润乡愁、清新勃发的田园秀景！

昔日，也曾见过如此的美，但只是在书里、在梦里、在异地那片陌生的土地上；昔日，也曾处过如此的境，可周围却觅不到一张熟悉的笑脸，听不到一丝亲切的呔音！

无数纷杂的回忆和想象竟然如同曼妙的雪花一样，凌空向我飘来，一朵，一朵朵；一朵，一朵朵。疏远，散淡，精致，富有节律。这种朦胧的感觉如花开一样徐徐散开，顷刻间竟成为一种笼罩我思绪的大网。我沉醉其中，无法自拔。

韩愈大街西延，为昌黎这本风光图册增加了太多有内涵的页码。顺畅的穿越，平坦的驶过，绿树青山的相伴，让一个个好心情接连被点燃起来，仿佛一颗又一颗星，突然遍布在了浩渺的夜空。

我对家乡的建设者们由衷地赞叹。逢山开路的愚公精神与新时代的挑战精神一旦相遇，势必擦拭出闪烁的火花，这火花必将为昌黎的山山水水注入一种隽永的灵性，这火花必将为昌黎的55万人民铸造一种凝练的风骨！无论何时，打开，永远是一种最昂扬的面对；无论何时，开拓，永远是一种最真挚的拥抱！

此刻，巍峨碣石之畔，绵延葡园之襟，斜织的阳光，如茵的绿草，风情的树木，在快乐地向我们问候着早安。此时，绵延葡架衬托着的那张碣石的脸，俯视的目光里融入了亲切的生动，微妙的颦思中藏满了深情的表达。矿坑公园，是葡园小镇脸上最深刻的一道印痕，它静静地沉浸着，在斑驳回忆与如画现实中寻建着一个属于自己的支点。历史无声，心灵有迹，此刻，四周那青青的草儿，那剔透的晨露，那树杈间传来的清脆鸟鸣，那稍远处人们晨练的窸窣声响，在轻风晨光中辉映交融，入画成诗。矿坑，这位生态的历史老人，为此刻的晨景嵌入了几许幽深，让这般清丽的景，突然间有了光影交织的厚度，突然间多了品评赏阅的维度。在行进的旅途中，历史的脚步，永远是最雄浑有力的，它那听似无声的表述，总会让一个又一个精彩的演讲者哑然失音。

绿草秀树缀锦绣，青山润水寄幽思，今日邂逅家乡隅，竟如云游梦中境。

那古朴的民宿小院，何时如此快速地坐落了我葡园小镇？是谁的神思谁的巨笔，让柔美绵长的葡园小镇生发了那么多高低错落的线条走向，滋生了那么多独具韵彩的缤纷意象？当我在每个清晨睡眼惺忪时，当我在每个黄昏掩卷独思时，当我在春末夏初尾随一枚随风飘远的柳絮时，当我在夏日之央躲避如火似炭的骄阳时，这葡园小镇的每条路，这里的每一株草、每一棵树、每一粒石旁，曾印下谁的脚印？曾留下谁的身影？这青山绿水漫卷葡园的角角落落、边边折折，曾拂过谁的目光，那蘸满深情又遍布疲惫的目光？突然发觉，一旦循着这美丽风光深入一种沉静的思忆，内心总会从微波涟涟转入波涛起伏。这安静优雅的葡园小镇，不仅仅是一条风景的小镇，更是一段让人千回百转的心路历程，是一具精神血脉与豪情风骨相融的有形化石。

旅发时节，图片解意。先是一位朋友的葡园小镇骑行，艳丽的丝巾伴随着她把甜美的微笑定格在葡园小镇的每个角落。那紫的红的花，那绿的娇的草，那石刻那秀木那古朴门楣那清水之边那高山之脚，无不留下她那写满幸福的脸庞。一时间，真恨不得扯下药布飞鸟一样奔向她，扎入她们那欢声笑语间，和她们一起在葡园小镇秀丽的风景间徜徉。与此同时，摄影家们那精彩别致的图片也相继向我发出了心灵的邀约。夜晚的江南水乡，灯光点点，水光涟涟，红灯笼那么悠然而美地悬挂着，点缀着，远山影影绰绰，疏影时隐时现，倘若我身临其境，我定会屏住呼吸，品无声的音乐在远山幽境间缭绕缠绵，我定会闭上双眼，听巍峨碣石对蔓延葡园的绵绵情话，我也许会在这碧水长廊间悠然起舞，也许会在这静楣幽光中放声高歌，或者扶栏遐思，或者当空抒怀，更或者，在柔水轻光的抚慰中，卷帘入睡，约会漫天星光……

一点，一点，想象无边，思绪饱满，那遗憾的容颜，随之，一点，一点，逐渐黯淡，继而，不见了踪影，陡失了身形。

披上盛装的葡园小镇，她的美，一定惊艳过我所有的想象。缤纷色彩点缀之下，那热气球、帐篷间回旋流荡着的喜悦，那葡架下幸福果实中浸润着的甜美，那缀在脸上的生动幸福，那涤在心间的鲜亮激情，终是无法在我的真实品味中活色生香了。

然而，我的感觉并没有仅仅停留于此。我不止一次地想象着，脱下盛装的葡园小镇，静静地，安然地，充满深情地等待着我，等待着一个和她一样安静的、同样对她一往情深的女子的亲临，没有了装点与喧哗，以素雅的状态静静地等待、深情地等待，是不是另一种别开生面的美艳？

对这样的约会，我期待，并深信不疑，因为，这葡园小镇，这充满着诗情画意的风情小镇，毕竟是属于我的！

如此，心，真的安了。我与葡园小镇，只待一个风和日丽的日子，只待一个浪漫唯美的理由，只待一个精致完美的契机。那一天，我会精心打扮成你喜欢的样子，走遍你的每个角落，吻遍你的每寸肌肤。

让期待，在缤纷的日子里，浪漫如歌，形影相随。

作者简介

王玉梅，河北省作家协会会员。曾在《河北作家》《散文世界》《千高原》发表散文多篇，著有散文集《我的名字叫月亮》。

演绎现代艺术的古村落

李　楠

戴河岸边，有一个与举世闻名的旅游度假胜地北戴河拥有相同名字的村庄，自明代建村以来沉寂了600多年，而今，经过新主人们的精心设计、改造，这个古村变成了散发着人文气息和创意馨香的“艺术部落”。

老房、旧墙、古树……让人有一种穿梭在漫长时光隧道里的感觉，隐匿着一些被记忆剪碎的旧事。

行走在旧时光影里

北戴河村有几处明清、民国时期的老房子，保存已不完整，更多的是上世纪六七十年代建造的房屋。石磨、石碾，是北方农村最常见的农用具，散落在各处。阳光洒在布满沧桑的屋脊上，光影斑驳。在这里，岁月是慵懒的，懒成一只猫。

正值初秋，村里山楂才熟，一树碧绿中探出深红果实，装点着勃勃生机。有村中老者走在树下，逆光而站，笑起来露出仅剩的几颗门牙和眯缝的双眼，憨态竟像3岁孩童般纯真动人。

曾经居住在这里的人们，大多都搬进了村子不远处的楼房，故这里的院落大多荒废。建成艺术村前，经年不见人来。而今的小村，被许多艺术家的工作室、画廊、展览馆填满。那些再普通不过的农家小院，围墙被新刷上一层漆，墙壁上镶嵌各种符号，立刻便有了艺术气息。只是在旅游淡季，许多院子的门依然紧闭，只能推开门缝瞧。但一眼就能窥见其中的现代艺术元素。

为成片打造美丽乡村，2015年4月，北戴河区开展了以戴河镇北戴河村为核心，包括朱庄、苏庄、乔庄、费石庄、西坨头、甘各庄在内的 7 个村庄连片改造提升行动。花两个多月时间让污水、自来水、天然气管网，有线电视、宽带等线路埋入地下，家家水冲式厕所一步到位，用秸秆气化炉替代了传统的灶台。北戴河区政府还拿出 300 万元，通过村委会从村民手中买下 20 处老旧空心院落的 10 年使用权，向燕山大学、河北科技师范学院、天津大学以及北京 798 艺术区、宋庄画家村等艺术、设计、创意机构发出邀请，让“艺术家”进驻村落。

安然宁静的隐者生活

有了艺术家的参与，北戴河村保留的不少老宅子经过改造，狭窄低矮的旧门楼变成了高大宽敞的新门楼；柴草堆变成了种着韭菜、西红柿和黄瓜的小菜园；简陋的旱厕也被干净卫生的水冲式厕所替代……入驻的每位艺术家，都根据自己的独特理念来设计居所。

村里太平街 3 号的“耕读园”，就是利用农家荒废院落，以传统士人理想中“半耕半读”的乡村生活方式为灵魂设计而成的。设计者是燕山大学艺术与设计学院的教授李冬。

步入院内，随处可见主人从各地收集来的木雕、砖雕。院中搭着一架葫芦，正是结果时，玲珑精巧，入目青绿。若是夏日黄昏，坐在葫芦架下，面对半壁斜阳，真可静听蛙鸣，闲看萤飞了。

入得屋来，一卷竹帘，几扇木窗，宽敞的客厅里，有雕花的屏风，颇有风骨的字画、各种精致的工艺品，还有待客的茶室、书房，无一不彰显着浓浓的艺术气息。

李冬因工作需要常常外出，留守的是她的两个学生陈世朋和马雯。他们既是同学又是夫妻，到了旅游旺季，一个带着游客体验古老的拓碑技艺，一个教游客手工打造银饰，中午就在小院里开伙，随意弄些小菜。3 岁的小女儿蝴蝶似地穿梭在前后院，永不知疲倦。谁不说他们过的是神仙眷属般的生活？

陈世朋说，村里像他这样做艺术设计的人很多，在主流社会之外，理解和体悟着自然与山水。他们租住在当地农民的平房小院，游客不多时就读书喝茶、侍花种菜，耕读不误。没有上班族的朝九晚五，也没有钩心斗角，就这样宁静地生活，与世无争。兴致来了就搞些研究设计，有时还与其他艺术家们凑在一起喝酒聊天，优哉安然，像极了极简主义生活的践行者，真可谓“百年都几日，何事苦嚣然”。

老院子里的现代艺术

随手推开一户老宅院的大门，砖块铺就的小路连接着面前的老宅，小路两侧栽种着各色蔬菜和点缀其中的鲜艳花卉。这个占地近600平方米的老宅院已经成为爱陶器商业创新设计有限公司的所在地。公司设计师荣鹏涛说，这个院子他们租了10年，公司落户北戴河村，看中的就是老宅院的原始风貌和周边的环境：“以前就是习惯在高楼大厦里面，到处都是灰色的，就少了一些创作灵感。而在这里，有很多观察大自然的机会，对做设计或者做艺术都有很大帮助。”

设计来源于生活。仔细观察这座老宅，你会发现里面的装修和陈设都给人现代与传统相结合的美感，一桌一椅透出的尽是现代简约风格，里面摆放的一件件精美陶瓷制品，每一件都凝聚着设计团队的无限创意。设计师曲瑞丹说，在这个轻松的环境中工作，不会让人感觉枯燥，最近他和同事正在研发秦皇岛特色旅游纪念品，相信不久就会有产品投放市场。

北戴河村中街的“女红坊”，白色的墙壁上挂满了五颜六色、各种花式的中国结，让人仿佛走进了荟萃中国结的展览馆。它们的设计和制作者孙静已年过半百，她说，自己钻研中国结也有20多年。

“我很享受现在的生活，编制的作品多了就挂在墙上，游客看见就传出去了，后来就有人慕名过来购买、定做，再后来就有人过来拜师学习，这样我就开办了学习班，边制作边培训。”

孙静说，她很愿意来农村，因为中国结就是以前农村流行的编织，土话叫“套扣”，是一项精巧的民间技艺。“从前多是大姑娘小媳妇喜爱钻研这项手艺，她们多用空琉筋和细琉筋两种材料，能扎出各种各样的花式，像如意结、盘香结、狮子头、万字圆……我在这里制作中国结等于回到了娘家。”最近，孙静用团锦结连接8个琵琶扣，做成了一个硕大的中国结，让许多游客赞叹不已。

春赏花、夏尝果、秋飘叶，这间小巧的“杏树下”小院，是刘玉学的工作室，他在这里做彩绘和葫芦烙画。

“这可是北方地区独有的工艺啊！”说起葫芦烙画，刘玉学立刻滔滔不绝起来，边说边演示着。只见他先拿铅笔起稿，再用烙铁勾线造型，一座远山初具轮廓。“这需要掌握3个‘度’，一是温度；二是速度，烙笔在画面上跑的速度，也决定它在葫芦上的颜色；三是力度，压得用劲，线条画面就比较黑，用得虚点相对就淡一些。这3个‘度’相互匹配，就会产生出不同的效果。”

不一会，刘玉学手中光光的葫芦上便出现了一幅山水国画，氤氲缭绕。

水岸田园，艺术院落。如今，北戴河村里首批20处空心院落已有19家艺术、设计、创意机构或个人签约入驻，有手工艺非遗项目、餐饮项目、艺术类项目、设计类项目等类别。

想要看展览，每个院子都是工艺馆、美术馆；要想动手做，每个院子又都成了体验馆；要想尝时新，每个院子的瓜果蔬菜都供人采摘。在这里的时间长了，当真与几公里外忙碌的都市生活间恍如隔世。

话说天地不老，岁月常青。一方艺术，却换了人间。

作者简介

李楠，男，笔名寄北，河北省作家协会会员、河北省音乐文学家协会会员，作品见于《散文》《散文百家》《河北日报》《时尚旅游》《人间》《国家诗歌地理》等报刊。

牙街的日子

冯庆茹

牙街，是我搬到县城第一个落脚之地。

牙街，其实叫后街，似乎是震后辟出的一条小街，因建在老城墙牙子上，我习惯叫它牙街。

说是古城，但除了残破的西城墙和一方石塔艰难地支撑着那点古老，其余残迹皆毁。北城墙更不知何时拆除的，或许在新中国成立前，或许在六七十年代，后来人的惋惜只能说是一种思想的进步……幸好老城基还在，政府就在城基上建了这排结构相同的公用家属房——檩木结构，红砖砌墙，炉渣水泥打顶，每户两间，一门一院，三四口人居住，也还说得过去。

家属房说白了是给公职人员的一种福利待遇，它体现了社会主义公有制的平均与平等意识。

但牙街有点特别，一是建在城墙牙子上，二是窄，还有个直角弯儿，像拧着一个麻花，车子进得来，出不去，如果从东西两头各进一辆，准塞得连蚂蚁都过不去。

街拧着麻花，房子也憋屈。东半边坐北朝南，西半边坐南朝北，当地称后座子。由于前街民宅翻建时拼命挤占公房，且建得一座比一座高，弄得牙街的房子像受气的老太婆，终年不见阳光。

牙街人抗议过，但没得到任何回应；既然是福利房，斤斤计较就有些不妥。

无奈之下，牙街人养成了站街的习惯。

牙街人站街不分四季。站街，就要扎堆儿。只要有两个女人出来说话，各家便陆续走出来，借着扔垃圾、倒炉灰的引子东拉西扯一阵，从饭食到家里大小事务、各路消息、家长里短，均无秘密……当然，牙街也不总是阳光明媚，也有风吹雨打的时候。话不投机的、夹枪带棒的，刚因孩子拌两句嘴的……所以也有几天不扎堆、不站街的时候。

牙街人还喜欢把许多事搬到街上做（除了吃饭、睡觉），比如洗衣服、择菜、生蜂窝煤炉子、织毛活儿，甚至连打个喷嚏、放个屁都喜欢站在阳光里，那感觉就是不同。尤其站在老城墙的残基上，俯视北面大片大片绿油油的田野，心里会一下子很爽快。

牙街褊狭，没有车水马龙的喧闹，却也不乏小贩们的吆喝。收废品的，卖时令水果的，卖熟玉米的，卖炒栗子的，偶尔也有修灶具的南方人光顾，他们操着发软的外地口音，舒缓而有节奏地喊着："修理吸油烟机、煤气灶、洗衣机、电饭锅……"在牙街，他们的生意并不好，牙街人不屑于光顾外地人，更主要的，牙街人很少用吸油烟机，牙街人的火炉在外面，常年不灭，做饭烧水都用它。

这是改革开放之前、之初的牙街。之后呢？不光牙街，整个小城，不，是整个中国——人、"喜事"一波接一波。

开始房改了，公房被低价转卖给个人了。

农村人可以进城做买卖了。

城里，各单位开始筹建家属楼了。然后，分楼房了，分楼房了——人们纷纷找钱买楼。论资排辈者有，抓阄者有……这些似乎和我没有任何关系。但不到两三年，牙街的原住户都纷纷搬进了新楼。之后，我、我的邻居们相继搬进了牙街。牙街换了新住户，我称之为后现代牙街人。

后现代牙街人，是一轮又一轮进城打工者。他们沿袭了老牙街人站街的习惯。开始，他们站在老城基上远眺野景，心情是复杂的，眼神带了点忧郁……但随着田野那边新楼群不断增多，他们的忧郁和复杂被憧憬和妒忌代替了。这时的牙街，不再被羡慕，它成了穷乡僻壤的代名词。

每天太阳还没升起，我的邻居们就纷纷出去挣钱了——跑出租的小武、摆地摊的大刘和媳妇春柳、搞修理的华子和媳妇腊梅，还有当工人的艾波，只有我是闲人。

"嫂子，嫂子——上街不？"有人拍打铁门，听声音是腊梅。

"哦！来啦——"我有气无力地应一声。

牙街的女人总是对新邻居充满热情，她们不请自来，和你聊天，教你如何生蜂窝煤炉，如何让火闷住不灭……

可自搬来牙街，我就与神经衰弱较上了劲，每日脑袋昏沉沉，浑身无力。孩子上学之后，我常把自己关在幽暗的房间里。牙街的幽暗很适合一个人冥想。过于明亮的环境反而让大脑空白，脑袋累了，就去看那堵挡住阳光的墙壁。土红的砖墙弥散着黄昏一样的气息，给人温暖的感觉。在墙与墙的夹缝中，生长着两株幼树，一株是榆树，另一株还是榆树，疏朗嫩绿的叶片有些透明。它们怎会生长在这里？植物与人不同，人不喜欢这里可以搬走，植物不同，它的根扎在哪里就生长在哪里，除非……有一只上帝之手把它移走。

“嫂子，听说新东安在打折，去买两件衣裳吧？”我一开门，腊梅就眉飞色舞地说。

“不想去……”

腊梅长得高挑白皙，一头大波浪，染成棕红色，爱笑，说话也直来直去：“你看你，一件时髦的都没有，把自己过成这样，唉！在城里不比在乡下，城里人势利呢，以貌取人……”她把我拉到外面的阳光里，直到把我说服，乖乖跟她一起去逛街才罢休。

“我哪能跟你比，你男人是修理汽车的，挣钱多，我们家既要租房子，还要供孩子，一个月就那两大百，一扯就光了，还买衣服？”我一路抱怨。

“嗨！在这儿县城住着憋屈，我都要变回老土了，以前我们在A市，鲜衣怒马也看得习惯了，但老人有病，孩子明年要上学，没办法，才回来开这铺子……我家华子说了，等我生下老二，一定买新楼，像我叔公家那样的！”

“我们不知猴年马月呢！”

“嘘……”正走到肖家门口，突然听到屋里传来断断续续的哭泣声，腊梅跟我使了个眼色，不知肖家发生了什么。

这几天肖婶不大出来了。

肖叔得了食道癌，已是晚期。

肖家是唯一没有搬走的老住户。肖叔原是个副局长，几年前退休。这在没见过大官的后现代牙街人看来，算是不小的官了。肖婶也不同一般，两鬓虽已染霜，但风韵依存，从她的发式皮肤上，依然能看出她年轻时的俏丽。他们分了楼房，让孩子住着，说是依恋牙街和曾经的日子。

肖叔已很长时间不能正常进食，那天忽然想吃鸡蛋，肖婶急忙高兴地各家去找，然后看着肖叔吃下去，本想病情会有所好转，谁想就在第二天半夜，一阵凄婉的哭声把我们从梦中惊醒……肖叔过去了。

早晨，我上街给孩子买早点，见死者的被褥已搭在了院墙上，一些亲属陆续到来。从敞开的房门处，我看见死者被蒙了头脸，平躺在堂屋正中的木板上。肖婶坐在旁边，脸色灰白，目光呆滞，不说话也不理人。

我似一只惊弓之鸟，飞也似的逃往腊梅家。腊梅刚起床，一脸倦怠，脸还没洗。

“腊梅，肖叔过去了！”

“我知道，半宿没睡好！我最怕谁家死人了！……我今儿回村里去。”

“哦！”我悻悻地走出来，打算回屋继续和神经衰弱做斗争，却不想一会儿睡着了。看来，别人的悲伤也可治我的病呢。

当有一天黄昏，肖婶拿着毛线活儿，站在牙街的女人堆里，已是半个月之后，她的发髻依然堆出好看的云朵，只是脸色有些苍白，精神还好。女人们跟她闲话，却有意避着丧事的话题。让我感到很好奇。后来我才知道，她已经历了三个男人的死。也就是说，肖叔是肖婶的第三任丈夫。在这个闭塞的小城，她是“克夫”的人。但她的长相既不丧，也不衰，她该是个有故事的人。

果然不出我所料。那天肖家丧事，艾波偶遇工友老D。老D说肖婶是他亲姐。艾波说完我忽然茅塞顿开：老D的亲叔叔曾在某部队当大官，后来退休隐居京城，但尚有余威，把老D的孩子都安排了……那么肖婶至少也属于官二代，加上长相不错，年轻时自是各路英豪追求的对象，绯闻故事自然不会少。谁知她命运多舛，婚姻都没到白头呢？经历了前两次丧夫之痛，对于第三任丈夫肖叔的离世，悲伤依然是悲伤的，或许凄凉感和担忧更重些吧！

不久，丧后余波就掀起来了。肖婶的六个背景不同的孩子，因为父亲的身后财产争吵不休，怀疑的、埋怨的、指责的……混乱的声音一浪高过一浪，真够肖婶受的。

牙街没有人去劝阻，这种事外人不便参与，反替肖婶感叹：她这辈子多不容易！

对于年轻的邻居们，那争吵声令他们心烦，他们对窗外正在叫春的猫儿发火：吵啥吵！去，去，去！猫儿们被轰跑了。

但到深夜，猫儿们又叫起来，那叫声越来越“凄厉残忍”，惊吓了熟睡的孩子，于是有骂声从窗里传出来……

暖春里猫儿的叫声，仿佛一种暗示，令男人们蠢蠢欲动。

“咿呀！死鬼，你掐疼我了！”

“叫，你也叫呀！”

大刘媳妇春柳那尖细娇怪的叫声和啪啪啪的声响，牵出牙街躁动不安的神经。小武骑上绒花的身，意欲跃马扬鞭……我刚想骂一句什么，听到腊梅的不满隔墙飘出：“呸！贱浪货！”估计她刚哄睡了孩子，正想睡觉。

听说，我的女房东就听不得大刘和春柳的做爱声，还因此离了婚，独自一人搬到市里开饭馆去了。说归说，开始我总不大相信一对夫妻不至于因为邻居离婚，拉不出屎怪茅坑。可后来感觉大刘两口子不是年轻不忌讳，而确实有点不正常，言谈话语间，果然测出那一点阴暗心理：明知邻居夫妻感情不和，男人常常夜不归宿，还把性事张扬到无耻，故意刺激女房东离婚，好买下她的房子。可女房东宁租不卖，坚决没让他的阴谋得逞。

牙街房子局促，环境逼仄，各种声响不是被消解，而是像贼一样四处流窜，它们从窗子飘出来，顺着阴暗缝隙，从东窜到西，又从西窜到东，再狠狠灌进牙街人的耳朵里。为了不叨扰他人，对于声音总要顾虑重重，这也是牙街一个隐秘而鄙视的话题。

女房东走了，大刘不再纠缠房子的事，夫妻俩转到街上开了个小吃部，专卖大饼。听说生意不错，我却从没去吃过。而晚上那刺激的声响依然很扰民，我也忽然有了搬走的念头。

天气不知不觉热了起来，还时不时刮一阵干燥的热风。树木早已是一身浓绿，田野一条绿一条黄又一条白。我的神经在忍耐中一点点强健，睡眠也慢慢好转。正如牙街的日子在悄悄地向前流淌，新鲜而陈旧。

而绒花却感觉不到日子在流淌，她说她的日子掉进了黑洞里。

绒花是牙街有名的“会过日子”，但她男人小武并不喜欢她这样抠唆和算计，他愿意绒花像腊梅一样，打扮得时髦鲜亮，头发染成红不红黄不黄，衣服这露点那露一点。绒花不打扮，不愿把钱花到外表，她只在双眼皮上画一道眼影，但这眼影对于她并不适宜，除了增加脸上的愁苦，没有任何作用。

一个寂静的晌午，腊梅先察觉了绒花家的异样，先是听到隐忍的厮打声和骂声，然后是孩子的哭声，还夹杂着乒乒乓乓摔东西的声音。腊梅急忙跑去推绒花家的门，推不开，门被反锁了。腊梅只好大吼，把在家的人都吼了出来。艾波踹开了绒花家的后马窗，跳了进去，先夺了小武手里的切菜刀，又把房门打开，我们才一拥而入。屋里一片狼藉，玻璃杯和电视机都摔碎在地上。绒花披头散发缩在墙角，怀抱孩子嘤嘤地哭。女人们把绒花搀扶到腊梅家，安抚她坐在沙发上，帮她擦了脸，兜了头发，等待她慢慢平静。

“绒花，小武为啥这样打你？是不是外面有了人？你这样苦巴巴过日子，值吗？”

腊梅连珠炮似的发问，让绒花无法招架，她不回答，只是目光空洞地看着墙上。

艾波在窗外唤我，我以为他有事，他却低低地说：“回家，不要掺和别人家的事！”我没有回屋，而是站在外面的阳光里，远眺着北面的田野。我不会想到，几年之后，当我再遇见绒花，她已是出租车女司机，坚韧地背起养家糊口的重担……

大约一个小时后，我看见绒花从腊梅家走出来，一脸坚定，她站下，深吸了一口气，仿佛把一种决心吸到了肚子里，然后回家收拾几件衣服，带着孩子回了娘家。我看见绒花的脸很干净，没画眼影。

牙街变了吗？没有。但在后现代牙街人的眼里，美好幸福的人生为啥总在别处？

这年冬天，我搬出了牙街，没有搬进新楼房，而是另一个居民区。

作者简介

冯庆茹，笔名庆子，河北卢龙人，生于20世纪60年代末，当过农民、工人、教师，现从事地方文化研究工作。作品散见《短篇小说》《佛山文艺》《小说月刊》《小小说月刊》《民间传奇故事》《金山》《杂文月刊》等。

相逢陌路

陆旭辉

一颗露珠在草尖上向下滚动，犹疑地，缓缓地，沿着叶脉的方向。叶子用微微的颤抖做最后的挽留，然而它的宝贝还是滚到了坠跌的临界点。

董家口的第一缕阳光正漫过燕山，穿透城垛，节奏紧凑的叙事诗一般铺陈着，压境而来。当细小的光之箭镞射入露珠，这突如其来的些微重量，竟然使草叶大弧度弯下去，露珠也映射着亿万道箭镞的光芒陡然滑下，碎裂的声响溅落在整个山村，唤醒了这里的另外一些事物。

我猜想窗外的鸟儿就是这样被唤醒了，清脆的鸣叫像细碎的金子，落在我的额头，我也被唤醒了。起身梳洗，着布衣，敛环佩，轻轻走出房间。昨天一路穿越诗海花田的人们，最终在董家口停下来，点篝火，喝烈酒，念诗歌，把采撷的诗意花香在心里窖藏，醉倒在火炕上。此刻，别样的秋天正在他们的梦中孕育，即将发酵成董家口香型的诗行。

走出长城宾馆，村路边的格桑花正扬着脸，让阳光从花瓣上流泻下来，这些来自高原的精灵，竟然在如此低海拔的村庄得安乐法，开得铺张、绚烂，沿着村路无尽伸展。走在村路上才发现，长城宾馆是名副其实的长城宾馆，它依一段连绵的明城墙而建，随着山势，比村里的其他建筑高出多半个身子，像是定格在波峰上的一艘船。弃村路而取道长城宾馆与城墙之间的小路，途经黄色的星星样的小野花，惊起落荒而逃的蚂蚱，顺着蜿蜒的路径，带着些许对前路的好奇与期待，莫名虔诚地走向未知的远处。

小路忽然从与城墙并行改道穿过城墙的豁口，直奔山上而去，我被牵引着，随着它一路上行。当它开阔成一片空地，我从茅草形成的屏障中侧身而过，抬眼处，居然是一小片旧房子。裹紧披肩，不知道是不是一个可以缓解紧张，增加安全感的心理暗示，我下意识地做了这个动作，然后轻轻走进房子中的一间。

没有门，我还是在门口停了一下，然后迈过门槛又停下来。房间正中有一张斑驳的红漆桌子，上面坐落着各种各样的佛像，瓷的铜的，大的小的，坐的立的，笑的醉的，形态各异却又从容和谐。我被密度如此之高、流派如此繁盛的阵容惊呆了。有的佛是一座山，有的佛坐一座山，小点的佛在一座寺庙，而他们，共有着一张不大的方桌，夜晚坐而论道，白天庇佑众生，方寸之间，道场无形，气场无量。

阳光从侧面的窗子斜射进来，佛们的表情亮了，他们兀自安然，不对一个贸然的闯入者做任何表达，而这个外来者正垂手而立，与他们虔诚地对视，披肩松弛下来，心房布满晨光。我的失语，并不是被剥夺了语言，也不是自动缴械了话语权，这里不存在剥夺与缴纳，这里没有权利与义务，这里没有语言，这里什么都没有。他们不是任何范围的主宰，也不会希望任何人有这样的寄托与臆测，所有的因果都只是因果，所有事物能做的，唯有宽容与慈悲。

小路依然向上蜿蜒，我随它蜿蜒。

与众佛一墙之隔，山石边小小的一块土壤，被勤劳的村人开垦成一片菜园。说是菜园有点夸大其词，其实这方方正正的，如众佛的红漆木桌大小的园子，只规规整整生长着一些炒菜用的大葱——佛们是如此接近人间烟火。所谓青葱，果然清新葱郁得很，四周缠绵蜿蜒着许多紫色的牵牛花，使得围墙虽不很具备包围防范的功用，却为规矩的葱田增色不少。

牵牛花，又称朝颜，让人轻易联想起“稍纵即逝的美好”这种阳春白雪的句子。然而，它们却遍布乡野的任何角落，土生土长，接地气。就像佛跟大葱能完美兼容一样，小资和乡土亦可。在这经受过迁徙战乱，享受着宁静安逸，也随时接受新的变革的村庄，包容，是它的打开方式。

小路两边的物种开始丰富起来，言其丰富，是因为我能叫上名字的越来越少。在一条条小编钟一样悬挂着珍珠的枝条中间，有一朵黄色的花正努力开放，它的藤蔓和叶子在野草中间匍匐，把一段残垣网住，然后不由分说结出白色、绿色的果实。果实们慵懒而扎实地散落在荒草和半截城墙上，用叶子遮挡着身体，随时给来收获的人们一个惊喜。

只有一只菜瓜不同于其他，它弯着身子倚在墙头的一块城砖上，这段墙的下面，是几乎与之垂直的山体，墙与山体组成一段绝壁。外面，开阔的沟壑与远山之间，翻涌流泻着乳质的晨雾，是与墙对面风景截然不同的一番气象。这颗菜瓜坐拥着墙外的壮阔和墙内的清新，是这里的王。

菜瓜的后宫也被串在我一直走着的这条小路上，从这里再往深处蜿蜒，一角灰色的城墙在更高一些的位置，慢慢从局部到整体出现在眼前。阳光从它的侧面投射过来，让它身躯的一部分明亮清晰，青砖上的苔藓泛着细小而喜悦的光点，随着光线角度的位移，依次明灭，它们的影子也慢慢缩短，一场旧梦正在褪去最后的颜色。

我仰望这座叫作大毛山的城堡，始建年代已经无从考证，就像曾经有多少风雨吹打过它，有多少白刃相向的战争席卷过它，又有多少次在历史归于沉寂以后，有陌生的呼吸接近过它，陌生的目光阅读过它一样，没有人能说清楚，包括它自己。

我穿过它的城门，莫名清晰的足音自凹凸不平的青石板发出，这是一种在繁华的街市和便捷的电梯里都不可能听到的声响。一只硕大的鸟，从城门上方的砖洞里蓦地飞出去，迅即消失，羽毛的摩擦在这有限的空间发出巨大的声响。我停了一下继续走，心里涌出一些句子：

鸟儿是张开翅膀的星星
它们从潮湿的清晨起飞
星星是敛羽的鸟儿
它们在夜晚挂在天上

我说不清这些句子是曾经的梦呓，还是此刻我已走进了一段梦境，被喜欢的人用这样的句子敲打心房，让我的肩膀微微颤抖，眼角蓄着泪水。当一滴泪如叶尖的露珠般从睫毛滚落，我听到心的深谷传来的声响以及灵魂被层层唤醒的空灵之音。

我向斜射进来的一段光走去，走得越近，越缓慢，走向城门的另一端，我的身影渐次模糊，直到消失在光影里。

城墙通往顶层的步梯早已被呼啸而去的光阴剥蚀殆尽，也如我远离尘世的身影一般消失在某个不为人知的时空之中。我执着地走上去，不是在登临一座城堡，倒像是攀登一座山峰。我奋力抓住一束毛毛草，登上顶层，它四周的城墙和穹顶也已被经年的风霜雨雪风化在千年红尘之外。大明朝那些踌躇满志的陶土，被千里之外迁徙而来的征夫从地表之下挖掘、聚合、脱坯，在如火如荼的大窑里重新凝成一块，继而又被砌筑起来，屹立成一道固若金汤的屏障。而今，历经无数次相拥与分离的陶土们，又被时间这把柔韧的锉刀，颗颗剥离散播，终究尘归尘，土归土，纷扬在岁月深处，积淀在城堡的仅存的一层，滋生出许多种繁茂的一年生植物。城堡多么雄奇伟岸，终归敌不过春风吹又生的野草，再长久的生命，也长不过生生不息的短暂轮回。世间最坚固的，不是胡敌的铁骑攻不破的刀枪不入的壁垒，而是没有声音，没有颜色，没有爱憎，只悄然流过的时间！

秋的颜色已经染上草尖，漫上我的鬓发，我被野草淹没了半个身子，忘记了来路。

作者简介

陆旭辉，女，中国诗歌学会会员，秦皇岛市开发区文学创作院签约作家，秦皇岛市开发区诗词学会理事。作品见诸《散文百家》《当代人》《诗选刊》。曾荣获首届、第三届华夏散文奖，首届阿特森全国写作大赛二等奖。

大美北戴河

李梦群

小时候，写信时，在寄信人地址，不写省市县，常简单地写——北戴河车站白玉庄。我爸说，北戴河海内外闻名呢，在清朝就成为避暑胜地啦，这样写，没个邮错。

那时的北戴河，因为海的缘故，被我们当地人称为海滨。每逢寒暑假，爸爸总是带着我们哥俩，骑着破旧的自行车，去海滨玩儿。那些年，家境贫寒，他就想法借来相机为我们拍照。如今，翻开爸爸用心珍藏并整理好的一本本大相册，那些留存多年的老照片，常常勾起我对过往岁月的回忆。

那个年代，改革开放刚刚开始，人民生活刚刚有些好转，交通还没得到改善。一条戴河，由燕山余脉蜿蜒而来，奔流入海。戴河以北，称为北戴河；戴河以南，称为南戴河。我们要去北戴河，就需要趟过这条河。那时的戴河上面还没有桥呢，只有一条陈旧的木船停靠在岸边，船上坐着一位老大爷，悠闲地吧嗒着旱烟，等候摆渡过往的行人，收取一些辛苦钱。也常常见到父辈们，为了节约几分船钱，趁着落潮水浅，卷起裤腿，头顶包裹，趟水过河。

每次去北戴河海滨，爸爸总是带着我们去爬联峰山。当时的联峰山，还未收取门票呢。我们一路欢跑着，去观音寺敲大钟，或站在山顶开阔处，面向南侧的茫茫大海，大声喊叫来听山谷回音。有时，坐在望海亭里吹凉风、听松涛、俯瞰北戴河海滨的全貌。或者，面向家的方向，越过绿油油的庄稼地，指指点点寻找自己的村庄。有一次，爸爸还带领我们走近了林彪和张学良曾经的居住地，当时称为“林彪楼”和“张学良将军楼”。我们并不熟悉那些风云人物，也不知晓那一段段历史，却也好奇地随着大人透过密封的窗子，向别墅里面张望。

还记得，那年秋天，爸爸带着我们去北戴河玩儿，破旧的大自行车上，前面横梁坐着我，后面车座坐着哥，老牛似的骑着去往联峰山。遇上斜坡，爸爸就让我坐着，让哥下来走，并帮着推车，哥不高兴，说爸偏心，就在后面嘟嘟囔囔。爸爸教我们识别山坡上的各种树木，并且找到橡子树，用力摇动树干，让成熟的橡子噼里啪啦落下来，然后笑坐在一旁，看哥和我跑来跑去抢着捡橡子，直到口袋鼓鼓，心满意足，再继续赶路。

我们还经常到老虎石海滩去洗海澡，那时的老虎石，哪有现在游人多呀，但一眼望去，却也人头攒动。我们在沙滩上捡拾雪白的贝壳、紫色的海星，赶上初一、十五落干潮，还能捡些鲜活的扇贝、毛蛤和肚脐蛤呢。爸爸教我们洒干沙入蟹洞，追寻蟹的踪迹，手疾眼快抓住它，就是那种藏青色的指头大小的蟹，偶尔捉住一只，就会兴奋地大叫，并塞进玻璃瓶里把玩儿。

那时在老虎石洗海澡，经常租上一个长方形的大气垫，一面红一面黄，色彩极为鲜艳。我们趴在上面随着海浪漂浮，或扒着气垫一角，一直往海里走，直到海水没脖儿，再吓得往回返。记得有一次，爸爸在岸边看衣物，哥在一边游泳扎猛子，我悠闲地趴在大气垫上面，随着海浪一波一波漂啊漂，一抬眼，海岸已很远，周围也没有几个人，才意识到已被海水抽吸得太远，当时脑袋嗡的一下，手忙脚乱拨动海水跑上岸。坐在滚烫的沙滩上，望着波涛汹涌的大海，我初次感受到，在它宽广博大的背后，还隐藏着神秘诡异，引人走近却又心怀恐惧，但那滚滚不休的惊涛骇浪，却赋予人冲破束缚、搏击困境的力量和勇气。

后来，戴河上面架了桥，我们再去北戴河，就无须坐船或趟水了，骑着自行车，一路畅通，直达北戴河。只是，作为中央直属办公地，每逢暑期旺季，常常戒备森严，不得通行，那道路北侧山坡树林里掩映的一幢幢别墅，总是让我们感到隐秘肃穆，却只能远观而不得近前。每次经过那一带，爸爸总是向我们指点，哪里是朱家坟，哪里是王胡庄。朱家坟是光绪时期举人、北洋政府官员、工艺美术家朱启钤的坟墓，他号召成立北戴河公益会，组织聚义募捐、筑路修桥、整修名胜古迹……是北戴河海滨开发建设的创始人；而王胡庄，是爸爸小时候生活的地方，那个小村，留给他太多儿时的记忆和怀念，只是，时过经年，王胡庄早已消失不复存在了。是呀，岁月荏苒，世事变迁，万事万物的存在、延续与消亡，或许都只是时光隧道里的一个过程，而我们，不过是这过程中的匆匆过客，如雁过高空，留下的只是空空飞过的影子。

北戴河的冬季，透着别样美。还记得，高中毕业那一年，临近年末，别的班级正在如火如荼地准备举办联欢会，我们的另类班主任朴老师却说，带你们去北戴河海滨玩儿吧，咱们来一个冬游北戴河。同学们鼓掌欢呼积极响应。就这样，在那个寒冷的早晨，我们组织了四十多人的自行车队，由抚宁三中所在地——太和寨，浩浩荡荡一直骑到北戴河海滨，算来也有五六十里路吧，同学们一路说笑着，直奔老虎石海滩，被寒风吹红吹痛的笑脸上，洋溢着初见冬之海的喜悦与激情。我们站在冰冻的老虎石海滩，看着与夏天迥然有别的海，惊奇着岸边蜿蜒堆叠的浪花雪，远看如白雪，近观如砂糖，踩在上面沙沙响，一样的松软绵长。海面上覆盖着一层浮冰，海浪一波一波，喑哑无声，再没有了夏日滚滚的涛声，岸边的黑色礁石上也冻结了冰层，在阳光的照射下，晶莹透明。我们在浪花雪上踩踏、逗闹、打滚，扒开厚厚的浪花雪，寻找雪白的贝壳，或相互比赛着攀上礁石玩耍……我们的朴老师，拿出一部当时较为珍贵的傻瓜相机，为大家留下了难忘的瞬间。二十年之后，师生欢聚南戴河，举杯醉饮之际，彼此还清晰地念起1990年的那个冬季，那次难忘的北戴河海滨之旅。

走进碧螺塔公园，是为了去看一场北戴河的文化演出——海上生明月。北戴河的仲夏夜，海风习习，空气潮润，略带咸腥的清风，拂去了夏日里的烦躁。一轮明月悄然升起，月华如水，映照着波光碎金的海面，温暖了远行的游子。舞台搭建在海面上，看台探入海中很远，脚下是深邃的大海，耳边是隐隐的涛声。古乐悠扬，华服列阵，时尚而又浪漫的海滨露天情景演出，生动再现了秦始皇求仙入海、曹操东临碣石以及北戴河的民间传说，追溯了秦皇岛的历史文化沿革，场面恢宏震撼，美轮美奂，给人以唯美的视觉冲击和艺术享受。

登临鸽子窝，是在一个初夏的黄昏，只是想去看看夜色中的鸽子窝。首先映入眼帘的，却是毛主席伟岸的雕塑，昂首屹立眺望着汪洋碧波。默默在心里吟诵着“大雨落幽燕，白浪滔天……”而今，追寻着伟人的足迹，心向大海，身临其境来吟咏，更觉诗情壮阔，气宇非凡，诗词歌赋咏叹北戴河，前无古人，后无来者，无人能够超越这阙《浪淘沙》。登上突兀的鹰角石，眺望的瞬间，只觉眼前一片开阔，海面舒缓，风平浪静，三三两两的游人悠闲散步在海滩。雾霭苍茫，隐约可见渔船往来穿梭，偶尔传来鸽子轻轻扑打翅膀和咕咕咕的呼唤，哪里去了？那些可爱的鸽子？藏在石缝当中小憩吗？一轮弯月徐徐浮上半空，恍如一炳烛火，笼罩了暗淡的天、迷蒙的海，海天相映，人在其中，只觉自然万物宽广博大，人是那样渺小无依。待到月落日升，霞光普照，那些鸽子定会舒展轻盈的翅膀，翔集在广阔天海之间，谱写人与自然和谐共处的美好世界——一个闻名天下，只属于北戴河的鸽子窝。

儿子从小在北戴河海滨学美术，每个周末下午，都要陪着他坐上 22 路公交车，由南戴河去往北戴河。近四年，往返其间，四季轮回，风景转换，北戴河海滨的发展变化日新月异，深驻在心。总是习惯坐在公交车的一隅，将目光投向车窗外，默默凝视着一路闪过的风景，静观沿途草萌草枯、花开花谢、枫叶红遍路边山坡、海水潮朝朝潮朝潮朝落……常常感叹着，时光更迭，人事流转，岁月沧桑容颜老。但觉北戴河，却恍如一个清秀的女子，历经风雨洗涤，更赋淡雅风韵，常立碧海金沙，轻弹古筝，和着潮声，低吟浅唱，那悠悠的旋律，从古到今，流传千载，并且永远传唱不衰。

深深记得，在那个仲夏夜，知交相牵，走进不夜的北戴河。夏夜的北戴河，华灯闪烁，琉璃溢彩，金黄玫红暖色霓虹映照下的欧式建筑，幽蓝莹紫冷色彩灯点缀的条条道路，各种草坪灯、垂柳灯、烟花灯、麦穗灯交相辉映，浮光跃金，恍如一个透明的水晶世界。摇椅上乘凉的旅人，夜行散步的游子，在夜幕笼罩下的大海沉浸畅游不舍上岸的人群，组成一个熙攘流动的画面，让人感觉北戴河的夏夜比白天更富韵味。行走在异域风情步行街，高低错落的欧式建筑典雅别致，路边酒馆里不时传来开怀举杯的醉饮欢歌。道路两侧的树木上，挂满了蓝紫色晶莹剔透的小彩灯，随意走在任一条街道，都像走在通往天上的街市，让人行走不疲，情愿跟随心的牵引，就这样散淡走下去，走到月落，走到日升，走到朝霞满天，走到生命的尽头。

轻轻走进碧螺轩，典雅的茶室，轻漫的乐音，小巧玲珑的茶具，一杯香茗在手，细啜慢饮，唇齿留香，心情也随之袅袅融化。茶芳氤氲，香气袭人，相对坐在茶室里，人茶相融，茶语相醉，抬望的一瞬，无须表达，满心满腹的话语早已淹没融进了淡淡的茶香……

遨游网络世界，闲谈中，常有远方的朋友，羡慕嫉妒恨，不能如我，住在南戴河，靠近北戴河。是呀，人都说，熟悉的地方没风景呢，但我却了悟她的山情海韵，目睹她的发展变化，一如她，见证了我的成长。

作者简介

李梦群，河北省作家协会会员，秦皇岛市作家协会会员，抚宁区作家协会副主席，抚宁《天马》文学杂志副主编。2012年出版人物传记《爱因斯坦传》，2019年出版文集《把酒问清秋》。

那一年，那场雪

肖文琪

喜欢雪，也喜欢看下雪，看它们犹如一个个小小的精灵，飞向大地。尤其是一个人走在空旷的雪野上，身披雪花，满世界的洁白。醉心于心的旷野，这些精灵的使者，荡涤着我灵魂的尘埃。

这对我来说是一种震撼，灵魂的震撼，以及年少时隐隐疼痛后些许的感伤。

我的少年时代是在农村度过的，我所居住的那个寨子坐落在大山脚下，是个闭塞、寂静又落后的小村儿，二十几户人家就散落在沟沟岔岔的坡地上，一年到头，也难得见到几个外乡人。经济、文化、交通资源相对匮乏，即便是现在也如此，但过年的气氛却相当浓烈。一进腊月，家家户户开始轮流着淘米、碾面、做黏豆饽饽、蒸发糕、做豆腐、杀年猪。那时，小村好不热闹，一派祥和、欢乐景象，洋溢在这些朴素村民们脸上。小村，彰显着古朴气息和沸腾热浪。

闲暇时，我的那些大爷、大妈们，就穿着用家织布缝制的长衫、长裙，扭动起古老秧歌，一曲唢呐，把人们心里吹开了花。然而，小村毕竟是偏僻的、滞后的、沉寂的，即便在大年夜，也听不到有花炮声。那些年，当午夜的钟声撞击着沉寂大山时，赶车二大爹，就会拿着鞭子，从村南一直甩到村北，从这个沟里出来又走进另一个沟里。鞭，是钢鞭，里面编有马的鬃毛，据说，可以用它来驱鬼逐魔，同时也有祈福上苍、赐给我们来年五谷丰登好收成的寓意。这些是从我祖辈、父辈们念念有词的山歌里感受到的。

多年以后，到外地求学的我，彻底地脱离了山里的生活方式，在都市一角，找到一块属于自己的生存发展空间。游历于尘世浮躁间，走过年轻时的狂热与惊喜之后，归于我的却是一份向往宁静、安逸生活方式的心境。这时，我才知道，无论我离开故乡有多久、离它有多远，无论那片土地有多么贫瘠，它都在我思念中，就像一串挂在阳台上的风铃，被窃入的风，轻轻掠过之后，撞击我心、痛入怀中。

亦如，那丰年，那瑞雪，那洁净的一切，成了我生命中永远的风景。在黑白相间的山沟野壑中，把心境塞得满满当当。

那一年，我十二岁。除夕之夜，天公作美，下了一场与我出生时一样的大雪。祖屋已亮起所有的松油灯，偌大的宅院被照得通亮。大人们忙着准备丰盛的年夜饭，我们十几个孩子在院子里，甩着冻红的小手，接那些飘舞的雪花。跑着、叫着、跳着、欢呼着。

当古老的挂钟，在祖屋正堂上敲了十二下的时候，点燃的香火，在族长恭敬作揖、祈福后，插在盖有红纸装有黄金米的香炉里。香烟缭绕，祭品丰盛，供堂下一片虔诚。“上拜天神，下祭祖先”，这是我们族里过年的头等大事，男人、女人、老人、孩子都要行跪拜礼。退出正堂后，老叔不知从哪里弄来一挂鞭炮，就在二大爹扬鞭甩打的时候，老叔在竹竿另一端，也点起沸腾的爆竹。雪夜下，泛红的火花，噼里啪啦剧烈地叫着，天神乘着金马车，祖先跨着银马车，穿过红红火火的爆竹来到正堂上……

雪，依然下着。

我们吃过丰盛的年夜饭，接过长辈们给的压岁钱，这才安安静静地跑到西厢房睡觉去了。直到第二天，太阳爬上山头，晒得小屁股发热时，才懒洋洋地从被窝里钻出来。穿上新做的棉裤棉袄，女孩子们扎上两朵大红翎子，男孩子们戴着瓜皮护耳棉帽，草草地吃上几口饭，就跑出院子。

雪，停了。

厚厚的雪，给远处的土坡、沟谷、河床、田畴都穿上了白色的风衣。一层层、一片片、一束束，被雪装扮的小寨一尘不染。宁静、高贵、典雅，祖屋和那些零星坐落的瓦房，像童话里的城堡。白色的屋脊，白色的庭院，白色的围墙……就这样潜藏于我灵魂深处，整整三十年。直到今天，我仍然无法忘记，我们跑出院外时，远远地望见，八十二岁老奶颤巍巍的背影，她一身黑衣，头裹着黑色围巾，黑色的绑腿带缠在脚脖上，站在寨子里那棵老槐树下，眺望远方。

在周围满是雪的世界里，老奶的背影是那么抢眼，她站成我心中一道永不磨灭的风景，牵着我的酸楚。当我们跑到老奶身边，扶她慢慢往回走的时候，老奶那干枯的眼睛里，是期盼后的黯淡。然而，就在那年秋天，老奶倚在那棵老槐树下，永远地离开了我们，与过世十年的四爷一起葬在岭南那片坡地上。他们唯一的儿子，我的大爹仍然没有回来。老奶生前和死后一样，望的都是寨子里那窄窄的村口。不一样的也许是生前和一棵树，死后和那座山梁相伴，静静地卧在那片山坡上。

就这样，一年一年地盼着、盼着……

也许因为是老奶用双手托着我来到这世上；也许因为我出生的那个午夜，也下了一场好大好大的雪，我和老奶的感情特别深，老奶走后，我大病一场，接着就是休学，为此我比族里同龄孩子多上了一个五年级。

清明时候，我也会跟在父母身后，给老奶和四爷的坟添一锹一锹新土，他们的坟一年比一年大，一年比一年高，在我十八岁离开故乡的时候，大爹仍然没有归来。老奶瘦弱的背影，在那一年，大年初一的早上，站成一种孤独，雪上的孤独，老槐树下的孤独，以及那道山梁下，被掩埋后一撮撮黄土的孤独，而这样的孤独也许在今天还在……

走过人生近半行程的我，早已步入中年，和父母一起居住在这座海滨城市，是我也是我父母的幸福。每天晚上，在回家之前，我都要到父母那里小坐片刻，屋内的灯光伴着父母的笑声，是我踏进家门时被带回的温暖……

人生或许就是如此，许多东西往往都是我们无法预知的，特别是那种生离死别的痛苦，无疑使身心遭受痛苦和打击，以及那种承受生命的痛留下的创痕。那些巨大的疮疤，可能需要我们用一生的时间去医治它。在我们渴望获得一份心灵的安宁与幸福的同时，不要把太多的期盼留给未知的日子，就像那年初一的早上，皑皑雪地上那棵老槐树下，老奶的身影，是提醒我们常回家看看时缄默的语言。

直到现在，无论我们寄居在哪里，只要一想到父亲和母亲的身影，那牵挂的眼神，都会让我们抽出时间回家陪陪父母，陪伴养育我们长大成人的父母时，你会发现，父母的恩情我们永远也报答不完。

作者简介

肖文琪，女，满族。笔名：萧晗、朱韵、夏十三，现为河北省作家协会会员，秦皇岛市作家协会理事。代表作《那一年，那场雪》被选入中学生语文试卷阅读与分析题。

北山有根

包 简

北山算不上山，只是一道坡度平缓的山坡，不高，也不怎么长，一去四五里远，因为在村子北面，人们叫它北山。村子在山脚下，就叫作北山根。

北山最北边的山顶上有棵老梨树，还有一棵老栗树，都是怀抱不住的百年老树。

我第一次走到北山顶是三月底刚来这里扶贫驻村不久。

那时候山里春乍到，天尚寒，枯草遍野，冬眠的山林似乎都还没有睡醒。唯独那棵老梨树早早地冒出花蕾，开出了朵朵白花。它是整个北山上第一棵睡醒了的树。也是那时候，我为它写下了《山村梨花》：一树梨花百树春，树树枝枝纳头新；乘风扬起夺天志，遍撒满地化新村。

别的树听见我那首诗后，也纷纷使劲苏醒过来，连同那棵老栗树。

老梨树边上还有棵小栗树，高不及腰，它也听见了我那首诗。当时眼看它就要被春旱渴死，是我救了它，一泡尿救活了一棵树。

再有半个多月就要立冬了，我决定再次走到北山顶，看看那棵老梨树，还有两棵栗树。

山上没有什么道路，全是沙土，也有一些大青石，我只能沿着两排栗树丛中别人踩出的沙道蹒跚而行。这些栗树都是两三年的小树，还有些是今年刚种下的幼苗。

走过栗树丛，看到一些稀稀拉拉的梨树，有安梨、白梨和花盖梨。有的枝叶孤零，悬梨寥寥；有的红叶婆娑，梨果垂垂。但每棵树下都是落梨满地，一堆堆，一片片，有些甚至滚落到沙道上，还有的一路翻腾滚下山去。秋风微摇，树上的梨扑通扑通砸下来，砸在我的脚边。捡起来咬一口，真甜。我心里却不是滋味。

走到半山腰，看到村民栗大升正在用铁钎挖坑凿石头。

我疑惑地问他："栗大哥，您费这么大劲，挖石坑干什么呢？"

他瞅了我一眼，一边凿石头一边回答："挖个坑，栽树。"

"这地方能行吗？全是石头。"我问他。

他没有马上回答，又凿了几下，才停住手直起身来，用手指着周围说："这一片靠地边，跟前没东西挡，光线好，不种树就白瞎了。我那边的栗树太密，移过来一棵，种石头坑里不漏水，准能长好。"

"哦，这还真是个好地方。大哥我问一下，这山上那么多梨，成堆成堆地落在地上，怎么就没人要呢？"我虽然知道些原因，但还是忍不住想问他。

他憨笑了一下，继续凿他的石头，边凿边慢慢回答我："这破梨，几分钱一斤，傻子才去捡它呢！捡半天几块钱，都不够工的。"

告别栗大升，我继续沿着沙道向上走。前面的梨树越来越少，但落梨依然随地可见。

越向上走，越有一种不安笼罩在心头，因为在几个大青石边上都堆放着干枯的梨树枝。终于，我看到了一个梨树根，直径足有七十公分粗！我看了看年轮，大概有五十多年的样子。再往前走，还有几个梨树根，虽然小点，也都有几十年的样子。

坡度越来越陡，离山顶不远了。我心里念着山顶那棵老梨树，相信它应该会平安无恙。

上面几乎没有路了，地上长满了野山枣和带刺的杂草。我一路走，一路拨开杂草乱枝，拖着沉重的脚步终于走上了北山顶。

——老梨树已经不在了，北山顶上只有一个埋在土里的大树根，是那棵百年老梨树的根！

秋风瑟瑟，秋草萧萧。老梨树的根静静地伫立在北山顶，迎着正午的阳光，默默仰望着深蓝的天空。

旁边那棵被我救活的小栗树已经长高，瘦小的枝头上结着两颗干瘪的刺球。不远处那棵老栗树依然挺立，泛黄的叶子正随风飞舞。

我站在老梨树根上，久久地立着，任秋风吹面。我打开从山下带来的纯净水，喝了一口，把剩下的倾瓶倒掉，倒在老梨树的根上。也许，明年它还会再长新枝，开出满枝纯洁的白花吧。

下山的路与上山的路一样难行。

村民栗大升仍在半山腰用力地开凿着石坑，已经很深了。再往前走，看到村民小组长张玉国正在栗树林里干活。他家的栗树有两年了，明年就可以嫁接。由于树还小，今年栗树丛里套种了谷子，他正将收割过的谷秸一把把地摆进栗树下边的垄沟里。

“张叔，您把这么多稻草放垄沟里干吗呢？”我朝他打招呼。

他抬起头，转过身来笑着对我说：“打垄呗，一会再垫上土，垄高了能挡雨水，树就扛得住旱。”

我恍然大悟：“我明白了，加上稻草地垄就结实，下雨就能存住水吧。”

我上前帮他抱了几次谷秸放到垄前，他不停地摆手推辞：“没多少活计，你不用忙，太埋汰你别弄了。”

我见确实没多少谷秸了，就停下来和他聊一会。这几年梨价太低，村民们就不愿意管理梨树，导致虫害逐年增多，梨树越来越枯败，梨果品质也越来越差，好多原有的梨树都逐渐被换成了栗树。如果不是传言有大老板要按树给价承包这片山场，山上的梨树早被砍光都换成值钱的栗树了。

“那么粗的梨树，都是他们自家砍去的吗？”我问他。

张玉国笑笑说：“这个，咱说不好，乱砍树是违法的。”

走下山腰是一处山崖，几块大青石横竖交错地耸立着，守望着整个北山根村。我坐在一块青石板上，一边眺望着山下的村子，一边摸索着拔下粘满裤角的刺蒺，就这么坐着，思索着。我想，如果人的思想真会有火花的话，这块青石板该融化了吧。

我起身离去时，发现那块青石板不知何时裂开了一道缝隙。是的，仅仅一道缝隙，深不见底。

我沿着另一条小路下了山，在山脚下见到了捡满四袋山梨的村民“厉害”。厉害本名叫张红，从小身体有缺陷，智力不及常人，身高不足一米四，38 岁的他永远是一张十几岁的娃娃脸。虽然人小却很能干活，从不知道累，人们都管他叫“厉害”。没人愿意干的活厉害能干，没人愿意捡的落梨厉害愿意捡。他每次捡四袋落梨，大概二百多斤，用小车推到村外收购点能卖十几块钱。厉害说他昨天捡梨就卖了 120 块钱。

我帮他把梨装上小推车，他感激地冲我笑下，推起小车向村子里走去。

厉害不爱说话，一声不响地推车走着。当听我说要给他拍照时，他呆呆的脸上立刻灿烂如花，像极了北山顶那棵老梨树上的花。

晚饭前，我决定到厉害家走走，看看他今天的战果如何。他家住在村口公路边，新盖的平房，宽敞明亮。走到他家门口时，看到厉害的弟弟张军锁了大门，推着手推车正要往村外走。

“兄弟，你厉害哥呢？”我问他。

“他和我妈在山上呢，梨太多，天快黑了，我得接他们去。”张军说。

“我想跟你瞧瞧去，也顺便找你哥说几句话。”我说。

他诧异地看了看我：“好吧。”

路上边走边和张军聊着。张军家不是贫困户，69 岁的父亲在北京打工，农闲时张军也跟着去。父亲、哥哥和他一共三个男劳力，媳妇拾掇家里照顾孩子，67 岁的老母亲虽然体弱多病，但多少也能帮衬点，日子过得算是安心。

走到山上，天色已经黑下来了，厉害和母亲正在装车。这一片是他们自家的梨树，管理得好，品质也不错，这些梨他们准备一半自家吃，另一半拉集市上慢慢卖。

装好车，由于天黑山路难走，我也帮他们推着车。厉害的母亲问了句：到年底驻村工作组能给贫困户发什么呢？我说不发什么，然后边走边给她介绍了我们的扶贫搬迁、架桥修路、光伏发电、合作种植等项目后，她就不问什么了。

路上，我夸厉害能干，厉害说：“我弟厉害，他比我厉害得很。”我回头问张军：“你才 29，年轻能干，也在城里打过工，有没有想过将来在城里买房安家落户呢？”

张军说：“不想。在外面干再久，也得回来。北山根才是我家。”

作者简介

包简，男，本名包建正，籍贯河南南阳，供职于秦皇岛市委统战部。散文作品见于《躬耕》《海韵》《秦皇岛日报》《海港区文艺》等刊物。作品《北山有根》曾获得河北省新闻奖三等奖。

苦涩的诗意

辛泊平

伊朗电影大师阿巴斯·基亚罗斯塔米曾经说过：“我更喜欢让观众在影院里睡着的电影，我觉得这样的电影体贴得让你能好好打个盹，当你离开影院的时候也并无困扰。也曾有电影让我在影院里睡着了，但就是同一部片子又让我彻夜难眠，思考它直到天亮，甚至想上几个星期。这是我喜欢的电影。”阿巴斯是这样想的，自己也是这样做的。看他执导的《樱桃的滋味》和《何处是朋友的家》，我也是这样的感觉。那些长的镜头，没有突转的情节，漫不经心的表达，在极大程度上挑战了我的心智和耐心。观影的过程，我一度昏昏欲睡，我盼望电影快些结束，只要能让我保持观影的完整性。能熬到最后，那是因为我还期望后面也许还有精彩的片段。但是没有，它就那样一意孤行地“平白”下去，就那样旁若无人地“闲扯”下去，就那样义无反顾地“无聊”下去。我呆呆地坐在黑暗中，在一种近乎虚无的状态下无力地寻找自己最初的感受。一种受骗的感觉，一种受伤的感觉。然而，多少天过去，这些电影就是盘踞在脑海中，阴魂不散。然后，在某一天，它突然无限放大，瞬间击中心灵的某个地方，最后定格成一个怪异而又独特的印象。不论是欢喜还是厌恶，它都成为你生命的一部分，再也无法擦去。

看英国电影《宁静的热情》，我再一次遭遇了阿巴斯所说的境遇与感受。我真的佩服导演纯正的艺术追求，在流行《速度与激情》《碟中谍》那样或诉诸感官刺激或诉诸智力游戏的电影的文化背景下，他竟然选择了缓慢与优雅；在人们习惯了情感双数与多数的背景下，他选择了缺乏碰撞的单数；在欲望无序、道德暧昧的激流中，他选择了沉静的诗。可以说，这部电影是对当下流行元素的反叛，是一种特立独行的艺术冒险，他是用他的节奏挑战以加速度奔跑的人们的艺术感受。它实在是太拖沓了，太哲学了，太文艺了。没有现代技术的炫目，没有悬念迭起的情节，而是一幅幅犹如静物画一样沉静悠远的镜头，是一场场似乎远离人间烟火的对话，是缺乏因果互生的错位与断裂。从某种意义上说，这样的电影似乎不是拍来看的，而是用来思考的。在我看来，这样的主题更适合文字表达，而不是电影镜头。然而，我还是看了两遍，一是为了电影的主人公——美国传奇女诗人狄金森，二是为了诗歌。

对于熟悉外国诗歌的人来说，狄金森肯定不是陌生的名字。这位 19 世纪 30 年代生于马萨诸塞州小镇的女诗人，从 25 岁起便离群索居，终身未嫁，生前只发表了为数不多的诗歌，死后却声名鹊起，成为美国文学史上一颗可以和欧文、惠特曼一样耀眼的明星。不用说她的作品，她独身的一生就可以是一个引人猜测的故事。她为什么不结婚？为什么不走向社会？她的日常生活是什么样的？她的情感世界是什么样的？诗歌对她来说究竟意味着什么？诗歌里的她和现实中的她是否是同一个人？这一切都是谜，都是可以衍生无限想象的点。就像奥地利作家卡夫卡一样，对于他们缺少变化的人生，我们倾向于从他们的文字中去勘探生命的秘密和可能。对于普通读者而言，他们的文字就是他们留给世界的面容，这个面容比他们真实的五官更加准确，也更加生动。从生存的角度看，他们趋向于抽象，趋向于词语。然而，我们愿意这样说，他们是用灵魂中的诗意对抗刻板与异己的生活，他们把对世界的热爱与恐惧、感动与憎恨，都写进了比肉体更加不朽的文字。后人的猜测总是带着善意，当然也是唐突。在这里，我不想谈文学史上的狄金森，那应该属于大学教授的讲义，而不是普通人对诗意的理解。我感兴趣的，是电影里的人物形象，是诗意打开的方式，以及电影对诗歌与人的理解与关照。

艾米丽·狄金森是历史人物，但《宁静的热情》却不是一般意义上的传记片。虽然它也以横截面的形式表现了诗人狄金森的一生，但却有选择，有编剧与导演强烈的主观意图，也有游离于历史之外的文学虚构。在这方面，它和电影《林肯》的角度和着力点不同。《林肯》关照的是历史中的人物，是历史对人物的雕塑与人物在历史中的周旋。而《宁静的热情》侧重的则是人物的历史，是人物对历史的感受与反应。所以，看《林肯》，我们能感受到历史的庄重，看到历史和人物之间的相互影响；而看《宁静的热情》则有一种别样的伤感，因为，在强大的历史逻辑中，个体生命的感受是那样的纤弱，却又是那样的铭心刻骨。前者更多属于规律，后者则偏于偶然。不同的处理方式，并不是人物传记片的互否，而是共生，是相互补充，正如多维度的历史本身。

电影的开始，是一群少女面对老师的提问做出自己选择的镜头。这一组镜头极有意味，它是复数与单数的切换，是不同镜头的剪辑，但最后的效果却如同一个镜头。先是人物的群像，然后，镜头一点点犹疑，然后，镜头一点点聚焦，最后定格，然后，一个形象凸显出来。而这个形象，就是我们的主人公——艾米丽·狄金森。在曼荷莲女子学院，面对教师的“你们愿意走向上帝并被救赎吗”的提问，那些面容呆滞、眼神迷离的女孩儿纷纷做出肯定的回答，然后，面无表情地站在自己所属的队列。只有狄金森，她站在原地，目光坚定地与教师对视，毫不犹豫地说出——我不能。在女教师以上帝之名对她威逼利诱时，她依然没有妥协，而是响亮地说出自己的真实感受——“我希望我能像其他人一样感受到，但这不可能”“我根本就没有被唤醒，又怎么去忏悔呢？我根本没有感到罪恶，又怎么去忏悔呢？”这是狄金森的第一次亮相，锋利，鲜明。而她此时的回答，也就是她一生的坚持。

正如里昂老师所说，她是在“独自反抗”。是的，从此以后，她将用她的一生去反抗，反抗偏见，反抗虚伪，反抗虚无，也反抗世界的喧嚣与人性的阴暗。她的武器，就是她自己，是她的才华，是她对世界与生命的感受与思考，是她来自心灵而不是来自上帝的神谕。在剧院里，她由衷地赞叹歌剧女演员的音乐天赋，却得到了姑母和父亲的抢白与训斥。因为，在他们看来，女人应该有女人的样子，女人应该隐忍和顺从，而不是在舞台上抛头露面，用狄金森的父亲爱德华的话说，“天赋不是以这种方式展现的理由”。然而，狄金森不为所动，她坚持自己对艺术的感知与判断。在和伊丽莎白姑母讨论诗歌的时候，她没有为取悦长辈而改变自己的看法，而是固执地表达自己对诗歌的理解，以自己的“天赋”挑战老人的僵化思维，以纯净的自我应对所谓习俗与礼数；在牧师要求她下跪祈祷时，她没有屈从于父亲的权威，而是再次说出“我的灵魂属于我自己”，小心地维护着自己的自主性；当那个时代的编辑诋毁她说，古典诗歌属于男人不属于女人、“恐怕女人无法创造出具有永久价值的作品”时，她有力地还击说“不可能每个人都是弥尔顿”；在弟弟为自己的偷情以男人的名义辩解时，她愤怒地以弟媳之名、以女人之名加以驳斥……在很多时候，她似乎总是站在大多数人的对立面。

当然，在电影中，狄金森并非刻薄到不近人情，更没有孤傲到目中无人。她曾经真诚地为自己的粗暴向家中的仆人道歉，她曾经一度和魏若琳·布范小姐惺惺相惜。从表面上看，布范小姐走得比狄金森更远，她“不害怕死亡，但害怕天堂”，她从不去教会，她把那些去教会的人看作是“可怜的被拷问的灵魂”。她赞同狄金森的观点，认为女人和男人一样有受教育的权利。然而，那些面对狄金森的道歉而不知所措的人，并不会真正理解狄金森的平等理想，而布范小姐这样一个特立独行的人，最后还是向世俗的婚姻妥协了。对此，狄金森是痛苦的。因为，在反抗世俗与偏见的道路上，她仿佛没有同道，而是孤身一人。她曾经喜欢过一个叫沃兹沃思的男人，这个男人理解她的诗，却无法接受她的情感。因为，在他的世界里，心灵应该遵从于秩序，爱情应该让位于伦理。于是，她与他只能擦肩而过。她不是没有爱慕者，然而，她担心那些爱慕者只是为了猎奇，而不是因为灵魂，更不会真正理解和尊重她的选择，所以她把他们都拒之门外。

但我知道，她不是在拒绝爱情，而是害怕婚姻，怕被“石化”。她说“如果我和男人无法平等，那么我宁愿不要爱情”。她一直在思索，男人能否忍受女人受教育与坚持独立。然而，在父亲对待母亲的态度上，她失望了；在弟弟对待妻子的态度上，她失望了；在布范小姐竟然能把婚姻与自我剥离的做法上，她失望了。因为，她看到了世俗改变个体生命的力量，看到了它线性推进的方向，更看到了个体独立性丧失后的后果——“我们变成了我们惧怕的东西”。所以，她毅然关上了爱情这扇门，以抵御那些世俗的偏见。在她的世界里，女人和男人必须平等，女人和男人一样拥有无穷的创造力，女人和男人一样都应该尊重生命，都应该倾听心灵，而不是彼此消解、彼此占有。她是敏感的、正直的，所以她成了这个世界的异端。她的眼睛里容不得情感被亵渎，容不得生命被漠视。她的标准是透明的，是神圣的。正因如此，她的妹妹温妮才会在狄金森因为弟弟偷情之事而怒不可遏时这样劝她“我们都是凡人，请不要这样嘲笑我们”。

是的，她可以捍卫自己的独立性，却不能因此而要求世界，更不能伤害他人；她可以不信上帝与救赎，但心中必须有所敬畏。于是，她转过身，背对充满偏见的社会和固守着偏见的人们。于是，她向内而寻；于是，她找到了自由的灵魂世界，她找到了诗。狄金森读勃朗特姐妹的书，读艾略特的诗，凝视大自然，谛听天籁。还在少女时期，她就请求父亲允许她能晚睡，因为夜晚比较安静，因为夜晚没有装腔作势的社交与言不由衷的问候，因为夜晚可以让她更清晰地听到灵魂的心跳，因为夜晚可以让她感受到自由的呼吸。在经历过人生的荣辱悲欣之后，狄金森终于明确，在她的世界里，诗歌当列第一，然后是太阳，但后来发现，诗歌就是一切。在诗歌里，她的家“比我所知道的任何地方都好”，因为家就是她看到的世界；在诗歌里，她如此看待为男人带来荣誉的战争：呐喊着上战场固然勇敢，“与内心苦恼的骑兵搏斗更加英勇”，因为前者有英雄凯旋时的鲜花，而后者无论胜败都无人察觉。甚至，在诗歌里，她还触到了死亡温柔的嘴唇……可以这样说，诗歌给她带来了安慰，也带来了尊严。而她，也借助诗歌成就了独立而又纯净的自我。这不是历史的选择，而是女性自觉意识的觉醒。

“生活不止眼前的苟且，还有诗和远方”。这是当下极为流行的一句话，很有意味的样子，很有关怀的样子，适于励志，适于青春，适于对躁动不安的灵魂进行安慰。然而，诗究竟是什么，远方又究竟意味着什么，它并没有明确，而是充分留白，任由不同的人倾注不同的理解与情感。它只是告诉我们：我们不应该像眼前这样活着，生命还应该有其他的内容和方向。这是一种非常有效的心灵暗示，它朦胧而又缥缈，却充满了诱惑。因为，它否定的是我们熟知的已然，指向的是我们渴望的未知。从某种意义上说，电影里狄金森的人生轨迹对这种心理暗示做出了最好的阐释。诗歌不是物质，但它有物质的力量，它可以让抽象的幻象变成现实的躁动与不安，当然，也可以把现实的躁动和不安虚化成一种生命的记忆。而诗歌，就是一种记忆，生命的、情感的、智性的、灵魂的，它和当下有关，但绝非当下的拷贝和复制，而是在隐秘中连接着灵魂。它以想象的形式出现，以印象或镜头一样的现场回应。所有的人都有一种诗性的记忆，它就隐藏在我们的心灵深处，和灵魂血肉相连，时刻等待被某种力量唤醒。正如我们在少年时代读一首诗，意思可能不完全明白，甚至根本不懂，但我们却被它瞬间击中，感伤或者惆怅，愤怒或者欢喜，那不是知识上的认同，而是身体内部的诗性记忆被唤醒了。作为诗人，人类中最敏感的群体，他的任务便是，找到最恰当的语言来传递那种遥远的诗性记忆，为人类的敏感触角作证，为生命的细腻深沉留声。正如电影中的狄金森——那个不为她的时代理解的女诗人所做的一样。

一个时代有一个时代的命运，一个时代有一个时代的意义，但总有一些人能冲破这种所谓的局限，从一个时代走到另一个时代，以他独特的生命与信仰影响或打动另一个世界。作为诗人的狄金森便是这样的人。而这部影片，恰恰就是在做这方面的努力，它通过狄金森的一生告诉我们，兰波所说的“生活在别处”只是一种对世界的认知，远方其实只是一种诗意的期许，远方其实也就是眼前；诗意不只在绽放的鲜花上，它还在刚破土的草尖上，在冬日光秃秃的枝条上，甚至在死神缓缓走过的脚步中。诗歌不是男人的特权，更不是特殊群体的专利，它就在我们身边，就在我们心里。每一天的阳光里都饱含诗意，每一片飘落的树叶上都弥漫着感动。我们看不到诗歌，不是诗歌消亡了，而是我们世故了；我们感受不到诗意的流淌，不是诗意干涸了，而是我们物质化的心灵有了太多的沙砾。生命是流动的，它一直有一种上路的渴望。这种上路，并非只靠双脚，还需要灵魂的翅膀。正如狄金森，她虽然没有走出过家门，但她的心灵到过远方。用纯净的生命凝视静止的草坪，谛听清晨的鸟鸣，这本身就是诗，就是诗意。

应该说，说出诗意是有难度的，尤其是用电影镜头来表达。但这部电影做到了，缓缓平移的镜头，充满了生命质感的纹理，年代感十足的色调，碧绿的草坪，幽静的林荫道，摇曳的烛光，木柴在壁炉中燃烧的声音，一首古典钢琴曲，狄金森母亲近乎呓语的回忆及眼中的泪光，一切都是那么宁静，那么忧伤。每一组镜头都是相对独立而又彼此打开的单元，松散而又自然。看似并无联系的一组画面，其实都有草蛇灰线般的内在逻辑，自然而然，了无痕迹。而这一切，都是诗的肌肤，都是诗歌的纹理。意味深长的台词，以及贯穿电影始终的狄金森本人的诗句，更是让这部电影有了一种诗歌的结构与节奏。或许，正因如此，在诗歌无限边缘的当下，它才显得这样另类，才显得如此珍贵。从某种程度上说，这部电影可以改变我们对生命的看法，可以纠正我们对意义的认知。

诗歌不是所谓的庙堂，诗人更不都是我们印象中身世多舛的游子与流放者。诗歌就是生命本身，诗人就是我们自己，而那可望而不可即的诗意，便是我们眼中、心中经历的点点滴滴。所以，我们大可不必抱怨生命的无趣，而是应该反观内心，以狄金森一样的眼光打量世界和自我，以谦卑的姿态留意世界，以纯净的心灵感知生活，感受庸常中的自足与美好；不游离于世界之外，而是融入世界之中，在日常生活里，找到心灵与世界的平衡关系，连接肉体与灵魂的秘密通道，在缭乱的世事中，感受到那闪烁于日常事物肌肤中的宁静之光，并因为这光芒而接受那黯淡的生活。正因如此，诗歌对于诗人和读者而言，都不会是饱含糖分的蜂蜜，而应该是苦涩的海水。因为，它是心灵应对尘世的证词，是灵魂对抗物质的挽歌。它冒犯也好，隐喻也罢，在所谓的时代潮流面前，它从来都是失败者。所以，所有源自生命的诗歌都不会是忘我的颂歌，所有灵魂对现实的反应都带着苦涩。正如狄金森所说，“请说出一些压迫性的事实，那才是诗”“为了每一个狂喜的瞬间，我们必须偿以痛苦至极”。或许，这就是诗人的宿命，咀嚼着生命的菜根，说着自然的奇迹；站在众生之中，“站在永恒的光年中 / 替神说话”（李南《心迹》）。

请允许我再回过头来说这部电影的当下意义，在流行速度的年代。人们已经习惯了荒诞的娱乐至死和无聊的肥皂剧，缺少静下来反观自身、打理灵魂的心境。即使明白那种灵魂缺席的生活是一种病态的生活，也无力自拔，因为习惯，因为沉溺。所以，只有继续那种没心没肺的生活状态。快乐至死也好，痛苦沉沦也罢，反正就是不愿意凌然心惊、转身回头，走向上帝指引的窄门，完成生命的终极救赎。这是时代的悲哀，更是生命的悲哀。是的，这是一个浮躁的年代，我们盲目地相信文明的力量和科技的光芒，但却忽视了人类史中的另一极——无用的诗意也是维系这个世界正常运转的重要支撑。一个只有科技文明的社会是可怕的，因为人如果变成毫无生命感的齿轮，那必然会走向人性的反面，走向违反人性和自然法则的异化。那将是人类另一种意义上的“失落园”。而狄金森，这个似乎离我们很遥远的诗人，却在那个刻意淹没女性价值的年代捍卫着那珍贵的独立意识，关于友谊和爱情，关于死亡，她都能以诗人的眼光去看待。她用生命与文字书写的苦涩而又日常的诗意，恰恰是我们需要自省并重新打量世界与生命的艺术坐标。

我喜欢电影的名字——“宁静的热情”，热情不等于泛滥，宁静也不等于心死，它们也许就是一枚硬币的两面，这也恰如主人公的一生。她渴望燃烧，但又希望宁静地关照，内心充满了张力。她希望这个世界纯净，希望对这一切做出评价，却又无能为力。她懂得生命的局限与残缺，却又感受那来自自然的隐秘的、细小的欢愉。所以，她无法割舍，所以，她永远感恩。即使在病魔的阴影中，即使在死神的召唤下，她也会这样沉静地写出生命走向消亡的过程——

因为我不能停下等待死亡
他则亲切地停下等我
那路辇只载着我们自己
还有不朽

我们慢慢驾驭—— 他知道无须紧迫
而我也就搁置
我的劳作和闲暇，
因他的彬彬有礼

我们经过学校，那里孩子们
休息时绕成一圈奋争
我们经过凝视着的稻谷田地
我们经过落下的夕阳

或毋宁说—— 他经过了我们
那露水摇落着颤抖与寒凉
因为只是蛛丝，我的罩袍
我的披肩—— 只是绢网

我们驻足在一幢屋前
仿佛是大地的隆起
那屋顶只可微微入目
檐口——飞张于地

自那以后——已过若干世纪
可还是感觉比当天短
我第一次猜测那些马头
都朝向永远——
(《因为我不能停下等待死亡》)

你瞧，电影的最后，是狄金森的葬礼，她的亲人们缓缓走向墓地，没有撕心裂肺的哭泣，只有这首狄金森的诗篇作为画外音响起，一句句，舒缓，通达，没有死亡的沉重，却有新生的喜悦。这就是电影的语言，镜头里最浓郁的诗意。是诗歌与人最后的相互关照，是人与诗最后的融合。

是的，这就是《宁静的热情》，一部不太好看却值得一看的电影。而它的主人公也是这样，一生的经历平淡无奇，却为世界留下了永恒的记忆，因为无用的诗歌，因为苦涩的诗意。

作者简介

辛泊平，男，1998年毕业于河北师范大学中文系。曾在《人民文学》《诗刊》《青年文学》《文艺报》《随笔》等海内外百余家报刊发表作品，作品入选数十种选本。著有诗歌评论集《读一首诗，让时光安静》《与诗相遇》，随笔集《怎样看一部电影》等。曾获《诗选刊》中国年度诗歌评论奖、河北省文艺评论奖、《安徽文学》评论佳作奖、秦皇岛市文艺繁荣奖等奖项。河北省诗歌研究中心特约研究员、河北省青年诗人学会副会长。

当代诗歌的守望者

——吴思敬新著《中国当代诗人论》读后感

王　永

近年来，吴思敬先生的著作迭出——还不算他主编的多部诗人研究论集、诗歌理论选集。当我又收到这部厚实的《中国当代诗人论》（社会科学文献出版社，2015年版），心里由衷地感叹：年逾古稀的吴思敬真是一位勤恳、创作力健旺的“70后”诗歌理论家和批评家！

而这一切，源于吴思敬先生对于诗歌的热爱，对于诗歌批评、诗学研究的热爱。在诗歌面前，吴思敬先生永远有一颗年轻的心。他屡屡提及，诗歌与青春相连，与梦想相连，“作为一名诗评人，我要永葆一颗童心，只有这样才能够与中青年诗人心灵相通，才能够在与他们的对话过程中，碰撞出更精彩的火花，从而让彼此对诗歌的理解和认识，进一步地升华，这也是我在不断学习和进步的过程”。由于吴思敬的“童心”，他才绝无高高在上的“泰斗”的架子和做派，能够与诗人们心灵相通、平等对话。即便是年轻的，甚或初涉诗坛的诗人，在吴思敬面前也没有丝毫的隔膜和“代沟”之感。与一些早已“功成名就”的评论家不同，他始终关注着诗歌的场域，从未离开诗歌的现场。在诗坛上，他就是一个诗歌的守望者，对于年轻的诗人，他更是“引渡者”。

诗歌批评是一项独立的事业，它并不是诗歌写作的附庸和次产品。在这部著作的“后记”里，吴思敬引用了陆游的诗句“六十余年妄学诗，工夫深处独心知”，表达了数十年来从事诗歌批评研究事业的不易。从为学的角度看，诗歌批评是一种“术”，是对学术性和艺术包容性的整体考量，需要技术性的能力和水平；同时，它也是一种别样的“思”，是艺术鉴赏力和审美趣味的综合呈现，需要吴思敬所说的“超越性”——对于诗歌文本的超越，对于诗人和读者经验和感受的超越。从根本上来看，诗歌批评更是一种精神，是艺术对于生存境界的砥砺，是对寂寞时间的坚守与对抗。吴思敬先生对于诗歌评论、诗学研究有着强烈的责任感和使命感，他多次表达过，诗歌是寂寞的事业，诗歌批评是更加寂寞的，但是他愿坚定地做诗歌批评的守望者。不仅如此，笔者深知吴思敬先生对于他的入室弟子从事诗学批评、成为对于诗坛有贡献的批评家的殷切期望。

作为颇负盛名的诗歌理论家，吴思敬在诗歌理论建设领域早已卓然有成。早在20世纪80年代他就出版了《诗歌基本原理》《诗歌鉴赏心理》等理论专著，在此基础上，他又构建出了系统、新鲜的“心理诗学”，这部诗学著作被谢冕称为吴思敬“对中国当代诗学建设做出的又一扎扎实实的贡献”。同时，吴思敬又一直关注着诗歌写作的现场，写出了大量的有现实针对性的批评文章。多年前，在《诗学沉思录》的“自序”中，他曾自述，在诗学理论建设和诗歌批评领域，他不断地“交叉换位”。他认为，诗学理论研究和诗歌批评的进行最好能保持同步。“有了诗歌批评从生活和创作的源头带来的清清的泉水，诗学理论才会永远清亮、明净，滋润着诗歌的繁荣发展和一代代诗歌新人的成长。”吴思敬作为当代诗坛的亲历者和守望者，在诗歌潮流、诗歌事件和诗歌活动中，以理论家的身份完成对诗歌的批评，在其中呈现出他包容而谨严、扎实而求真的个人化风格。以其特有的对于诗歌的赤诚，以他的“童心”，以深厚的学养和敏锐的发现意识，以其批评的激情、理性与活力，拓殖了中国当代诗歌批评的疆域，深化了中国当代诗歌的研究。这部《中国当代诗人论》即是他诗歌批评的成果。

《中国当代诗人论》所论涉的诗人甚多，分列为“归来的诗人”“朦胧诗人”“中生代诗人”“女性诗人”“西部诗人”“少数民族诗人”等专辑。对于业已在当代诗歌史上成名的“归来的诗人”，吴思敬立足于“重评”，即要把颠倒的历史再颠倒过来，从“知识考古学”的立场揭去覆盖在这些诗人身上的标签。在这部著作中，这个专辑让人印象深刻，尤其是对于邵燕祥、郑敏、牛汉、彭燕郊、辛笛的专论，都是沉实有力、独具慧眼的文章。比如，他对现代文学史所忽略的邵燕祥20世纪40年代后期诗歌的关注和研究，为邵燕祥后来诗歌创作的研究提供了新的视点；再如，他对彭燕郊的研究并没有囿于文学史关于“七月派”的评判，而是放在了20世纪诗歌发展的大背景之下，论述了彭燕郊对于中国诗坛的贡献。这些翔实的论述既深化了对于诗人的研究，也丰厚了诗歌史的研究。而另外专辑中所论的诗人都是青年诗人，或者是“当时的青年诗人”。关注青年诗人，一直是吴思敬写评论的初衷和着眼点。相对于“锦上添花”的评论，一位有作为、有责任的批评家更应该做的是“雪中送炭”和“点石成金”。正如沈奇在《摆渡者的侧影：仁者无疆》一文中所说，三十年间，吴思敬以个我的鲜明立场、确切方向和卓越才识投身现代诗学和现代主义新诗潮，成就卓著、影响广大，同时更以仁厚、真诚、热切、亲和的仁者风范，相濡以同侪，相携于同道，奖掖晚学，扶助新生，兢兢业业，一以贯之，尽显“摆渡者”济世淑人的精神风貌。

古人讲，墨非蒙养不灵，笔非生活不神。吴思敬从事诗歌评论三十余年，有着深厚的学养、广博的视野和精敏的眼光，他的诗歌批评真正做到了“深入浅出”。从他的文章中，我们读不到艰深的“行话”、晦涩的术语，他对于西方和中国古典的诗学资源总能信手拈来，在评论中综合着诗歌文本的细读和诗歌史的整体把握。同时，他的评论的又一个独特的优势在于，由于他的年龄、身份和位置，他与所论诗人都有着或密或疏的过从，因此能够“知人论世”，给诗人一个更加全面的评判。

在这部著作的“后记”中，吴思敬曾提到，诗人元好问曾发出“谁是诗中疏凿手，暂教泾渭各清辉”的呼唤。毋庸置疑，吴思敬就是当代的“诗中疏凿手”！

作者简介

王永，河北河间人，1976年生人。2008年毕业于首都师范大学中国诗歌研究中心，文艺学博士。现执教于燕山大学，任文学与新闻传播学系主任，研究生导师。河北省作家协会会员、秦皇岛市文艺研究会副会长、河北美术学院书法学院特聘教授。有诗文、评论、翻译、书法见于各类报刊。

回到“故乡”

周　博

最近，看贾平凹的一篇文章，谈到他在华山，请一个道长写了一幅书法，内容是——山风海骨。因为山海关是我的故乡，就很有感触，这四个让我想到故乡。想到“故乡”这个概念，就觉得，人其实永远也走不出故乡，这不仅仅是一个地域概念，也是一种生命形态的天然构建与心灵世界的归属，人力的作用与冥冥造物比起来，终究能力有限，我们的身体与精神如何畅游一生，最终都要回到“故乡”，回到那个语境与文化脉络里边，回到艺术家的心灵归属地，回到艺术门类发生、发展的一个原点，一个开始。

我小时候，看夸父追日、看杞人忧天，是以寓言传说的角度来观看，那仅仅是一个故事而已，甚至这个阅读过程就是一个娱乐过程。而今天，才通过故事，看到背后的那一种精神、一种向往、一种使命感，甚或是悲凉。但也许这就是人性中最为可贵的部分。我想，作为一个艺术从业者，应该具备的，首先，是有一个未必丰厚但足够深刻的精神向度，或者说，精神质地。我们的一切探究、展示、求索，都是以此为背景的，所以我说，我们要回到“故乡”，是不是具备并有意识地寻找这样一个精神层级，我将之视为一个艺术家能否回到“故乡”的标尺。因为艺术家精神世界的形态，是左右他的艺术选择与走向的发动机。

强调这一点，是因为我认为，我们遇到了一个发展的时代、繁荣的时代，同时也是欲望勃发的时代。但是，一味发展就是向好吗？恐怕未必。在这一过程中，我们的内心被不断碾轧、挤压，深沉的、悠游的甚至是形而上的生活与思考形态，在这里显得多少有些不合时宜。我个人也正在经历这样一个过程。可是，没有独立的精神质地与高贵追求，就不可能做到不随波逐流，就不能避免同化与迎合，这是决定艺术家能走多远的先决条件、基础条件，也是必备条件与终极条件。回到“故乡”，回到一个心灵世界的构建过程，才能拥有不与世俗同质的心灵一隅。

有了这个先决条件，才能“与自然、哲理近而铸造诗格、与名文习研而练就结构”（宗白华），提升文化感受能力和笔墨语言修养。

强调文化感受能力，而不是强调文化技能的全面涉猎，比如，强调书法家要有文化，而判定的标准是能不能自撰诗文，这属于文化技能范畴，写到什么程度才是判定作者文化感受深度的标尺？技能可以华而悦俗，而感受能力的培养与形成过程，则是自省与自我审视的一个过程。这是一个内化的过程，让我们在某一个领域不断深入、不断丰富。

文化感受能力的不断提升，形成的一种整体感觉和把握能力，才能让作者不断脱离基础的技术操作手段束缚，跟随笔墨情景来生发意态，而不是对一种固有形态的照搬。照搬是没有生命力的，因为没有作者主体精神的介入。走向模糊乃至含混，更是一个多角度、多层次、充满灵性的手段，是一种整体结构和整体感觉。我们的一切技术恰恰因为减少具体的行迹和指向，才能让意象更为丰满，更接近宗教、哲学和神性，也更接近艺术的本质。但如何确定这种生发是包含在传统精神范畴里面的，着实需要文化感受能力的持续提升，让自我矫正成为可能。

在这个背景下，当然也不能放弃书法本体语言的探究与求索，我将这个层级深入过程解读为修养的深化过程，主要谈两个方面的具体问题：

一是结构修养。历代书法的结构转换衍生过程，我将之视为时代语境转化过程。每一个时代，都有它特质的语境，大量的母本为我们提供了可供借鉴的资源，同时提供了边界限度。这会反馈给我们一种感觉，这种感觉是对当时时代文本共同审美特质与造型规律的还原体察。就比如，我们来自不同地域，但述说的都是现代汉语，虽然口音不同，但是它是这个时代的共同声音。文字结构也有它的时代属性，而发现、体味这些共性感受，我认为还是要回到母本。这几年，我从甲骨文、商周金文一直写到清末民国这些大家，写了千八百种是有的。有一点新的体会。沈寐叟谈到通古今之变，说到上下时代相参，能得古质或者流媚，也需要对时代文本的深入解读能力和强烈的感知与瞬间把握再现能力，这是文本图示存储广度与深度的培养过程，也是感觉的突围与递进过程。

需要说明的是，这个过程是对传统理解之后的一个自然状态，不是模仿一种方式和再现它，而是通过文本图示的记忆与对照过程，让个体的体会和个人精神得到最大限度的展示，这个时候的作品才是唯一的、个体的、不可替代的。

二是线性修养。我看到好的作品，都是贴上看，一个是我的眼神不大好，再有就是要看出他的局部展现的线性质地、温度。质感这个东西很难表达清楚，但是我们是可以感知的，比如木头、金属，我们在感受上，差异是巨大的，线性的温度就具备这样一种可见的通感，进入这个世界，书写才更有意思，才能进入书法的核心部分。我没有用笔画这个概念，是觉得笔画有明确边界和形态，但是我们截取一个书法家的线条片段，甚至也能感知他的笔墨语言深度和层级。我觉得，这是一个艺术家在书法本体语言，乃至文化感受能力方面最为重要的一个展现指标。历代大家，无不是极有深度而且呈现个体生命体征的线性才成就的。

这两个方面，都是一个无穷无尽的世界。之所以用“修养”这个词，也是觉得这是一个不可量化的范畴。好的结构格局与笔墨语言，一定是一个非常鲜活的状态，它不是一个闭合的自我循环系统。一个书法家在此基础上建立的符号系统也就是笔墨系统才是一个可贵的独立的存在。这也是回到“故乡”，这是书法本体语言的“故乡”。

提出“故乡”的概念，我始终认为，人的格调决定作品的格调，什么树结出什么果。个体的精神质地与文化感受能力如果说是“故乡”的文脉，结构与线性的修养就是“故乡”的语言。我们在这里，在这个追求过程中养气、养器，进而表达自我的独特文化特性、精神特性、笔墨语言特性，或许，我们就在这个时代，为自己也为书法保留了一点风度。

作者简介

周博，别署坦斋，汉族，1977年生人，河北山海关人。自幼学书，兼及文史。现为中国书法家协会会员、中国文艺评论家协会会员、河北省书协学术委员、秦皇岛市书协副主席、《书画纵横》副总编辑、中国书法网总版主。供职于秦皇岛市文学创作院。

诗歌 SHIGE

辛泊平的诗

下　午　茶

属于印象，属于异国，属于书
一杯茶可以让一个下午静止

必须有无用的钢琴曲
必须有无用的诗朗诵

必须有一群不懂如何生存的男人
必须有几颗破碎的心

必须有被远方召唤的灵魂
必须有充满泪水的眼睛

必须有一个女人倾听所有的呓语
她既是母亲，又是情人

必须有窗外的喧嚣和孤独的死亡
必须有人悄然离去，从此再没有消息

必须有曲终人散，她仍然端坐在那里
成为暗淡的影子，雕塑的时光

是否可以找到一个词语准确地说出自己

当黑暗来临，我得以辨认阳光下埋葬的东西
比如衰老，比如死亡
比如在身体内缓缓流淌的悲伤

郊外的野草已黄，虫儿匿迹
水鸟在黄昏的水边低飞
千里之外，母亲的新坟是否也沾染了秋色？

是否可以找到一个词语准确地说出自己
日常的功课，在书页中寻找记忆
在记忆中，把父母在世时的悲欢再重复一遍

梦还是那么生动，所有的亲人依然是肉体的样子
只是，每一个夜晚都不再完整
只是，每一次相遇都没有回声
——发表于《诗刊·下半月刊》2019 年第 2 期

这是下午 5 点钟的阳光

一天的工作终于结束了，时间慢了下来
身体慢了下来，心慢了下来
我一个人坐在屋子里，听一首关于时光的歌

5 点钟的阳光温暖而懒散，记忆融在里面
初春的天气，我闻到了泥土的味道

青春的胶片里，有爱情，有远方

有午夜的寂静和黎明的躁动
有洗得发白的忧伤

读过的书已经落满灰尘，书页里的照片
沉在心底的理想，在 5 点钟的阳光里
慢慢浮起，一点点闪亮

作者简介

辛泊平，男，1998 年毕业于河北师范大学中文系。曾在《人民文学》《诗刊》《青年文学》《文艺报》《随笔》等海内外百余家报刊发表作品，作品入选数十种选本。著有诗歌评论集《读一首诗，让时光安静》《与诗相遇》，随笔集《怎样看一部电影》等。曾获《诗选刊》中国年度诗歌评论奖、河北省文艺评论奖、《安徽文学》评论佳作奖、秦皇岛市文艺繁荣奖等奖项。河北省诗歌研究中心特约研究员、河北省青年诗人学会副会长。

高梁的诗

桃　林

青龙深处峡谷，寂寞如同原始森林的落叶
越积越厚，从堆积着卵石的无水河床，一直
铺展到群山顶

这是熟悉的山景：它的舒缓、陡峭
凸起和凹陷，都由石头完成。在石头中
掏出土来，简直是痴人说梦。我看到过艰苦卓绝的努力
在石头中找水。石头和石头，只有沉默还不够
它们还需要孤独。这就造成了千差万别：有的
只有手指肚大，有的成千上万吨。虽然是春天
但石头带来了荒凉

往左是石头，往右还是石头
这是熟悉的山景，但却是陌生之地。有一条路
甚至多条，通往山顶，但我还没有办法找到
我想到巨石环抱的山坳，那里桃花如雪。但突不破
巨石的苍老。密集的桃林，我想是有人栽种
但更像无主的野树

在山下闻不到香气，只看见一左一右两块石头
互相依靠，形成的拱门。天然的拱门后面

是满山坳的，繁盛的孤独

菜　园　子

一面水看着就凉，养着寒冰
玉米秆夹成的栅栏东倒西歪
有的地方露出了破洞，仿佛是野兔
狐狸挤出的通路。辣椒秧冻得乌青
豆角秧不再攀爬。我想起小时候
生日那天，不时在父母面前晃一下
父亲让我滚到一边去，母亲说我晃得她
头晕。到了黄昏，他们还想不起
我就自己去菜园子，薅一棵满芯的大白菜
做一锅白菜炖粉。现在菜园子里还剩一棵
没有长成的白菜，帮子朝四面生长，几近
趴在地上。本来长芯的中央，卧着
没有光泽的树叶。我已经不再重视自己
冷风中颤抖的白菜，让我忍不住多看两眼
路上，前面，后面都看不到人影

蓖　　麻

陆明智死于绞肠痧，书记自远方
带来了蓖麻，说是能给飞机
提供燃油。每个夜晚我都梦见
陆明智待在一个不为人知的山洞
长满青草的丘陵，没有去的路
也没有回来的路

蓖麻占据了操场东面的

排水沟。外来的物种，活得很好
长成了一堵墙。肉乎乎的蓖麻叶茂密
蓖麻子饱满、黑亮
我不再梦到陆明智
夜里再也没有出现明媚的光

手里攥着无用的禁果，一次次咽下吐沫
不去吃它。鲁晓芸报告老师，我用吐沫
洗手，无用的外来物种
我不知道怎么让它
变得有用。大人从榨油议论到飞机
远方连完整的轮廓也没有

蓖麻在下洼地消失
鲁晓芸嫁人，老书记作古
偶尔出现的飞机，让人仰望到头晕
陆明智停在少年，和我一样的大多数
都像被榨干了油，当然

还有人在研究蓖麻
还有人，一生走在
去飞机场的路上

作者简介

高粱，男，生于20世纪60年代。诗歌散见于《诗刊》《人民文学》《新世纪中国诗典》等刊物及选本。获第十二届河北文艺振兴奖、河北省首届文艺贡献奖等奖项。

李 桐 的 诗

我看见了你

我接受这些四面八方的树
以及枝杈上沉沉的积雪。与我是半个
林区人的身份，“埋首于尘埃”
我会写下赞美
写下山茱萸、火棘和枸杞
在每根枝条上
火红的，只有林场冬天才有的果实
不要怀疑，披着厚厚一层白地毯的群山
在属于林场的界限里
每个人和每棵树，都有着相同的命运
唯有踏上这片群山，才能让我安静
枯草涌出绿意，结冰的河流叮咚作响
乱树生花，獾子、狍子、野鸡迎风奔跑
是的，我有过生命的盛年
四月的金达莱呀，一簇簇地开
山崖间。我看见你，我看见了你呀

取火的枯木

桉树和松树都能点燃自己
特别是入冬之后。看它们脆生生的

一个个枝杈，交集、悬空
桉油和松油闪烁着黑黝黝的光
它们笃定、任性。引火时候
滋啦啦——滋啦啦——
一个个火红的舌头交换着彼此的呼吸
那无边的汹涌啊……
取火的枯木，也让人看到希望
灶台里，浓密的火光在闪耀
火苗飞扬，势不可当
胡桃楸、水曲柳、柞树，都能为火一惊
树有多少种，就有多少爱
点燃一个人。在林区，在延边

看 得 见

试着向灰白的沙滩
接近——
“大雾有忘却的本性”
当初搬到新宝街，就是要从看得见的
海边
获得一份安宁
——码头、船只、波浪
潮水涌来时
帆中伸出的缆绳
搅动一堆白色的细线
当停顿
欢愉的液体，流回我的体内
我是和大海谈心的人
我愿意成为一粒沙，一种时光的
碎片，和迷雾

作者简介

李桐，女，本名李文艳，1966年9月生于吉林榆树，现居河北省秦皇岛市，河北省作家协会会员，《中国诗歌》2014年网络十佳诗人。诗歌刊发于《四川文学》《星星》《青年作家》《诗选刊》《江南诗》《草堂》《山东文学》《中国诗歌》《文学港》等。先后参加了第五届、第八届河北省青年诗人诗会。

王永的诗

穿越黑夜——单车夏夜行记

国家公路更加漆黑，
当城市的灯火和姑娘的笑声飘远，
当一辆卡车迎面驶过。
像两只蝙蝠，我们向黑暗深处撞去。

一列房子在旷野里游荡。
一首关于桃花的诗被谁反复吟咏？
激情的车轮碾过，
道路从虚无中被抻出。

或许是我们的车铃声，
惊飞一对夜鸟，并投下两声诅咒。
路边的玉米地深不可测，
一定有魂灵在谋划着什么。

水渠沽沽，
灌溉庄稼，也洗去我的困倦。
蹄声嗒嗒，
乡亲在星夜赶动牲口，运送水果和蔬菜？

晨曦惺忪，而那个小镇醒得早些。

我愿意与赶早班的人们一起，
在街头的条凳上喝碗豆腐脑，
趁机卸下我昏沉的思想。

会议室的阳光

我感觉到阳光的清冷，
在这雪后初霁的午后。

蓝色窗帘垂立一旁。我看见经过浣洗的
太阳就待在与会议桌成 45 度角的地方。
崭新的会议桌光滑厚重，数十年的风雪
铸就的红松远比这首诗坚实。
在我的臆想中，必定有松鼠在这株
曾经的树上跳跃，留下气味和尿液。
青烟袅袅，从老张指间升腾，
他眯起眼睛，烟头就幸福地闪烁。
老宋抱紧肩膀，阳光在面前的茶杯里摇荡。
小马和小赵窃窃私语，像两个作弊的小学生。
端庄的小王正襟危坐，背后的阳光
将她的发梢镀亮。
这个冬日的午后，同志们
沉浸其中，不能自拔。

一声咳嗽，长长的会议桌那端
头儿读完了报告。

作者简介

王永，河北河间人，1976 年生人。2008 年毕业于首都师范大学中国诗歌研究中心，文艺学博士。现执教于燕山大学，任文学与新闻传播学系主任，研究生导师。河北省作家协会会员、秦皇岛市文艺研究会副会长、河北美术学院书法学院特聘教授。有诗文、评论、翻译、书法见于各类报刊。

青 禾 的 诗

春　山

此刻，我在一座山上喊你
不知道，我的声音要翻越几座春山
抵达午后的微尘
触碰光阴，和遗落花间的慵懒

我的旁边，泥土湿润
去年的荒草钻出梦的嫩芽
它们的喜悦，我想马上分享给你
山风不住地吹，满山的树木摇晃
在温暖的石头上面，劳作带来暂时的疲倦
过不了多久，我将再次起身
我将打破所有的宁静

我想在山上盖个小房子，小到容下两个灵魂
我想让它为你升起炊烟

东　北

出关去，向东偏北
一路上，寒冷似乎比我来得更早些
黑土地，似乎一直裸露在外

东北风吹着，我的拥抱
空空荡荡

东北方向，是我的方向
一座城，连着望不到边的黑土
落日在低矮处黯淡
来不及辨认的树木模糊在瞬间

一点积雪，能否证明我来过
路途尚远，黑暗从黑土地起身
一座教堂的尖顶，让我多看了几眼

黑土地的女儿，有着冰雪的前身
适应着，慢慢地爱
慢慢地融化

月　夜

昨夜，月亮圆圆的
那个将黄土披在身上的人，好像回来了
坐在院子的大石上，吸着烟

他再也不能像过去那样
常常一个人披着月光

作者简介

青禾，男，本名贺海滨，1971年3月26日生于冀东抚宁。诗作刊发于《诗选刊》《延河》《海燕》《国家诗歌地理》《华语诗刊》等。2010年参加河北省第三届青年诗会。

晓 晨 的 诗

薅草的女人

向阳的坡地上，有人在埋头专注地薅草
从那顶遮住脸庞的帽子，可以看出
是个女人，从女人白皙细腻的双手
可以看出，她很年轻

也许是劳作的时间长了，她已经双膝着地
还得用左臂支撑着身子，右手中指、无名指
和小指团起，只用拇指和食指
在一撮花生秧子下，快速地拈起小草

阳光直射在她的后背上。地上短短的影子
说明时近中午。没有风
一米多远处，那排核桃树也热得蔫头耷脑
树荫下的青草，独自茂盛着

再远处，山脚下的梯田层层叠翠
山路飘带一样蜿蜒，奶头花大片盛开
放羊男子的歌声，被山雀带到干净的天空

晚春，我有幸经过一个名叫陆庄的村子
在一片新月形的坡地上，看见这个薅草的女人

她劳动的姿态，让我懂得了
什么叫作隐忍和虔诚

剥玉米的人

玉米秸放倒以后，视线豁然开朗
才感觉玉米地有多么辽阔
剥玉米的人矮下身子，像一个黑点
看不出他在移动，随手甩出去的玉米
金子一样，堆成一座座小山

从这头到那头，从那头再回到这头
或许要耗上一天的时间
往返其间的人，缓慢安定
用一生的时间来种植玉米
他的根和玉米的根
扎到一起，并因此纠缠不清

玉米秸整齐地铺排，好像要延伸到落日中去
顺着这条路到达天上的人
有的成了星辰，有的悄然返回
你看那些玉米，脱去饱满的籽粒后
露出了硬实的骨头

遇　见

前世，我们一定遇见过
在清明踏青的人流中
在上元夜的花灯下
在陌上，在水之湄

你不着胭脂，微微一笑
就要了人魂魄

今生，我们注定要遇见
就像蜜蜂遇见花朵
鱼遇见水，翅膀遇见天空
豹子遇见丛林，明月遇见清风
我遇见你——这美妙的结局
让生命有了最终的意义

至此，接下来的每一个日子
都将开出繁复的花瓣
散发出馥郁的香气
都将醇如美酒，而我必将沉醉
该如何珍藏这样的好运气
才能对得起上天的恩赐

作者简介

晓晨，男，本名陈宏斌，1968 年生人。种过地，经过商，现务工，闲暇时写些分行文字。作品散见于《山东文学》《黄河诗报》《中国青年报》《诗选刊》《开发区文学》《秦皇岛晚报》等。

董 贺 的 诗

最初的记忆

靠在门框上，天幕苍白
阳光苍白，院子里的人影苍白
他们身上的孝衣苍白
—— 深处，表情模糊
也听不到哭喊

唯有红色，半点
闪烁在我三岁时的窗口
奶奶的棺材，就停放在骡马棚
—— 像时光张开血盆的大口

梯　田

藏有月和星子，绵延直上
这里，是橡树与杜鹃花的故乡
是山溪和雏鹰清浅的梦境
它们合起来，绚烂又招摇
似要冲出这禁锢锦绣的人间

稼穑的作物都在土地里站着
规规矩矩的，像侍弄它们的乡亲

他们日出而作、日落而息
眼含爱恋地守望着天地的分割线

这一小块是玉米，上下分别是高粱和大豆
层次如蝉翼般单薄
一般高低，一样颜色
风掠过的时候，更像波浪
从山间的平地涌上去
万物欢愉，沉醉在夜的浴盆里

清 明 帖

一

四月，泪水的盛宴
会是声声扎心的喊
思念的堤坝会一溃千里
最伤感的词汇
如生硬湿滑的铁器

从复生的梦中醒来
又来到初点
踏在难愈合的岔路口
传递哀伤

二

亲人们住在山坡上
会按时起床、吃饭，按时劳作
按时放牧那些远去的牛羊
安详如草木，可爱如蜂蝶
而草木和蜂蝶也代替我们

陪着，让他们少些寂寞

碑帖也许语焉不详
木质或石质的门牌
标注着返程的路径
一面，遥指暗夜
一面，又扣紧大地的脉息
和尘世相连

三

青山无语，桐花兀自绽放
只有布谷鸟偶尔出来叫两声
“不哭—— 不哭——”
它们递出的浓墨般的哀思
都落在下面成群的墓碑上

此时，要换上新土
也要擦出碑文的鲜亮
都焕然一新
都笔直地挺立吧

对，就是这样
让它们如证词般存在
让它们像刀锋般活着
让它们能安静地躺下
在亲人的心底
千年
万年

作者简介

董贺，满族，河北青龙人，现工作于河北邢台。中国诗歌学会会员、河北省作家协会会员、邢台市诗人协会副主席、邢台市文艺评论家协会理事、南宫市作协副主席。作品散见于《岁月》《诗选刊》《诗歌月刊》《四川文学》《芒种》《星火》《含笑花》《大河》《天津诗人》《河南诗人》《流派》等纸刊，著有诗集《绿色的火焰》《解冻》。

冯艳华的诗

那　样　的

我多次看到：大海连着天，大海的颜色
就是天的颜色。大海开出的白花，踮着脚
也够不着云彩
白云悠悠，自有天理。于是
你汹涌，咆哮，与礁石拼命
而你是长大了的水。你的辽阔和深远
也是天理

天好时，会有波光粼粼斜插进来
不能睁大眼睛去看，但又
不能闭上。仿佛眯起来才适宜
才觉得亮。我在想：
深水里有那么多鱼会飞，会暗语，会“嗖”的一下
大鱼吃小鱼，但我
什么都看不见

如果海是那样的：
和白天一起亮，和夜晚一起黑
把明晃晃的物件压下去，让隐秘的事件浮上来
我固执地认为，海的水都是从有根的地方
长出来的。如果可以拔一拔

我是说，海水的根

在 异 乡

在异乡，接受一切无缘由的撞击：
替光线在海里虚晃金子；替面前的礁石
湿透肋骨；替风把落叶
重新再扬一遍；替流动的水结一晚上冰；
替一个云朵突然流一次泪；
替一个孩子
喊妈妈……

爱所有水高过我时设下的涡；
爱关城南路 129 号；爱一盏灯里的黑；
爱一小片雪花，从门缝钻进来；
爱夜里隔壁传来幸福的肉搏声；爱一场风
将一条河放下时的碎，和疼
在异乡，我偏爱一匹白马
它奔跑的荒原，都在我夜晚的身上
白天，我要成为异乡人的亲人
成为他们一不小心，就说漏了风的胡话

远来的秋风

现在，它碰到我的
鼻子、脸、嘴唇了……
它路过长沙、石家庄、北京，
到山海关时，它的忧伤
已经很轻了
这一定是从你指尖上刮下来的。我看到：

一个男人坐在树下，把风
撒开的样子

——这是多么大的风啊
还带着火苗奔跑。一松手
就跑了30年

作者简介

冯艳华，女，网名清水秋荷。曾在《诗刊》《星星》《飞天》等多家刊物发表过诗歌。获首届杜甫国际诗歌奖，首届中国•日照（太阳城）诗歌奖，（1～3届）全国女子诗会诗歌奖，第五届秦皇岛市文艺繁荣奖，第二届中国•宁夏诗歌大赛三等奖，“鱼儿山杯”全国旅游诗歌散文大赛一等奖，第二届扎龙诗会全国诗歌竞赛一等奖等多个奖项。参加过2014年河北省第七届青年诗会。有诗入选《新世纪诗选》《中国实力诗人作品选读》《中国诗歌精选300首》《2016中国诗歌排行榜》《中国2016年度诗歌精选》《2017天天诗日历》《2018年中国新诗日历》等多种选本。

兰 妮 的 诗

叙　述

晚上的空气是硕果仅存的繁荣
一只猫头鹰在里面游泳

猫头鹰的声音潮湿，滴进
黑暗的房子里，我就是那个被唤醒的孩子

我所听到的
是一个空心的世界。我所听到的
是一个拼命挣扎
不肯老去的春天

猫头鹰的叫声，如花开至荼蘼
恐惧变得更清晰

黑暗疯长。过去和未来
鬼鬼祟祟地飞行

一些人一些事或梦想的爪子
一些黑暗的眼睛，正在分食

再写黄土营

有一种火焰，窜出黄土营的薄地
就变绿了。九十九只太阳之鸟
与黄土营上的麦苗相逢
结结实实的汗水就变成了麦粒

黑夜变短，白天比一棵草的生长期
还长。冬天的石头变得潮湿、柔软
一半裸露在外，一半深陷泥土中
像黄土营，把根子深扎进黄土

轻雷滚过，雨水降临
我把耳朵贴近大地
黄土营在雨水中拔节，把生长
重复了一遍，又一遍

这是我这辈子所遇到的
最美好的事物
它们在朝阳的一面恣意涨潮
抬高低处的村庄

对　面

把这个秋天喊成蝴蝶
把蝴蝶都喊成梁兄

喊成梁兄有什么用
搂紧我肉体的
只有我自己的灵魂

此时，秋天隐隐生出梵音经唱
你性如菩提，我心若莲花
各自的蝴蝶
放飞在各自的秋风里

作者简介

兰妮，女，原名王雪丽，1972年生人。河北秦皇岛人。毕业于河北省第四届作家班，系河北省作家协会会员。曾参加河北省第三届青年诗会。作品散见于《诗神》《诗选刊》《华语诗刊》《延河》《文学港》等报刊，曾出版作品合集《穿旅游鞋的舞神们》。

海轻·琳的诗

滂　沱

把半生的流离交给云，虚妄着高一次
与骨子里的软，相碰出闪电
在一瞬的灿烂里坠落。砸疼大地的眉心
漠视木槿的哭声。擦肩
洁白与姹紫
让出抵达的捷径。
漫过斑驳的檐角，汹汹，任
泡沫溅起，湮灭
斜身叩响有灯光的窗子，捎带
囤积已久的温暖。等一个人急急追出眸光
倾出养在心尖尖上的蓝
蓄，一池秋水

三　月

是途经的慈悲。
掌握冬雪遗留的舍利。
一颗唤山，一颗驭风，一颗牧云
最后一颗嵌入流水。
抖开鹅黄色的江山，用暗夜的桃花
扣开落寂的城门。

柔软匍匐而进。
那些裸露的沧桑长出新的骨肉。
东风路过的长夜
必有月光，蝴蝶，和流香。
出家人顺手折一枝梨白，不语
隔墙递给，槛内之人……

声 声 慢

那个坐在流水上弹琴的人
习惯逆风。习惯
用玳瑁的义甲。
江南的细雨徘徊在弦上
等，从青石巷赶来的小南风
烟雨中的烟雨楼，一直，留两个虚位
细瓷杯中，明前茶清澈，安静。
互寻初心的人，最终
在彼此的掌心相遇。
霏雨初霁，月，微明
楼外，新荷下的蛙鼓仿佛会意
一声
慢似一声

作者简介

海轻•琳，河北秦皇岛人。喜欢在文字里安静，茶里品生活，诗中倚南山。

紫 依 的 诗

绻绻丁香，落寂花开

一

凝眸，成诗。

飘落雨滴，点点滴滴，飘飞在丁香花上。

穿越忧伤的雨滴，悄悄地在陪伴着落寞的丁香。

上一个花季，我就开在你必经的路旁，可是你呀，竟然错过了我的美丽。

叫我怎能不忧伤，一个人倚窗听雨，静默地感知着花香。

二

那缕，藤蔓。

一如你与我，在今世的缠绕与纠结，我们无法分出彼与此。

孤单的丁香花儿，迎着春风默默地开放。

你告诉我，我的前世是一株丁香。

曾经，延绵了一段千古的绝唱，我说我就是开在藤边的丁香。

三

暮星，晨霭。

暮古的琴弦，伴着丁香幽幽的情愫，战栗的音符，粲然间只余绻绻丁香。

在紫色夕阳里，旖旎成一幅千古的画卷。

风儿轻扣窗棂，蕴含着多少爱的呼唤。

四

绻绻，丁香。

雨中的梦，梦中的雨。

淡淡伤感，悄悄地走进我的心里，花开了，我却是如此的落寂。

真想在这个童话的声音中睡去，可是，我却放不下，你曾经给予我的美丽。

纤纤的尘雾，萦绕相思藤，我终不能离去。

五

落寂，花开。

一份落寞的心绪藏在丁香里，如痴如醉的心曲蜿蜒在梦里。

红尘里落下的一滴相思的泪，依稀夹在风里，默默地数着心底的眷恋。

我不忍心，就这样落寂地开了，然后落寂地凋零。

你的微笑像雾里的花朵，我总是希望自己就是那株绻绻丁香，围绕在你的身边妖娆地开放。

听，有风轻叩心扉

一

陌上，梨花。

微风轻拂，悠然缥缈。

百花粲然开放，小草在脚下悄然而绿。

双飞蝴蝶，呢喃着爱情的永恒。

素雅的白，静默地站立于道路的两旁，那是梨花在红尘中张望。

二

凭栏，远眺。

风吹落一地的花瓣，点点滴滴渗进画意里。

春尚在，尘心眷眷，纤裳飘袂。

俏如花映水，眉若柳叶，身轻似燕，一袭素裙，清雅娴静，如莲未染尘气。

谁于遥迢之处，驻足。

三

漫天，花影。

怜幽词笺，用我的泪，换你一世倾城容颜。

念念有诗，在河之湄。

幽香丝丝浸入心田，唯美的温润久久不能消散，于风里娇笑，仍是楚颜。

如若你来，梦回烟雨江南，梦里有你。

四

花开，水潺。

寻你深深的庭院，裙裾飘舞，蝶般飞舞纷纷。

读你，蘸雨为墨。

想你，缠绵成思念的诗语。

爱若繁花，相思婉约，红尘多往事。

五

听，有风轻扣心扉。

小桥流水，断肠人在天涯。

轻轻地掬起一捧花瓣，如同掬起绽放着的花魂，片片花瓣，素雅得几乎纤尘不染。

那莫名的花香轻入心房，就有了一种望穿秋水的悸动。

葳蕤的馥郁，奏出百转萦回的乐章。

作者简介

紫依，本名曾丽锋，祖籍湖南，是曾子第78代后人。中国散文家协会会员，河北省作家协会会员。劳动报《品位副刊》专栏作家，《诗意人生》杂志专栏作家。2017年秦皇岛重点扶持作家。出版有古诗词赏析《人间情话》《中国古典诗词名句赏析》，有文集《水墨心情》《此情可待》《紫依诗集》《莲如女子》等。多次获得诗歌、散文奖。

雪浪花的诗

立　春　日

立春日，宜饮桃花酒
宜做春梦，宜写情诗
站在风中或者斜倚着一棵老树
听一群不知名的鸟唱西皮和二黄

阳光梳着流水样的日子
我不敢看落日
怕看着看着，自己就成了黄昏
我写春天的花裙子
写金色的风穿过原野
写着写着，心里就盈满了泪水

我不知道还需要多少词语
才能把春天写疼
才能把高山流水写疼
才能把我们遮蔽的那部分写疼

我们谈谈别的

我们谈谈别的
比方说说春天里的第一抹小桃红

比如一起猜测一下
兴高采烈的路人，或者
北方的雪和南方的雨
为什么飘落在同一个季节

我们谈谈别的
唯独不谈
夕阳下的那声喟叹
身体里的顽疾
还有头上的霜雪

抑或什么都不说
就让一些无来由的思绪
像风一样
自由地穿来穿去

爱　　情

那些年，我们爱牵着手走路
常常为一些无关紧要的事情
争执、吵架、冷战
然后在某个夜里和解
唱得很大声，笑得也很大声

这些年，我们喜欢肩并着肩
在石河边散步，习惯挽着
说故人的零落，琐碎的家常
一阵风吹来，两个人的身体
总下意识地近了近

作者简介

雪浪花，原名郑海波，河北秦皇岛人，70后，爱诗，有部分诗歌发表。

诗观：做温暖的女子，写温暖的文字。

孙静平的诗

临 摹

梦里回旋一曲离殇
着一袭青衣
拈一支画笔
在咿咿呀呀的唱段里百啭
在淡淡光影里阑珊
用尽一生的时间
临摹一幅爱情

如花草般欣荣和消匿
背对舞台的灯光
端丽的女子表情莫测
唱曲的声音时隐时现
你道有伤却无迹
临摹的对象总是缺席
这一支画笔不知该停在哪里

作者简介

孙静平，生于洞庭湖畔，长在渤海岸边，喜欢文字里的纯粹与释放，偶有涂鸦。中华诗词学会会员，中国诗歌学会会员，秦皇岛市作家协会会员。

高 杰 的 诗

除 夕

今夜，所有的时光都慢下来
今夜，所有的人都美起来
冬与春的交汇处
所有的日子都是新的日子
所有的花开都值得被祝福

今夜，风在春天的光阴里
开始新一轮领跑
今夜，所有的等待
都变得不再遥远
今夜，所有的梦想
都在这一刻静止清零
然后重新回归

今夜，人们无论怎样等待
都不会像往常一样早早睡去
今夜，所有关于晚安的问候
都在漫长的旧时光里失去意义
今夜，让我们一起互祝早安吧
如果可以，走向离小岛最近的海边
共同迎接春天的第一次日出

那时，我们跟着太阳奔跑
我们可以像孩子一样
喜气洋洋地跟着对方欢笑
我想那一刻
所有关于伤心的过往
关于未来的迷茫
都被远远地甩在后面
等待我们成长的
将是新的开始、新的未来

如果没有人记得你的孤独

如果没有人记得你的孤独
就让一抹温情的春色为自己取暖
世界再大
我们终究生活在平凡的两端

那些在你的日子里流泪的人
那些在你的日子里说爱你一生的人
那些把你捧在手心里害怕融化的人都还没出现

你需要经历荆棘之痛
甚至伤害、背叛都可能是今后的必修课
这样才能深刻理解幸福本身存在的最初意义

练　习

穿梭于平淡和庸常
我和你有多少种关系，就和世界有多少种距离

让人成为人，让歌唱成为歌唱
就算折断翅膀也要一次次练习飞翔

作者简介

高杰，1981 年 11 月出生于河北秦皇岛，2006 年开始诗文创作，诗文作品散见于《芒种》《凤凰》《粤东文萃》等刊物。

李楠的诗

烟　雨

划过霉迹斑斑的白粉墙，
抚过朱漆犹存的木栅栏，
褪了色的木格子花窗，
浮尘遮盖了往昔的点滴。

炊烟在青石的幽巷里升起，
玫瑰色的晨雾模糊了悲伤，
冰冷的烛台留着昨夜的泪滴，
菱花镜中已无人再轻描眉黛。

伤口是更深的回忆，
回忆是更深的叹息，
一抹纤细的翠绿苦吟着忧郁，
是烟雨愁碎了一江春月。

你湿漉漉的儒衫又出现在伞下，
我心中的刺痛是陨落的哀伤，
曾经写入目光的缕缕清香，
如今却拂不平我悲怆的昨天。

是谁在轻轻悲泣，

仿佛烟雨的涟涟叹息，
蛛网结满了泛白的雕梁，
像丝丝愁绪布满眉峰。

你的步履踏碎草尖的雨滴，
相思终于成灰又寸寸消弭，
只有辘轳声声辗转着千年，
我已不再期待烟雨中相遇。

深秋里的红豆

檐角边，
斜阳挽着仓促与眷恋。
暮天归鸦的翅痕，
潦倒了青衫的狂巅。
满地残菊的碎屑，
化成了仓皇的烟岚和齑粉。
疏篱边斜过一枝凝霜的红豆，
留下相思划过的指痕。

那一层秋雨一层凉的相思，
雕琢了多少个生命的局限。
梦隔秦岭，
走不近你枕畔的江南。
只有在微尘里静默叹息，
竟不知回首已是一身怆然。

幽冷的朱窗里，
忆不起昨夜的嘴唇，
是否吻过芬芳的晨曦。

一部唐诗的书页翻飞，
写尽白发斑驳时的回忆。
只有空空的泪滴，
灌溉每一夜的思念。

掬一盏离愁，
饮尽黄昏里苍冷的对白。
连同这深秋里的红豆，
一起葬入西子湖畔。

作者简介

李楠，男，32岁，笔名寄北，河北省作家协会会员、河北省音乐文学家协会会员，作品见于《散文》《散文百家》《河北日报》《时尚旅游》《人间》《国家诗歌地理》等报刊。

莫宏伟的诗

双　山　子

它小如一只蚂蚁——我指着地图上
距离渤海湾一指之地
其实在此我还是夸大它了
一只蚂蚁依旧
看不见它
但不能再小了
因为这时我们正好一般大，再小你就不能
以它来称呼我
“它就在这里”——我敲出了响声，就像敲着
整个渤海湾，就像告诉
这是我的祖国一样
这是我对于故乡的指认
我的出生地
你看不见它不要紧，但可以呼唤
只要这样喊：
“双山子”
马上就会有人答应：在——

写首诗，给你

这样想很多天了
我只找到这样的场景：小蚂蚁成群结队
驮着家居和干粮
天色暗下，杨树叶模拟水声
一只家雀，从那阴郁中射出，消失在另一处
灰败的沉重里
群山矮下，并聚拢——
哦，这低垂的人间
似乎只剩下这一首诗的缝隙
而现在，我在想
这样的场景，与赞美你，应该并不矛盾

家　乡

你是哪里人？如果我没有离开这里
就会回答，我是青龙人；如果是在刚刚驶离的
火车上，就会回答，我是秦皇岛人
如果看见了高原或戈壁滩，或者南下，饮罢长江
我就会说，我是河北人
如果漂洋过海，若是还这样问
哦，我终于说到了祖国……这是一个省略放大的过程
一直到家乡只剩下它一个可说
我流浪的脚步一直不敢大意
恐怕一不小心，有辱这一身份

作者简介

莫宏伟，男，1970年生于青龙双山子，现居秦皇岛市。

张会强的诗

针　　灸

背
裸露
等着，钢针
一下，一下地刺破
探寻到皮肤深层的暗穴……

痛！
忍着
这不过是各种难受的一种
忍住了
就是享受

想来，做只刺猬并不难
那些刺
无论朝里还是朝外长着
都会疼
或是疼了别人，或是
疼着自己……

作者简介

张会强，网名心田。1973 年生人。河北秦皇岛卢龙人。中华诗词学会会员，《诗刊·子曰》社员，河北省诗词学会会员，秦皇岛市诗词学会会员。爱好文学，接触诗词曲创作八年，曾在各级刊物发表散文及诗词作品，多次获奖。

孙庆丰的诗

伟　　大

伟大的人从不把自己和伟大联系在一起
就像我的父亲，长年爬行在地球的心脏
渺小得如同一只蚂蚁，更多的时候
他只是在艰辛地搬运生活，可是生活
总是像他的儿子，不给他争气

但他从来没有怨言，每个人都有自己的
生活方式，他只是希望，儿子从此不再下井
希望我的母亲，别再像奶奶
大半生形影相吊，一个人走完最后的日子
想起奶奶父亲总是自责，其实奶奶在弥留之际
呼唤儿子的时候，父亲就跪在她的脚下
八百米深的矿井里

有时间多陪一陪你的母亲，每次下井前
父亲总是这样对我说，好像除了这句话
他再也没有什么话要和儿子说
其实他只是不想，搞得和生离死别一样
他要等着下次回来，一进家门就能抱上孙子

现在，我该如何向我的儿子

描述他从未谋面的爷爷呢，他是一位平凡的
为了能让妻儿过上好日子，把一生都献给了
中国煤炭事业的，伟大的煤黑子

听，海哭的声音

海也会哭
海哭的时候
鱼儿们就找不到家
这是我多年前做过的一个梦
如今却被海哭醒了

楼下喜欢垂钓的老王
我从心里一直鄙视他
尽管他每次都空手而归
遇到我只是笑一笑

有一天噩耗突然传来
老王被海水淹死了
我不想说这是报应
仿佛我是在诅咒他

都说老王的妻子疯了
拿着一个直鱼钩逢人便说
老王生前一直在喂鱼
可是没人相信他

丈夫说一年多才终于吃到一条
本地的鱼了
这海是不是要死了

我却分明被海哭醒了
夹鱼时拿着筷子的手不停地颤抖
感觉老王的肉都被我们分吃了

骨头里的山河

现在，我不得不小心翼翼地
藏起自己的骨头
因为我的骨头里，正小心翼翼地
藏着我用生命热爱的
九百六十万平方公里的山河

时至今日，有些问题我越发感到不解
为什么同样都是黄河水
喂养大的骨头，列强欺凌的时候
那些骨头比钢铁还要坚硬
而我现在的骨头，却脆得像瓷
似乎一片薄薄的雾霾，就能轻易
将它击碎

作者简介

孙庆丰，男，1977 年 4 月生人，鲁迅文学院河北青年作家高研班学员，河北省作家协会会员，河北文学院第十三届签约作家，作品散见于《诗刊》《小说选刊》《青年文学》等刊物，曾获徐霞客游记文学奖、鲁藜诗歌奖、梁斌小说奖、延安文学奖、中国工业文学奖等奖项。

范爱军的诗

紫　竹　院

紫竹院不是紫色的
竹子却是一片片
有高有低

当年慈禧的码头，水叮咚作响
一些船只搁浅在冬日里
向游客隐藏着从故宫到颐和园的水路曲折
紫竹禅院里没有竹子
高大的玉兰花穿过琉璃瓦
毛茸茸的花苞
把春天展现出来，它不谈论历史
只谈论季节，用它的白一次次见证
朝代的变迁，如果不深究
我们都是过客
树干和历史一样沧桑

我只是走走停停，从北京的胡同到
紫竹院，一些不能预见的相逢
与莫非老师谈植物
谈紫色地丁，这个紫才是紫竹院的紫
一生中，偶遇像一棵紫丁
不能放弃

在北京，成片见到那种紫地丁绝对是假设
紫竹院的竹子，可以用满目来说
春夏秋冬，它都是绿色的
不论高或低

我从秦皇岛到北京的紫竹院
听到乌鸦的叫声，然后看到它穿过紫竹院
接下来，它会穿过北京城
它是乌鸦
不会因个人的喜好而改变黑色
而紫竹院的竹子是最忠诚的，我走了
你会来，它仍在

溪　　流

喜欢一处风景，包括它的溪流
河里有鱼，或是没有
我喜欢树的倒影
有风斜过，激起多少秘密
对于青苔，是卵石对尘埃的暗恋
这些微小的事物，是磊落的
欢喜就要不停止地叮咚，仇恨就干枯
这些微小，刹那间主宰心灵的深处
不能伟大，便去渺小
只要光阴中包含着溪水般的清澈

作者简介

范爱军，女，1970年生人，作品散见于《诗江南》《江南》《诗选刊》《文史我鉴》《散文诗天地》等刊物。2009年参加河北省第二届青年诗会。

简 枫 的 诗

割麦的男人

他弯下腰身
镰刀闪着银亮的光，刷刷——
所过处，麦芒一顺倒
他直起腰身，很慢
太阳明晃晃，他用左手遮着额头
他的麦田他的女人他的十里坡
他是麦趟子里的泥糊菜，他是羞涩的孩子
他笑了，纯洁而顽劣
那些站立在麦芒上的精灵
麦色青青麦芒如刺，即使碾碎成粉末
十里坡也是他的：新麦香女人香午夜梦乡
他再一次弯下腰身
脊梁上的麦芒和汗水混杂
今年的麦子不值钱，一块三毛四
他狠狠地骂了一句，风吹散了
他有望不到头的麦子
割啊割，割

羊 皮 灯

云朵散落，草原如海潮
他打马归来数多如树叶的羊
她煮饭熬奶温酒，两个人的世界
他挑灯，他和她走走停停
一辈子就这么走过去了
她恍惚间看见墙角的羊皮灯
有些久有些旧，她笑了，无缘由地
那个少年，那个青葱一样的女孩
她是万千女人，他亦是所有男人
最好的路他们俩走，不要陪衬和喝彩
风绕过他们，月亮躲开，寒蛩声催眠
等有一天，他俩返回时，羊皮灯带路
同一天好，别差太远，这尘世的昏黄
还真不舍依依呀，羊群飞上天堂
九十九盏羊皮灯此消彼长，这星星

温泉堡这个小堡子

山坳里的温泉堡
一年四季流淌着温泉
早年间的温泉水洗亮了我的啼哭
温泉堡连着祖山的天女木兰
十里八村的年复一年，叫兰的女子
是乡村连绵不绝的好新娘
后来温泉水开始养育尼罗非鱼
再后来温泉堡被开发商看上
温泉小镇成为远近闻名的度假村

那些叫兰的女子，无一遗漏地
过上了穿金戴银的好日子

作者简介

简枫，女，本名徐丽娟。写诗和散文。

陆旭辉的诗

残　　疾

妮的手受伤了
愈合不慢恢复很难
小拇指变形，功能残缺
其下的感情线上
因为手术被挖出一条分叉

我说姐你可以申请残疾证
去景点免门票，有的人还办个
残疾假证
她说我要假装是一个健全人
就像健全人假装是一个残疾人

我们笑得花枝乱颤
她举在我面前的那只手也颤
尤其那根小拇指，颤抖得
像一个放荡的小情人

检　讨

写完这两个字，顶格写称呼，冒号
换行空两格
罗列关于所犯错误的陈述
后面加上以少先队员的身份
声泪俱下保证痛改前非的决心
……
我的手艺极高，以至于
能够轻松应对冒号前面的那个角色

为这，真正需要检讨的人
要为我削尖一打铅笔
作为酬劳
——我不会削铅笔，孩子们
从小就学会各取所需

而我今天将非常真诚地
向这世上的所有作出我的检讨
诸如孩童大海市井的夏夜
再加上怨怼伤痕快乐皱纹
……

唯独任何一点的虚伪与俗气除外

祖　地

从秦皇岛市出发
沿京哈高速公路北京方向行 13 公里
承秦高速青龙方向行 14.7 公里
穿槐尖山隧道
下抚宁北收费站
经大新寨过麻姑营大桥
S363 省道行 2.5 公里
汽车沿无名路一路向南
苍翠的余波回荡在刁崖山

群山肃立，我的心跳与脉搏
沿着洋河，流经花生和谷子

北刁崖村
我把母亲送回这里，才第一次到过的故乡
我用普通话说，我是抚宁县人
是北刁崖村和杜庄村的混血儿
我出生在城市是对她们的背叛
返回乡村，却是多么可耻的皈依

然而乡村是没有什么不可以原谅的
她的土地上繁衍着今生
九泉下生活着前世

先人们散落在茂密的核桃园里
长幼有序
族人们行走在世袭的村路上

根据名字判断我的辈分
叫我：九妹子，九奶奶，九姑姑，九闺女

我上刁崖山
坐在核桃树与母亲的墓碑之间
摘下树枝递过来的一枚核桃
就像从母亲手中接过了它

作者简介

陆旭辉，女，中国诗歌学会会员，秦皇岛市开发区文学创作院签约作家，秦皇岛市开发区诗词学会理事。作品见诸《散文百家》《当代人》《诗选刊》。曾荣获首届、第三届华夏散文奖，首届阿特森全国写作大赛二等奖。

无 痕 的 诗

阴影的一部分

当我在一朵花的近旁停下
我的心中仍充满犹疑
仿佛双眼已经醒来，心还睡着
仿佛明亮的清晨有明亮的阴影
我是明亮的。也是
阴影的一部分。而我的感觉
并不重要。花朵们兀自开着
它们的世界里没有声色犬马
它们的喧哗就是我要的安宁
风声，雨声。泥土和灵魂的对话声
在我听不到看不到的地方，美
正以无穷小的方式汹涌
这忽然而至的感怀，像暴雨
从天空落向大地。又从大地
回到天空。美的存在总是另有秘境
忧伤也是。透明。干净。无穷。

回　归

当我试图离开现在的夜晚
去往陌生的时间和地点
仿佛我失去了界限
仿佛我只是大风里裹挟的雷电
我的存在只是一瞬间
或者没有存在
在时间的无涯和岁月的荒漠里
那么多负重都将成为尘埃
而生命与死亡要争执同一个躯体
那些从出生就惦记死亡的人
要从腐朽中确认一个时代
那是真实的吗？当存在
失去了自身的节奏感
存在和消逝都将变成一件可耻的事
一个人活着，只比动物多了泪水
一个人死去，和动物同穴而居
在那些语言铺排的沟壑里
要爬起来仰望一个时代终究是困难的
还是回到现在更好些吧
起床，洗漱。奔波在路上
在初冬的早晨看一看青黄的草木
阳光还有些湿润。水流的质感
还无法还原为雪。一个人还没有那么泥泞
此刻我奔波在路上，仍能感到轻盈

美声可以代替什么

美声可以代替什么
当整个大厅回荡声音的抛物线
那抛物线就投影于天空和大地
比天空和大地更辽阔的
也没有明确的指向
一个人越是渺小越渴望个体的荣耀
一个人看起来孤独
孤独小于一个音符
而音符蝌蚪般脱胎换骨
整个世界就在一个人的视听中改变云图
时光浩瀚
短的激情长的眷恋
惊心动魄的苦难和刻骨铭心的思念
渺小让人心安而深邃的荣耀
引领逝去的亲人回到孤独者身边
一个人脱离了周遭的环境
忽然产生离魂之感
哪怕孤独没有唯一的面貌而不自知
当美的意识到来
局限的空间就失去了穹顶
渺小的个体忽然就超拔于群体的掌声
那些阅历的空白
在高音区实现了完美的过渡
接下来的低回自然而然
而爱情永不会搁浅
一个人总要保持自我的独特而不是盲从
一个人总要是自己其次是生命

生命的质感此刻是美声
沉溺，失神
直到寒冷的夜风吹散了流云
一弯新月停于树梢
有横七竖八的枯枝捧着天空的眉眼
大地再次成为孤独者的键盘

作者简介

无痕，女，河北秦皇岛人，从事企业财务工作。安静的诗歌写作者。

云 纾 的 诗

蓝 宝 石

一

姓蓝，名宝石
藏身于水的东边
那是一个太阳最先照到的地方
我在山的西边，想入非非
但从没想过出发

谁的东边，一遍遍
上演着改造山河的运动
走运的人，真的淘到了宝石
捧在手里，光彩照人

蓝光穿越人间，刺入我的眼帘
沿着光芒，我终于出发了
我对蓝姓宝石动了念头
昼夜兼程，风雨无阻

二

杳无音讯。我开始怀疑了
一切缘于我的访问都石沉大海
得到你的消息，比行蜀道还难

日子像沙漏，一点一点漏掉
我终于看到空瘪的行囊，了无一物

不能确认的，到底是时间的鬼把戏
还是你蓄谋已久的逃亡
至少你，没有再现

最后说一次
你曾经是属于我的宝物
如今，你不经我的允许
被别人占有

三

其实我不会，真的去淘宝
我只是对宝石的历史垂涎欲滴
红宝石，蓝宝石，一切发光体
都是我的珍贵

我也从没想过拥有宝石
即使捧在手心
也不知下一步，下下一步
该怎么做

四

或许，你被无数的人捧过了
我当然介意：很介意，非常介意
我从来就不是一个高尚的人
疑虑一直在

这么久了，我什么也没说

不等于我什么也没想
宝石越来越昂贵
尤其是蓝宝石

五

我于宝石的牵肠挂肚
不会就此罢休
无数的女人为此痴迷
但我不会前往，更不会返回

在宝石这件事情上
我要秉承一种不劳而获的精神
我铁了心，就这样牵肠挂肚下去
似有若无，绵绵无期

六

因为这枚蓝宝石
叫：乌镇

所 谓 生 活

天气好极了。想给天气三个感叹号
不，五个，八个，十个，N 个，若干个
早晨我走进风景里，如画，明媚极了
我背负的石头放下了一块
还有一块依然背着，一直背着
舍不得放下来。远方也传来了消息
我看见无数个背着石头前行的人
都是陌生人，也有我的亲人和朋友
该说些什么呢，这天气，这风景

我在想怎么让自己、亲人、陌生人
放下石头，安心两手空空地走进风景

一出好戏

四根冰糕棍跟一支中性笔
在一张折叠的纸上躺了一天一夜
纸上写满了歪歪斜斜的数字
还有一些倒置的文字，端端正正
这个焦灼的清晨
你被抛进大海，茫茫无际涯
巨浪涌来，像蚂蚁面对摇晃的高墙
你总说自己用力过猛
这排山倒海面前，谈用力问题
岂不笑话。你该让自己的思维停下来
摆出束手就擒的姿态，随波逐流
方为上策。可你偏偏不能停止
乱七八糟的念头，一个个跳出来
长期放任，如今自食其果
一出好戏上演了
听说很好看，真是一出好戏

作者简介

云纾，女。工作生活在秦皇岛。有诗歌散见于诗歌媒体。

刘宝江的诗

猜　测

沉静的蛇，把冬天睡成寒冷
紧闭的眼睛，仍在寻找走漏的风声
满月无语，弦月如钩
映在水中的长弓
模拟畏惧的草绳

磨成月光的屠刀
宁负天下人，绑架一段恩情
驰马而去的背影
草原，在青草之前，还是之后
长出了枯黄

那一块块白骨散发着磷火
误几回，寻走的灯影
关掉臆断的眼睛
于光亮处，寻找钥匙的插孔
打开门，描述水落石出

等

轻敲捣衣砧，洗掉一身的冷
期待一场东风，模仿跫音
在有雨的夜晚种下相思
明朝的海棠花瓣上
长出喧闹的寂寞
摊开一卷画纸
想象中画出你现在的模样
叩响青石板，寻找马蹄的声音
在所有的尾音中找出变异
别离的场面。杨柳无语，静默中
凄风苦雨已折叠成硕大的问号

等待装满渡船
心中的那根竹篙啊，不必提起
晾晒成枯黄，还会洒一江清泪
冰期，没有约定融化的日子
上升的水面，画好的妆容
在傍晚收拾残局。幻想着
窗外一声马啸，孔雀盘旋
揽起裙裾奔跑，照入镜中的独影
容颜是入秋的莲花，在撕掉的日子里
不知不觉中凋零。痛哭一晚的肩膀游走于世界的边缘
千年的石头是否在等待中又缩短了一截？

穿街走巷的叫卖声响起，孩子央求母亲
一枚铜板落地，牡丹凋谢
等待让季节惊恐，草草了事

如果所有的等待都化成虚无的结局
还能怎样向那些女子讲解戈多的寓意

秸　秆

地里的秸秆枯黄，一稔的结局，集体衰老
镰刀模拟弯月，忧愁堆进秸垛
一根火柴便可点亮清晨，启动农家的日子
金黄变得火红，在灶膛里，留下灰烬

烧火棍慢慢变短，催生烧火女人的鬓角
记忆，春天的往事，不经意间
已滑到了暮年，还没有见到你的枯黄
岁月之镰，被谁磨得锋利？

她的秋天，她的金黄色的季节
在我的眼前，如同一幅古铜色的油画

作者简介

刘宝江，1980 年生人，2003 年毕业于河北师范大学中文系，河北省作家协会会员。编辑山海关散文《紫塞情缘》，有散文、诗歌发表在《诗选刊》《辽河》《散文百家》《天津文学》《山东文学》等刊物。曾获秦皇岛市第三届文艺繁荣振兴奖。

赵云的诗

在济南看黄河

翻越一道连绵的土山，可以遥望另一道土山
河水出人意料的清浅
只有河水之畔、河水之间、河水之下的泥
不断提醒着它的名字和来历

1996年4月，济南城北，阳光和麦苗一样新鲜的春日
黄河为辗转而来的人献上宁静平和的水
传说中的曲折、浑浊和冰凌与此时此地的黄河无关
大禹治水遥远，子在川上曰不知何年
鲁国的风吹我，吹麦子，吹河面

——而今日，夕阳照着一位静默的老者
让我想起，高于济南5米的黄河，
河水、河泥和它宁静平和的样子

往　南　看

妈妈，想我时，往南看：
南边的窗上挂着我留给你的虫鸣和月光
出了南边的房门，是咱家的小院
我咬过的黄瓜，牙印和黄瓜一起在长

出了院门，是唱歌的小溪
我四季玩耍的伙伴来陪你，妈妈

一条路蜿蜒爬上南山
我走了很多年，才走出此山
再往南，是通往罗马的大路
路上的人一次次忘记罗马
再往南，是苍茫的渤海连着辽阔的东海
我在那里起飞，妈妈
飞越渤海黄海长江和别人的家乡

往南，往南
我将降落在另一世界，仿佛新生
通畅的城际路两旁盛开花朵、工厂
又仿佛星星淹没于星空
飞旋的时代将一个人吞没
分不清鸟与风
母亲，我将
安静地接受未知和可能

作者简介

赵云，女，本名李家莲。现居秦皇岛，有诗歌作品刊发于《诗刊》《诗选刊》以及各种民刊和诗歌网站论坛，收录于多部诗歌选集，偶尔获奖。

止 梦 的 诗

我有一帘幽梦

昨夜我梦到了你
以一种特殊的形式
穿过古老的过堂和灶台
四壁漆黑，橱柜陈旧
一切都是过去的样子
只有窗子明亮紧闭
一方随意的白纱帘
挡住了视线
我似乎半睡半醒
却可以感知你的一切
时光不眠，不停地穿行在
你我的身边，我用柔软的身躯
告诉你，我的一切秘密
你也虔诚地为我守候
这终生说不完的秘密

观　荷

我错误地坐上
一只分裂的小舟
飞升到天际
努力挣脱
又慢慢下沉
把湖水挤压成冰
坠入无边的明净里
风划过界限不清的疆域
荷香淡淡——
打开万千叶子的天窗
浩浩荡荡的美倾泻而出
你穿过黑暗
与我共赴一世的约会
结满了新鲜的莲子
它将铺满整个大地
我悬空在——
一片清凉的世界

作者简介

止梦，女，本名李健，自由职业者，热爱诗歌、绘画及养生，作品偶有发表，痴心于晴耕雨读，知足常乐。

陈忠林的诗

一片素色

一只鸟 在屋外的窗台上
翅膀和着雪落的节奏
把玻璃上的冰花
融化成一扇温暖的窗户

一只猫，像一朵开在床上的花
舌头舔着嘴唇
眼睛里幽蓝的光
望着玻璃上的温暖

床的主人在被子里翻动身体
梦境里的声音
是狂雪落地的心情
是鸟和猫的对视

好像什么都没有发生
好像什么都已经发生了
主人继续着她那没有做完的梦
屋里屋外，一片素色

走失的时光

人的一生中
总有一段走失的时光
或者是欣喜
或者是忧伤

有人把她
用眼泪祭奠
有人把她
用微笑珍藏

多年后终于发现
眼角的皱纹，原来是
时光留在生命里的
那件美丽的衣裳

有人
感觉温暖
有人
感觉冰冷

只为时光不那么漫长

如果
祝福能长成树
如果
思念能结成网
如果

泪珠能串成铃铛
如果
黑夜能抚平忧伤

我宁愿
在苍茫的夜色里
长成一棵
不开花的树
守候
在你必经的路旁

叶子沾满月光
根须扎进海洋
不为
证明心胸的宽广
只为
时光不那么漫长

如果
有那么一天
绿茵成行，落叶染霜
那不是
自然的景象
那是思念
在忧伤里结成的网
以树的形象

作者简介

陈忠林，生于陕西旬邑，现居河北秦皇岛，秦皇岛市作家协会理事，著有诗集《柳笛声声》《哦，这个季节》。诗作曾入选 2010 年度《中国先锋诗人作品选粹》、2011 —2012 年《青年文学双年选》等，2015 年获秦皇岛市第四届文艺繁荣奖。

梅 里 的 诗

首阳山怀古

采薇气节古难寻，任饮盗泉不二心。
代有君王谙世事，朝扬礼让训儿孙。
载书载报刊文件，铺地铺天盖月轮。
圣岳巍峨多蓓蕾，夷齐洒泪后无人。

登 敬 亭 山

笃信诚服朝敬亭，青竹彩风喜相迎。
合十双手频频拜，持久丹心默默听。
云里谪仙邀远客，盏中美酒对宣城。
圣公赐我如椽笔，尽写神州百姓情。

作者简介

梅里，原名席立新，1962 年 10 月生人，河北卢龙鹿尾山人。中国作家协会会员、中华诗词学会会员；河北省诗词协会副会长、秦皇岛市作家协会副主席、秦皇岛市诗词学会会长、《碣石诗词》主编。著有长篇小说《河戒》《佛耳山歌》《采薇歌》《恒哥》《梅里诗词选》等，在《天津文学》《长城》等发表中短篇小说 100 余篇。《河戒》获河北省 2014 年度“五个一工程奖”。

郭万海的诗

咏四大名螺

宦海身家贵胄名，挟洋踞岛领群生。
唐冠牙笏标龙谱，楚髻舌簧启凤声。
礁下有情空议政，帐前无骨罔谈兵。
老来喜入玲珑殿，列座参禅颂老经。

赶　考　颂

复兴路上满征尘，动地飞歌壮古今。
国力如磐惊世界，党心似炬领乾坤。
巡天探海钟广宇，播孔铺绸度远亲。
代有才人骧大举，承平有治是归心。

沁园春·喜贺秦皇岛荣获“中华诗词之市”殊荣

渤澥奔涛，祖壑流云，翠岛卧虹。喜诗苑繁荫，吟坛竞秀；新篁老树，陌绿阡红。号令檄飞，八方给力，创“市”吹开万里风。碣石梦，与文明共进，直向层峰。　瞻回熠熠勋荣，越卅载，初心证旧盟。借千年圣手，歌翻沧海；巨人挥笔，词振寰中。一路征尘，五乡跃进，敢领风骚几代功。倾心处，把层楼更上，目远图宏。

水调歌头·访昌黎葡萄小镇

秋染韩愈路，醉眼看葡乡。凤凰山下蝶舞，十里漾珠光。大馆北国风范，小镇江南气质，引我梦悠长。好景连千户，架下品天堂。　东风趁，金鼓震，巧梳妆。高端定位，全域发展世无双。律动生活节奏，情注传奇佳话，诗笔续华章。五百斯年尔，举酒唱康庄。

作者简介

郭万海，1949年11月生人，河北秦皇岛人。中国书法家协会会员，中国摄影家协会会员，中华诗词学会会员，河北省诗词协会常务理事，秦皇岛市书法家协会顾问，秦皇岛市摄影家协会副主席兼秘书长，秦皇岛市诗词学会常务副会长。

张 明 的 诗

王汉沟桃花

春明景序错期差，不赏梨花与杏花。
漫舞红云舒细雨，羞蒙白雾抹微霞。
娇娇懒意学高士，脉脉含情扮美娃。
欢醉东风味道里，迷离且认武陵家。

倡　廉

归元返本允初心，自古廉直俱美人。
笃做清端恒做事，不依铨序只依民。
一钱太守节名志，两袖朝官玉守身。
收得乾坤风物好，青天朗朗净埃尘。

新区阿尔卡迪亚酒店

春归又见落花薰，秋日凌霄飐闪身。
云厦层峦看邈影，飞檐帜羽起波粼。
游来逆旅迎宾介，踅至庐园净滓尘。
却是流连不舍去，诗家元是此中人。

记沈汝波

曾从斗室话寻常，轻语如波透慨慷。
愿自民心成好事，名题党义见宏光。
高山积土千抔垒，细水涓流万里长。
日日不辞行小路，辉仪最美绿军装。

作者简介

张明，号独怜居士。祖籍河北饶阳，1953年出生于秦皇岛市。原供职于中国石油天然气管道局，从事技术管理和星级饭店管理工作，现退休。中华诗词学会会员，秦皇岛市诗词学会副会长。著有《独怜庐诗草》。

沈永福的诗

题赠秦皇岛银行二首

一

云端网下聚雄财，调鼎万家术业该。
廿载经营鸿业壮，扬帆桑梓海天开。

二

为有陶朱志，寄情沧海滨。
融通百业旺，泽惠万家亲。
守信天垂佑，崇和地献珍。
云何以为宝，国泰睦长春。

题　祖　山

奇峰突兀拱天门，肇造阴阳际此分。
补罢苍天遗阵在，跻乎银汉列星纷。
洪荒初辟奄成祖，丘壑崩摧遂有孙。
惯见红尘归浩瀚，岩扉幽奥掩重云。

菩　萨　蛮

清秋铁马之何处，潇湘碣石迢遥路。魂梦满江南，苍茫云水间。　风中闻水珮，斑竹新啼泪。谁解古今愁，翩翩有白鸥。

作者简介

沈永福，河北遵化人，1963年生人，河北省诗词协会理事，秦皇岛市诗词学会副会长。著有诗词作品集《抽思集》。

杜铁胜的诗

海南正月初三

家乡应是裹棉装，河水不流朝有霜。
三亚当春阳气盛，奇花异卉正芬芳。

凤凰城过春节

白云无际异京东，朝日灯笼各逞红。
春意淙淙泉水出，满街棕榈尽摇风。

戊戌年处暑日游北戴河海滨

起望南窗夜渐长，一时微雨且加裳。
约妻上路期同赏，告子中餐须自尝。
海面白云时变幻，山头古树自清凉。
坐看潮起天蓝碧，浏览礁间古篆香。

金缕曲·中秋国庆书怀

血染江山秀。对年年、中秋国庆，尽欢时候。豪杰为民谋幸福，舍业抛家断首。云水静、苍烟凝透。慷慨悲歌燕赵市，更东南剑气冲牛斗。休漫灭，酹青酒。　　蟾宫桂魄应如旧。问嫦娥、人间悲喜，怎生消受？缭绕云烟城郭变，一自成仙去后。漫说与、开天成就。玉女青霄虽耐冷，却何曾再度添乡友？星月夜，神舟又。

作者简介

杜铁胜，1963年生人，中华诗词学会会员。秦皇岛市诗词学会副会长，秦皇岛市国学研究会常务理事。有诗词、论文等作品在国内刊物刊发。

张辉利的诗

十六字令（三首）· 贺唐山诗词学会成立三十周年

唐！得此殊荣赖秦王。诗天下，商达文又昌。
唐！帘杏溪桃映“海棠”。曹霑意，吟弹宇流光。
唐！屈子传人转离殇。今而立，涅槃飞凤凰。

作者简介

张辉利，笔名回力、光禾，1954年10月生人，河北丰润人。中国作家协会会员，中国文艺评论家协会会员；秦皇岛市诗词学会副会长。出版散文集《热土》、合著报告文学集《共和国不会忘记》、评论集等七部。

李景林的诗

观祖山烟云

烟海苍茫大浪流，翻腾摇日天际投。
几声狐叫哭沉壁，一叶鹰帆荡小舟。

作者简介

李景林，1955年生人，秦皇岛抚宁留守营新立庄人。中华诗词学会会员，原任秦皇岛市诗词学会副会长、抚宁县文联主席。

王雅静的诗

向晚过汤河桥有见

日落平桥外，风摇柳未匀。
楼台连晚照，车马驻征尘。
半局捉棋子，一行垂钓人。
鸭踪何所在，春水已粼粼。

大石河怀古

前朝光景渐成尘，风雨洗磨三百春。
威远城头思觊觎，将军台上忆逡巡。
遮天旌旆蹄声远，隔岸石河山色新。
凌乱青丘寻旧迹，几时惊觉后来人。

贺新郎·观十一阅兵感怀

胜日人如海。遍京都、欣欣万象，袖挥呈彩。蓄势三军英气壮，车马透迤如盖。更巾帼、花般风采。鹰击长空云天外，笑当年、曾把兵戎载。情动处，正澎湃。　纵然破碎山河在。几何时、狂澜既倒，命由谁宰？泣血九州多梦魇，红日冲开重霭。从此后、国安民泰。六十春秋方一瞬，看晴川、已是容颜改。听大国，唱豪迈。

临江仙·为山海铁路通车所记

七月今朝多胜日，轻车行过雕甍。清溪古树短长亭。一端浮浪白，一脉远山青。　开埠百年犹未老，教人心折神倾。相随南北入田塍。还将欢意事，唱与野云听。

作者简介

王雅静，女，1965年生人，秦皇岛日报社编辑。河北作家协会会员，秦皇岛诗词学会副会长，秦皇岛市国学研究会常务理事。著有散文集《风过蔷薇》《枕上看潮头》《听雨说》，诗词集《行云集》《庸庐集》。

王红利的诗

咏桃林口清圣山夷齐像

玄水悠悠百草芳，夷齐二子立苍茫。
曾经叩马悲禾黍，未若采薇登首阳。
北海清风传世范，西山孤节振纲常。
我今来拜桃林口，烈烈声名万古香。

咏山海旅游铁路

休惊闹市走长龙，双轨何期百世功？
欲为港城除痼疾，偏迎旅发趁东风。
海中仙药无人识，梦里关山有路通。
满座宾朋须信道，今年花胜去年红。

采风界岭口

秋来扶病向山行，雨霁风收界岭横。
流水逐村思往事，闲云出岫叹浮生。
城头不见旌旗影，月下犹闻鼓角声。
千古兴亡多少事，关山万里海波平。

读《北戴河老别墅》感赋

潮平沙软水茫茫，比美庐山暑气凉。
今日风流丹禁地，前朝笑语白云乡。
几声乌鹊停红顶，一架蔷薇隐素墙。
鬓影衣香留不住，回廊立尽月昏黄。

有感秦皇岛荣膺“中华诗词之市”称号

谁料边城翰墨香，诗词之市显荣光。
弦歌万里传州县，筹略千年仰庙堂。
碧水长天留客醉，白头稚子写诗忙。
名扬华夏秦皇岛，山海欢腾乐未央。

悼沈汝波

斯人长逝大星沉，海雨天风泪满襟。
白练乍悬成异路，朱弦未绝有知音。
善行十万传佳话，正气千秋感壮心。
惆怅英魂招不得，哀歌一曲付长吟。

作者简介

王红利，1977年生人，河北遵化人，《秦皇岛日报》副刊部编辑。中华诗词学会会员，秦皇岛市诗词学会副会长，秦皇岛市国学研究会副秘书长、常务理事。

王万汇的诗

手机响起时

午夜持书弃酒盉，更沉不觉日微皤。
窗铃婉作流音颂，短信衔来祝福歌。
岁点梅红燃愫绪，年随屏颤启心梭。
回文一语添珍重，也托晨霓递彩波。

梅 园 冬 至

梅园朵影盎成潮，暗引瑶雷起碧霄。
雪野一阳催草绿，松冈九籁诱霜消。
寒更始觉风迎腊，岁杪凭知物贺朝。
待睹曦轮春社近，五霞堆里动笳箫。

风入松·迎新年与民俗报诸友筵聚

庚寅辛卯两相逢，新岁启新程。采歌踏月春秋路，把悲欢、拾入囊中。愿挟今宵沉醉，再寻明日花红。　任由笔底动蛟龙，民俗一家风。纵观天下人间事，取馨香、播撒玲珑。欲遣轻飕携笛，笑迎万户曈曈。

鹧鸪天·二月汤河畔

水漫菰蒲雨漫桥，浮萍冰屑两飘萧。声追夜月星衔柳，霞染晨云燕筑巢。
春递讯，日还潮，欲将流霭化馨桃。轻风洗岸妍华处，蓓蕾香梢已暗摇。

作者简介

王万汇，河北秦皇岛人。原从军于解放军某军区司令部，现为银行干部、中国《金融界》采编记者。中华诗词学会会员，中国散文学会会员，中华当代文学学会理事，秦皇岛市诗词学会副会长，《碣石诗词》编辑部主任，《文学潮》总编。著有《新辑诗律谱图 539 体》等。

王国华的诗

临 帖 有 感

东苑槿花鲜，香风送案前，
吟诗邀皓月，泼墨染苍天。
据典寻佳字，挥毫拓妙篇，
求知无老少，何况是中年。

作者简介

王国华，1968 年生人，中华诗词学会会员，秦皇岛市诗词学会副秘书长，秦皇岛市海港区诗词学会副会长。有部分诗词作品在报刊发表。

吴晓松的诗

望海碧台群楼

晴空碧海望高台，万里云飞画卷开。
鳞次初成择丽日，与君同往小蓬莱。

作者简介

吴晓松，湖北麻城人，秦皇岛市诗词学会副秘书长，在报刊上发表诗词多篇，有诗词作品获优秀奖。

张卫静的诗

捣练子 · 渔岛霞光

鸥戏水，惹鱼欢，碧海红波数点帆。小径墅园披重彩，梦回渔岛话婵娟。

作者简介

张卫静，女，1973 年生人，供职于秦皇岛市海港区园林局。2011 年夏加入诗社学习至今。有诗词作品在《碣石诗词》刊物发表。秦皇岛市诗词学会副秘书长、秦皇岛海港区诗词学会副会长、星光诗社社长。

李晓钟的诗

看朱日和阅兵

谡谡戎装铁甲骄，担当英气贯眉梢。
一声“辛苦”元戎慰，回应千军万马潮。

游贝壳王国

晶宫壮阔百族隆，软体豪门带甲生。
鹦鹉螺藏天启示，砗磲蚌育美维卿。
珍珠璀璨云中想，货贝玲珑掌上行。
沧海无私遗宝富，求知探路善经营。

作者简介

李晓钟，69岁。中华诗词学会会员，秦皇岛市诗词学会常务理事，《碣石诗词》编辑部副主任。

马小兵的诗

古琴台随想

高山流水记尤真，深谊一番总动人。
钟子欣欣神入境，伯牙款款律出心。
结缘路遇音成介，遗世情追惜断琴。
四壁回廊留妙响，古风清韵到如今。

小七孔景区

奇观美景自然生，山水相环瑞霭萦。
翠谷巉岩飘玉带，松林叠嶂绕青藤。
层跌激浪惊雷起，曲径飞桥灌木横。
七孔感天得日月，再传绮韵咏真情。

作者简介

马小兵，女，1960 年 10 月生人，现已退休。中华诗词学会会员，河北省诗词协会会员，秦皇岛市诗词学会会员，《碣石诗词》编辑部副主任，秦皇岛市海港区星光诗社社长。有诗词作品获奖。

孙玉梅的诗

浪淘沙·老党员之梦

戎马度关山，命系腰间。冰河踏过舞长鞭。孤胆金戈杀血路，梦里犹酣。无悔历艰难，鬓染流年。勋章栉比挂胸前。艳艳党旗身覆盖，魂寄花坛。

蝶恋花·游济南趵突泉景区漱玉泉

泉吐清流流不断，濡养金鳞，疏影波纹颤。怪石生灵犹缱绻，海棠依旧凭栏见。　拂柳低吟翻思遍，不敢高声，唯恐梳头乱。绝唱佳人惊世叹，笛声凄切声声慢。

作者简介

孙玉梅，女，中华诗词学会会员，河北省诗词协会会员，秦皇岛市诗词学会会员。有诗词作品在《碣石诗词》上发表并获奖。

李金娥的诗

鹧鸪天·改革开放四十年看航海人

微信时将家信捎，风流人物看今朝。船舱捞起千秋月，丝路抻开万里涛。
兴霸业，赖天骄，赚来外币鼓腰包。真情且寄云中鹤，携梦翩翩到碧霄。

作者简介

李金娥，女，祖籍河北石家庄，现就职于秦皇岛航海学院后勤部。创建航海学院诗词社。中华诗词学会会员，河北省诗词协会会员，秦皇岛市诗词学会会员。有诗词作品发表于《中华诗词》等多种刊物。

董荫乔的诗

蝶恋花·棋盘山庄

池碧山青花径路，万柳含烟，曲径通幽处。水榭楼台停野渡，芙蓉翠盖镶晨露。　花果芬芳香满树，蝶舞蜂飞，山雀鸣朝暮。满目风光关不住，山庄美景神仙慕。

作者简介

董荫乔，笔名千里草，1943年生人，秦皇岛卢龙燕河营人。曾任副县长、县委副书记、县政协主席等职，已退休。中华诗词学会会员，秦皇岛市诗词学会常务理事。卢龙县诗词学会会长，《孤竹诗词》主编。发表诗词200余首，出版诗集《千里草诗词选》。

李兴国的诗

秦皇岛园博园采风

园如仙境世无双，妙笔通灵著锦章。
湖水喷银泉送曲，花坛叠翠蕊飞香。
高材人造书奇梦，低碳天然扮巧妆。
千百创新添景俏，山风海韵胜苏杭。

作者简介

李兴国，1956年12月生人，秦皇岛卢龙人。退休职工。现为中华诗词学会会员，秦皇岛市诗词学会会员；卢龙县诗词学会副会长兼秘书长。卢龙县《孤竹诗词》责任编辑。曾在《燕赵老人报》等多种刊物发表诗词作品。

李志田的诗

鹧　鸪　天

阵阵轻柔杨柳风，携红泻玉水流东。穿丝轻捷双双燕，返塞整齐队队鸿。
浇麦妇，驾机翁，溪边三五牧鹅童。桑阴采叶农家女，头上山花停蝶蜂。

作者简介

李志田，1943年生人，秦皇岛卢龙印庄乡大道王庄村人。中华诗词学会会员，秦皇岛市诗词学会会员；卢龙县诗词学会名誉副会长；蕨薇诗社社员；《孤竹诗词》责任编辑。有诗词作品在《中华诗词》等24种诗词刊物发表，曾被誉为“农民诗人”。

司素敏的诗

千秋岁·祭四川凉山大火牺牲之英烈

清明时节，火海焚英烈。群峰失色鹃啼血。邪风胡乱卷，多少生灵灭。澜沧怒，凉山泣泪天飞雪。 情话同谁说，心事千千叠。英魂杳，梨花洁。点点相思雨，化作丁香结。悲永夜，无言独守云边月。

作者简介

司素敏，女，1971年生人，秦皇岛卢龙双望镇向阳村人。中华诗词学会会员，秦皇岛市诗词学会会员，卢龙县诗词学会会员；蕨薇诗社社员。有诗词作品曾在《燕赵诗词》《孤竹诗词》等多种刊物发表。

董春英的诗

一剪梅・游昌黎葡萄小镇

一串葡萄万粒娇，雨打悄悄，日月轻描。绿盈褪去换新袍，俊紫淘淘，蝶扰蜂瞧。　架下七夕情侣邀，淡水浓浓，天戏良宵。昌黎小镇酿干红，滴酒绵绵，共享今朝。

作者简介

董春英，女，笔名清花 。1961 年生人，秦皇岛市诗词学会理事，秦皇岛北戴河区诗词学会副会长，秦皇岛北戴河区作家协会会员。2014 年出版诗集《清花辞》。

吴 卫 的 诗

田 头 小 酌

休闲慢饮酒香茶，碟落田头叶上花。
湖面阳光金闪闪，农翁洒伴醉红霞。

作者简介

吴卫，1940 年 6 月 15 日生人，秦皇岛北戴河海滨人。政工师。中华诗词学会会员，中华当代文学学会会员，秦皇岛市诗词学会会员，秦皇岛北戴河作家协会会员；秦皇岛北戴河诗词学会理事、副秘书长。有作品获奖。著有诗集《大海情缘》等。

冯国权的诗

浪淘沙·三道关

哨罢众峰巅，倏尔回旋。飞身探谷倒攀岩。顺势凭空封涧底，布下三关。
雨雪戍流年，犹守崖边。游人几顾几流连。信口任评功过史，无愧先贤。

作者简介

冯国权，笔名逸水，1946 年 12 月 26 日生人。中华诗词学会会员，秦皇岛市诗词学会常务理事，秦皇岛山海关区诗词学会会长。曾参与编辑多本书籍；撰写的多篇赋体碑文已完成镌刻；有楹联作品散见于牌坊、寺庙、楼阁、亭台、商号和景区。

王耀华的诗

国庆日澄海楼抒怀

朝霞托旭碧波横，帆影浮沉映日红。
鸥鹭双清声万顷，海天一色浪千重。
春风七秩康庄就，丝路三通冷热同。
傲立潮头酬壮志，航船负梦又龙腾。

作者简介

王耀华，原秦皇岛山海关区环保局党总支书记。中华诗词学会会员，中国诗词研究会常务理事，《碣石诗词》编辑，秦皇岛山海关区诗词学会副会长兼秘书长。

赵和平的诗

苏幕遮·清明寄语

柳深青，云暗度。细雨绵绵，轻落枌榆土。北向山林凝望处。痛彻心扉，清泪潸潸注。　唤亲人，呼父母。敢问苍穹，可有回来路？卅载相依多爱哺。梦入频频，总把思情诉。

作者简介

赵和平，1953年7月生于秦皇岛山海关，祖籍河北河间。中华诗词学会会员，河北省书法家协会会员；秦皇岛市诗词学会常务理事；秦皇岛山海关区诗词学会常务副会长兼秘书长，秦皇岛山海关书法家协会副主席、篆刻委员会副主任。有诗词及篆刻作品曾在报刊发表并获奖。

尚德平的诗

赶　海

清晨垂钓早出发，大堡礁前数浪花。
红树林旁传笑语，一船残月半帆霞。

作者简介

尚德平，72 岁，退休职工，中共党员。中华诗词学会会员，秦皇岛市诗词学会会员，秦皇岛开发区诗词学会唐风诗社社长。

李宏伟的诗

满江红·纪念建国七十周年

十月情怀，缘谁放？巍巍中土。赢盛世、河清海晏，莺歌燕舞。七秩耕耘山水美，四旬改革城乡富。壮神州、共庆检三军，长城固。　征程远，航船巨。惊涛险，坚冰阻。赖超能掌舵浪礁何惧。不忘初心宏伟愿，坚持自信康庄路。齐奋进、筑梦百年双，惊寰宇！

作者简介

李宏伟，1957年生人，河北青龙满族自治县人，高师，退休于中国银行秦皇岛分行。秦皇岛市诗词学会会员。2003年以来在网易博客发表诗词作品280余首；2017年部分诗词入选书籍。

景海昌的诗

南歌子 · 渔岛夜宿

木秀千重叠，沙柔七里平。已然入境酒微醒，何况云涛海浪向君倾？发结芦花白，窗开月影青。耽心最是有鸥盟，隐隐槐风隔处共潮声。

水调歌头 · 远望都山夏雪

雨里春归去，恻恻避轻寒。临窗西北才见，大雪满都山。料是浑圆点滴，羽化精灵六角，疾骤作悠闲。碧色还没透，白补一时鲜。　明石阵，亮林戟，竖辕幡。老儿谁个？银髯银甲戴银冠。一骑长鞭才指，万马披靡所向，惊我远凭栏。定目收神处，绝顶起烟岚。

水调歌头 · 初心不忘

暗夜乌云破，红日出嘉兴。井冈山上烽火，四起燎原星。更有延安油盏，西柏坡前帷幄，竟得九州平。霹雳振聋聩，“赶考赴京城”！　除枢蠹，肃纲纪，复风清。薪火相传，初心不忘济苍生。高矣红旗新指，壮也襟怀天下，盛世纪峥嵘。一带深蓝梦，一路再长征。

作者简介

景海昌，笔名燕月，1969 年 9 月生人，满族。中华诗词学会会员，河北省作家协会会员，秦皇岛青龙满族自治县诗词学会会长。有诗词作品发表在《中华诗词》等 10 余种省级以上刊物。

张占林的诗

纪念国际战士白求恩

大爱无私助弱邦，别家万里涉重洋。
延水河边轻问剑，五台山下细疗伤。
技高堪助医德美，血热常支意志刚。
领袖遗篇存盛誉，高情万古伴华章。

作者简介

张占林，笔名山月，1956年生人，从事教育工作，现退休。中华诗词学会会员，秦皇岛市诗词学会理事，秦皇岛青龙满族自治县诗词学会副会长。有诗词作品在《中华诗词》《长白山诗词》等刊物发表并获奖。

马玉清的诗

临江仙 · 胜利日观天安门前阅兵

数架神鹰天上掠，长安大点秋兵。三军列阵势何宏。雄碑居要景，万目聚京城。　认得老兵同拭泪，沧桑前席豪英。如今国位最关情。苦时成过去，不再受欺凌。

作者简介

马玉清，女，1963 年生人。教师，中华诗词学会会员，秦皇岛青龙满族自治县诗词学会副会长。有诗词作品在《中华诗词》等刊物发表。出版诗集《竹韵集》。

王艳军的诗

水龙吟·秦皇岛解放70周年

海天寥廓秋无际，自在沙鸥翔集。遥思往事，秦皇入岛，唐宗驻跸。狼寇垂涎，无端战火，怒掀潮汐。数仁人志士，抛颅洒血，卫家国，驱仇敌。　几载烟云拂毕，看今朝、已非旧识。襟开港口，往来欧亚，华轮巨舶。生态园村，长城金岸，八方游客。更方兴百业，腾飞待起，借东风力。

作者简介

王艳军，女，笔名一土，1982年生人，秦皇岛青龙满族自治县人。教师，文学硕士。中华诗词学会会员，秦皇岛青龙满族自治县诗词学会副会长。2014年获评“秦皇岛市优秀诗人”，有诗词作品在《中华诗词》《碣石诗词》等多家刊物发表。著有诗词集《一土集》。

蔡志民的诗

秋登兔耳山

欲寻收获趁金风，意与行合自不同。
挥汗畅离俗世矮，接云笑取壮心宁。
径分难易安为本，树占高低适可生。
挚念于今添脚力，挥余老气伴秋横。

作者简介

蔡志民，1967 年生人，抚宁秦皇岛西街人，中华诗词学会会员，中国楹联学会会员。

王泽生的诗

三 上 祖 山

喜投怀抱累三遭，渐软双膝胆尚豪。
夹径仙花安忍采，遮阳云朵岂能邀？
关河凭险分农牧，日月轮空走昼宵。
我见青山仍妩媚，青山怜我发萧骚。

作者简介

王泽生，1953年生人。中华诗词学会会员，秦皇岛市诗词学会理事，秦皇岛抚宁区诗词学会副会长，《抚宁诗词》编辑。曾获评“秦皇岛市优秀诗人”。有诗词作品获奖。

李晓东的诗

题抚宁西街贺宅百年牡丹

茅檐低矮也容身，魏紫偏偏醉煞人。
欲借熏风成气候，留将好景待明春。
根基难改初时路，风雨无欺百岁魂。
且把王冠裁仔细，枝枝团抱苦寒心。

作者简介

李晓东，女，1968 年生人，供职于秦皇岛市抚宁区统计局。中华诗词学会会员，秦皇岛抚宁区诗词学会副会长兼秘书长，《抚宁诗词》责任编辑，《碣石诗词》编辑。2014 年获评秦皇岛市诗词学会“先进诗词工作者”。有诗词作品获各类奖项。

耿泽荣的诗

韩文公祠感赋

静谧祠堂坐半山，青松做伴绕轻岚。
文章操守双名世，胆气卓识一代贤。
敢谏当朝除弊政，重开文苑去清谈。
蓝关雪拥时无道，青史留名代有传。

作者简介

耿泽荣，1942年生人。曾任中学、中专教学工作。退休后参与县诗词学会工作，十年累计成诗上千首。现为秦皇岛市昌黎县诗词学会会长。

王 凡 的 诗

西江月・渔火

红日西沉天暮，河边柳袅烟斜。层层薄雾宛如纱，明月清风初夏。　一棹轻舟十里，惊飞江渚鸥鸭。朦胧岸上几人家，渔火荧然似画。

作者简介

王凡，字隐安，1946年7月生人。河北昌黎刘台庄小滩南村人。曾供职昌黎县交通局，2002年退休。原任秦皇岛昌黎县作家协会副主席，现为秦皇岛市诗词学会常务理事、秦皇岛昌黎县诗词学会副会长、《碣阳诗词》主编。